Scarlet
스칼렛

Scarlet

스칼렛

김개똥군의 사정

김개똥군의 사정

김개똥군의 사정 1

1판 4쇄 찍음 2012년 12월 5일
1판 4쇄 펴냄 2012년 12월 7일

지은이 | 단 영
펴낸이 | 정 필
펴낸곳 | 도서출판 **뿔미디어**

편집장 | 이재권
기획 · 편집 | 손수화, 주종숙
편집디자인 | 이진선
관리, 영업 | 김기환, 임순옥

출판등록 | 2002년 9월 11일 (제1081-1-132호)
주소 | 부천시 원미구 상3동 533-3 아트프라자 503호 (우)420-861
전화 | 032)651-6513 / 팩스 032)651-6094
E-mail | scarlets2012@hanmail.net
카페 | http://cafe.daum.net/scarletR

**값 9,000원**

ISBN 978-89-5849-869-8 03810
ISBN 978-89-5849-868-1 03810 (세트)

# 김개똥군의 사정

## 1

•단영 지음•

Scarlet
스칼렛

# ContentS

불쑥!

―헛!

그것은 갑자기 나타났다.

뽀송뽀송한 하얀 털에 동그랗고 빨간 눈동자, 그리고 기다란 귀를 가진 그것이 처음 나타났을 때, 승리는 저도 모르게 숨을 멈췄다. 그것은…… 그녀의 취향과 거리가 쫌 먼 생물이었다.

길 한복판에서 갑자기 나타난 그것이 두 발로 서서 공중에 대고 몇 번인가 코를 킁킁거리더니 작은 앞발로 얼굴을 두어 번 긁은 다음 곧바로 그녀를 향해 다가오기 시작했다.

'어어어! 왜, 왜, 왜 다가오는 거지?'

순간, 뒤로 물러서거나 도망을 치거나 그도 아니면 옆으로라도 낮은 포복을 시도하고 싶은 격한 충동이 샘솟았다. 그러나 어찌 된 일인지 당최 발이 떨어지지 않았다. 학질에 걸린 사람처럼 손발을 달달 떨면서 내려다보니 신발 밑창에 분홍색 풍선껌이 따악 달라붙어 있어서 아무리 애를 써 봐도 한 뼘 이상은 올라오지 않고 있었다.

'도, 도망쳐야 하는데……'

왜 그런 생각이 들었는지에 대해서는 설명할 수 없다.

어쨌거나 승리는 무서웠다. 상대는 그저 손바닥만 한 '삐리리'일 뿐인데! 숨 막히게 무서워서 정말로 숨까지 죽이고 가만히 지켜보고 있는 사이 그것은 깡충깡충 뛰어 그녀의 코앞까지 다가왔다.

바짝 다가온 '삐리리'가 잠시 몽롱한 눈으로 그녀를 올려다보더니 갑자기 홱 돌아서서는 앙증맞은 꼬리가 달린 궁뎅이를 실룩실룩거리며 보여 주고, 짧디 짧은 다리를 주욱 뻗어 몇 번이나 유혹적으로(?) 까딱까딱거린다. 그러면서 다리를 쩍 벌렸는데 그런 놈의 가랑이 사이엔 제법 실한 거시기가 달려 있다. 그것도 올 칼라로.

거시기…… 거시기…… 거시기이!

꿀꺽. 저도 모르게 침을 삼켰다.

무슨 대단한 유혹이라도 받은 양 그녀는 어느새 심하게 긴장하고 있었다.

이러면 안 되는 거야. 왜 가슴은 두근거리고 그래. 여기서 발딱거리면 인생 끝인 거야. 왜냐면, 왜냐면 상대는…… '삐리리' 잖아?

―어, 어, 어쩌라는 거지?

그녀의 물음에 마치 누드쇼라도 하는 것처럼 슬금슬금 털가죽을 벗고 있던 '삐리리'가 기다렸다는 듯 홱 돌아보더니 털실로 짠 '빤스'만 입은 채 바짝 다가왔다. 그리곤 그 똥그란 눈을 반짝반짝 빛내면서 말했다.

―박스으으옹! 너 당장 눈 안 뜨면 디진다아!


"헉!"

얼굴이 따끔거리는 것을 느끼며 승리는 발작적으로 눈을 부릅떴다. 그러자 눈 밑에 김 쪼가리 같은 다크 써클을 매단 채 살기등등한 기세로 팔짱을 척하니 끼고 서 있는 김샘이 보였다.

"어여 그 침 닦지 못하겠느냐, 박승? 네 얼굴 밑에 우리의 마지막 원고가 깔려 있다."

"에?"

"박스웅, 이놈의 기집애. 빨랑 정신 차리고 얼굴 발딱 들어 올리지 못혀? 마감 십 분 전이란 말여어!"

"맞다, 원고!"

갑자기 정신이 번쩍 돌아왔다.

냉큼 얼굴을 들고 손등으로 입가를 훔쳐냈다. 덕분에 막 볼을 타고 흘러내리던 침이 원고에 닿기 1초 전에 아슬아슬하게 닦여졌다. 스읍. 아, 난 왜 졸기만 하면 침이 새는 거지? 새삼, 침샘의 자동반응이 걱정스러워졌다.

'이거, 설마 병은 아니겠지?'

병이라고 해도 하는 수 없는 일이다.

그녀는 아니, 그녀들은 자그마치 38시간 이상 제대로 된 잠을 자지 못하고 있는 상태였기 때문에 이렇게 잠깐이라도 졸 수만 있다면 침이 아니라 피가 흘러도 행복할 거였다.

어느새 코밑까지 삐딱하게 흘러 내려온 똥그란 뿔테 안경을 추슬러 올리자 간신히 펜 칠이 다 끝난 원고가 보였다. 이제 지우개질만 하면 끝이다. 이놈의 지긋지긋한 마감이 쫑! 난다.

"빨리, 빨리!"

"네이~."

손바닥만 하다가 하룻밤 사이 눈깔만 해진 지우개를 들고 박박 문지르며 승리는 문득 방금 꾼 꿈을 떠올렸다. 그러니까, 문제의 그 '삐리리'를 떠올렸다는 뜻이다. 근데, 그거 뭐라고 부르는 동물이었더라?

확실히 알고 있는 동물인데, 모습이며 습성까지 다 기억이 나는데, 그 이름이 딱 두 글자라는 것도 아는데…… 결정적으로 입 안에서만 뱅뱅 돌 뿐 밖으로는 나와 주지 않는 그 단어!

'너무 못 잔 게야? 그런 게야?'

삐리리…… 삐리리…… 그 삐리리이이.

아이씨! 동글동글한 얼굴, 쫑긋거리는 기다란 귀, 빨간 눈, 그리고 앙증맞은 꼬리를 가진, 풀만 먹고 사는 삐리리! 그, 그…… 짧은 거시기의 대명사.

거시기, 거시기, 거시기를 중얼거리다 그녀는 문득 생각했다.

'그게 원래 그렇게 섹시한 동물이었었나?'

실룩거리던 궁뎅이, 주욱 뻗어 까딱거리던 다리, 그리고 털

옷을 홀딱 벗어 던지던 놈의 미끈한(?) 자태를 떠올리다 승리는
거칠게 고개를 저었다.

"풋! 토끼가 섹시하다니, 미친 거 아냐? 이게 다 잠이 모자라
서 그런 거야, 잠이. 아이씨, 근데 그거 이름이 뭐더라."

그녀는 다시 삐리리를 떠올리기 시작했다.

섹시하기 이를 데 없던 문제의 삐리리. 그 삐리리와 곧 조우
하게 될 줄은 꿈에도 모르고 있는 그녀였다.

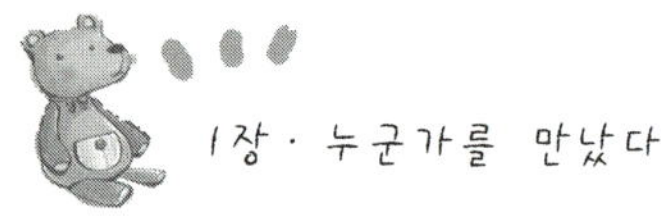


─한동안 회사 일은 레이몬드와 상의하라고 말했을 텐데?

"하, 하지만 사장님, 그래도 이번에 진행하는 제왕과의 공동 투자 건만은……."

─레이몬드가 알아서 해야지. 난 휴가잖아.

뚝!

"헉! 사, 사장님? 사장님! 사장…… 야, 이 사장님아!"

재석은 충격마저 느끼며 전화기를 붙잡고 잠시 씩씩거렸다.

생각하면 할수록 이놈의 사장이라는 인간이 정녕 제정신인가 싶었다. 평소 신주단지 모시듯 모시고 살던 마누라님께서 드디어 딸이라는 이름의 뻘건 덩어리를 출산하셨다는 핑계로 장기 휴가를 선언한 건, 수백 수천 번 양보해서 이해를 한다 치자. 어차피 팔불출이라고 국내외에 골고루 파다하게 소문나서 더 이상 수습할 여지도 없으니 쪽 팔림을 기꺼이 감수하고 일단 포기를 한다고 치잔 말이다.

이해를 하고 포기도 하는 건 하는 건데, 덕분에 남겨진 회사의 모든 일을 왜 하필이면 저 말 많고, 호기심 많고, 문제는 더 많은 레이몬드에게 맡긴다는 거냐고! 같은 영국인이기 때문에? 아니면 한집에서 같이 자란 친구라서? 그도 아니면…… 설마, 이제 그만 망해먹고 싶어서?

"마누라님이랑 노느라 회사에 나오는 걸 그렇게 싫어하더니, 정말로 부자 백수가 되기로 작정한 건가? 아무리 그래도 굳이 망해먹을 필요까지는 없잖아?"

원망과 좌절을 담은 재석의 시선이 삐죽 천장으로 향했다.

저 천장 너머엔 사고뭉치 하나가 살고 있었다. 레이몬드 아처 테넌트 주니어. 일단은, 유명대학을 졸업한 변호사 출신 CFO라는 명함을 달고 있는 작자다. 머리 좋은 것으로도 모자라 꽃미남의 뺨을 후려칠 수 있을 만큼 잘난 얼굴과 색기가 줄줄 흐르도록 쭉 뻗은 완벽한 바디 라인까지 소유한 사람이기도 하다.

머리 좋고, 얼굴 잘났고, 몸매까지 잘 빠진 작자가 무슨 조화인지 성격까지 좋아서 회사 내 모든 여자들의 사랑을 받고 있다. 뿐만 아니라, 질투로 속이 시커멓게 타 죽어도 시원치 않을 남자 사원들에게선 선망 어린 우정도 더불어 듬뿍 받고 있는 중이었다. 어디를 어떻게 뜯어 보아도 완벽한 인간이라 아니 할 수 없는 것이다.

그러나! 그러나…… 그것이 그 작자의 모든 것이라고 생각하면 절대로 오산이다. 속을 훌렁 까 볼 것도 없이 그냥 손가락으로 옆구리만 쿡 찔러도 그가 남과 아주 다른 종류의 사람이라는 것을 금방 알게 될 것이다. 대체, 언제, 어디에서, 무슨 일을, 어떻게, 왜 벌일지 알 수 없는 사람!

일 년 남짓 지나는 동안 그를 신물나게 겪어 본 끝에 재석은 마침내 깨달았다. 겉모습과 다르게 레이몬드 아처 테넌트 주니어는 상당히 위험한 인간이라는 것을(절대로 질투가 아니다). 암, 그렇고말고.

"석 달도 못 가서 망해먹을 게 확실해. 그러면 난 백수가 되는 거고? 헉, 아직 장가도 못 갔는데!"

부르르.

꾹 움켜쥔 두 주먹이 울었다. 갑자기 온갖 근심과 걱정이 몰려와 어깨를 사정없이 짓누르는 느낌이다. 그렇다. 재석은 불안했다. 설마하니 이 거대기업이 하루아침에 망하기야 할까마는, 레이몬드가 엮인 이상 그것도 100% 장담할 수 있는 일이 아니라는 것이 그의 생각이었다. 뭐든 일단 저지르고 보는 그의 행태에 개탄을 금치 못한 것이 어디 한두 번이던가?

그런 의미에서, 재석은 갑자기 의무감에 사로잡혔다.

사장의 오른팔(정말?)이자 충직한 비서로서 회사의 위기를 그냥 두고 볼 수만은 없는 일이었다.

"무언가 방법을 찾아야 해."

그는 우선 레이몬드를 만나 보기로 작정했다. 작전을 짜더라도 그를 만나 본 다음이어야 하는 것이다. 적을 알고 나를 알면

백전백승이라고 했으니까.

"근데 이 사람이 오늘은 뭘 하느라 이렇게 조용한 거지?"

생각해 보니, 이건 굉장히 수상한 일이었다.

언제나 부산스럽고 시끌벅적하던 사람이 오늘은 어쩐 일인지 하루 종일 조용하다. 조용하니 좋은 것 아니냐고? 천만의 말씀. 그간의 경험에 따르면 이것은 결코 좋은 현상이 아니었다.

폭풍 직전이 요란한 것 봤나? 태풍의 눈에 비바람이 몰아치는 것 봤어? 그래, 장담하건대 이것은 레이몬드가 무언가 사고를 치기 직전임을 암시하는 것이다. 즉, 지금은 음모를 꾸미는 시기란 말이지. 지난번의 그 장승 사건처럼.

"무슨 일을 꾸미고 있는 건지는 모르겠지만, 이번엔 결코 쉽지 않을걸. 레이몬드 아처 테넌트 주니어, 각오해라. 회사는 내 손으로 지킨다."

재석은 두 주먹을 불끈 쥐고 다짐했다. 그리곤 사장이 내던져 버린 서류 다발을 흡사 연장 챙기듯 옆구리에 낀 다음 척척 사무실을 나섰다. 그런 그의 눈빛은 이미 전투에 나선 병사의 그것과 크게 다를 바가 없었다. 임전무퇴의 각오를 담은 눈동자가 테 없는 안경 너머에서 스산하게 번뜩거리고 있었다.

비서실을 나선 그는 곧바로 펜트하우스로 이어지는 엘리베이터에 몸을 실었다. 수백 평이나 되는 펜트하우스는 원래 가르니에 사장의 주거공간이자 사무실로 꾸며져 있었다. 그런데 사장이 결혼과 함께 또 다른 펜트하우스로 이사를 나가자 그 빈 집을 레이몬드가 차지하고 들어앉았다. 덕분에 사장의 사무실은 아래층으로 내려와야 했고 그의 업무를 보좌하는 비서실도 마찬가지였다.

재무이사이자 비서이며 집사에게 집을 빼앗긴 사장이라.

이거야말로 주객이 전도된 꼴이었지만, 사장은 화도 안 나는지 그저 허허 웃으면서 물러났다. 무슨 약점을 잡힌 것도 아닐 텐데, 유독 그에게만은 간이며 쓸개까지 다 빼 줄 듯 물렁한 태도를 보이는 것이다. 물론 재석은 그런 사장의 반응이 영 마음에 들지 않았다. 레이몬드의 버릇이 나빠지는 데엔 사장의 그 빌어먹을 너그러움도 분명히 한몫했을 테니까.

"젠장, 무슨 놈의 휴가를 석 달씩이나 가겠다는 거냐고."

무책임하게 떠나 버린 사장에게 다시 한 번 더 분노를 느끼며 재석은 으드득 이까지 갈아붙였다. 거의 동시에 막 정지한 엘리베이터 문이 벌컥 열렸다. 그리고 순간 두둥 나타나는 커다란 나무 동상(?) 두 개.

"히익!"

기겁을 하고 놀란 재석은 서류까지 떨어뜨린 채 벽에 등을 대고 바짝 달라붙었다. 한두 번 본 게 아님에도 불구하고 볼 때마다 기겁을 하게 만드는 장승 두 개가 문 앞에 떡하니 서 있었다. 천하대장군, 지하여장군. 어느 방향에서 어떻게 보아도 인상 한번 대차게 '드러운' 장승 한 쌍이 그를 찢어죽일 듯이 내려다보고 있다.

아까 장승 얘기를 했었지? 무슨 악취미인지 레이몬드는 이 장승 한 쌍을 펜트하우스 입구에 세워 놓았다.

‘나무 조각상 두 개 가져다 놨어.’

처음, 레이몬드가 그렇게 말했을 때 사장과 그는 그저 이러 저러한 나무 조각상을 연상하며 아무 생각 없이 고개를 끄덕였었다. 어느 인간문화재 영감님께서 손수 깎은 작품이라니 돈 좀 들었겠다고 생각했던 것도 같다. 그러나 조각상이 설치되고 정확히 한 시간 뒤, 그는 건물을 쩌렁쩌렁 울리는 사장의 비명 소리를 들었다.

그 소리를 듣고 정신없이 계단을 뛰어 올라갔던 그도 하마터면 그 자리에서 기절을 할 뻔했다. 당연했다. 문제의 조각상이 장승일 줄은 정말이지 꿈에도 몰랐으니까. 더구나 그 장승의 표정이 말도 못하게 무서울 줄도 몰랐다.

“지, 진정해. 여기서 지면 안 되는 거야. 저까짓 나무 쪼가리 따위에 기가 꺾일 내가 아니야.”

재석은 주섬주섬 서류를 주워 들며 중얼거렸다.

그러면서 그는 저도 모르게 인상을 콱 쓰고 있는 장승의 눈치를 살피고 있었다. 때마다 하는 생각이지만, 어쩐지 지켜보고 있는 듯한 느낌이 들어서다. 더구나, 다시 말하지만, 장승은 인상이 아주 더러웠다.

저걸 깎을 때 인간문화재 영감님께서는 기분이 아주 나빴던 게 틀림없다. 그렇지 않고서야 장승의 눈꼬리가 거의 하늘로 향해 있을 이유가 없는 거다. 레이몬드가 옆에서 까불며 염장을 쿡 쑤신 걸지도 모르지. 잔뜩 일그러진 눈매에서 거의 살기마저 느껴지는 걸 보면 그랬던 게 분명하다.

"나무아미타불. 아멘. 일라 알라. 옴 마니 반메 훔."

빠르게 중얼거리며 재석은 고개를 푹 숙이고 잽싸게 장승 사이를 지났다. 절대로 지은 죄가 많아 그런 게 아니다. 똥이 더러워서 피하나? 무서워서 피하지. 응? 그게 아닌가?

어쨌거나, 무사히(?) 장승 사이를 지난 그는 전광석화와 같은 움직임으로 허겁지겁 벨을 눌렀다. 그리고 대답이 나오기도 전에 문에 달린 디지털 도어 록의 비밀번호를 누른 다음 벌컥 문을 열어젖혔다.

비서실장이라는 명함 덕분에 그는 회사 내 거의 모든 문들의 비밀번호를 알고 있었고, 이 펜트하우스도 마찬가지였다. 비상시를 위한 작은 대비인 셈이다.

"하악하악."

쫓기듯 집 안으로 들어선 그는 현관에 주저앉아 한동안 거친 숨을 가라앉혔다. 그러다 언제 헐떡거렸냐는 듯 곧 벌떡 일어나 침착한 표정으로 현관을 지나 거실로 들어섰다. 나직하게 조근거리는 말소리가 들리는 것으로 보아 레이몬드는 그곳에 있는 게 틀림없었다. 자, 전쟁이다, 레이몬드 주니어. 덤벼!

—내 너에게 물을 것이 있다. 송연이가 오늘 동지사행렬을 따라 청나라로 간다던데 사실이냐?

—그렇사옵니다, 즈은하!

—정녕 청나라로 간단 말이냐? 낮에만 해도 그런 말이 없었는데 어찌……!

[아니이, 날도 추운데 왜 청나라로 간다고 그래. 쩝쩝, 즌하
는 어쩌고? 불쌍한 송연이. '엄마마마'가 나쁜 거야.]

TV 속 '즌하'의 절망 어린 표정을 보며 레이몬드는 쯧쯧 혀
를 차고 있었다.

저 예쁜 언니가 모처럼 사랑 한번 해 보겠다는데 뭔 어려움
이 그리 많은지, 사방에서 방해질이다. 아무리 '여주인공에게
시련을'이라지만 너무한 거 아냐? 날도 추운데 말이지.

[바보 같은, 즌하. 가지 말라고 어명을 내리면 되잖아. 명령
이다, 시집 와! 응? 이건 어디서 들어 본 얘기인데? 아하! 황제
폐하 얘기다. 크큭.]

앞에 놓인 크리스털 잔을 집어 들며 레이몬드는 킬킬 웃었
다.

하경과 결혼한 황제폐하, 석준이 결혼 전 청혼을 할 때 그 말
을 했다가 하경이 된통 삐친 일이 있었다. 그 말을 석준 본인이
직접 했다면 정말이지 그 오만한 얼굴과 보란 듯이 잘 어울려
서 반발의 여지조차 없었을 테지만, 안타깝게도 대역배우에게
위임을 하는 바람에 일이 꼬였었지. 그래도 수완 좋은 녀석답게
결혼을 하는 데는 아무 지장이 없었지만 말이다.

[부러운 자식. 근데 이안은 어떻게 청혼했더라? 응? 그러고
보니 어찌 됐거나 다들 결혼을 했잖아? 나만 혼자야! 아악, 신
경질 나.]

술기운을 빌려 잠시 잊고 있던 현실을 떠올린 그는 거의 반
쯤 누운 채 발작적으로 발버둥을 쳐 버렸다. 날은 춥고 한기와

더불어 죽음 같은 외로움이 뼈마디 깊숙이 스며드는데, 그는 계속 혼자였다. 전부터 줄곧 혼자였다면 말을 안 한다. 이래 봬도, 레이몬드 아처 테넌트 주니어는 퍽 잘나가는 녀석이었던 것이다.

[잘생겼지, 몸매 끝내 주지, 성격 좋아, 돈도 많아. 게다가 애교까지! 도대체 모자란 구석이 있어야지.]

이토록이나 완벽한 덕분에 나고 자란 영국에서의 코흘리개 시절부터 미국에서 변호사 생활을 할 때까지, 그는 한순간도 혼자였던 적이 없었다. 언제나 화끈하고 야한 언니들과 함께였다고나 할까? 퍽 오래된 얘기 같지만 바로 지난해 초만 해도 그는 음란한 별자리 아래에서 태어난 언니들과 함께 사치스러우면서도 헐벗은(?) 신년파티를 벌였었다.

그런데! 지금의 이 초라한 '꼬라지' 는 대체 뭐란 말인가!

한국 땅으로 건너오자마자 바로 혼자가 된 것으로도 모자라, 지난 일 년 내내 주욱 홀몸으로 지냈다는 사실은 그조차도 믿어지지 않을 만큼 처참했다.

아버지의 강짜 덕분에 그의 친구이자 보스인 이안을 찾아 한국으로 오기 전까지만 해도 이런 상황이 벌어질 거라고는 전혀 상상도 하지 못했다. 언제나 그랬듯 한국에서도 사랑스러운 언니들과 함께 보란 듯이 행복한 나날을 보낼 수 있을 거라고 믿어 의심치 않았던 것이다. 그런데, 그랬는데…….

[이 짝 잃은 조류 같은 인생. 나 완전히 새됐어!]

[새…… 입니까?]

[엉?]

새해 벽두부터 또 혼자라는 사실에 굴욕마저 느끼려는 찰나, 등 뒤에서 멍하니 중얼거리는 소리가 들려왔다. 고개를 뒤로 홱 젖히고 바라보자 무슨 일인지 재석이 코 빠진 얼굴로 우두커니 서 있었다. 그러고 보니 저 친구는 이번에 비서실장으로 승진을 했다. 그거 되게 좋은 일인데, 축하를 해 줬던가?

"축하해, 재석."

"네? 무슨……."

"실장님이잖아. 드라마 주인공은 전부 다 실장님이야. 이제 예쁜 여자가 나타날 거야. 축하해."

"하아?"

이 작자가 또 무슨 드라마를 본 걸까?

허탈함마저 느끼며 재석은 한숨을 푹 내쉬었다. 레이몬드는 이곳에 온 지 고작 1년 만에 거의 완벽한 한국말을 구사하고 있었다. 그러나 때때로 이렇게 생뚱맞은 말을 할 때마다 그는 여전히 해석 불가능한 외국어를 듣는 느낌이었다. 대체 뭔 말인지 알아들을 수가 있어야지. 게다가 저 이해 못할 꼬라지는 또 어떻고.

허탈한 그의 시선이 히죽 웃고 있는 레이몬드를 머리끝부터 스윽 훑어 내렸다. 작년 겨울, 하경 씨와 함께 동대문에서 장만했다는 하얀 토끼 옷. 위아래가 붙어 딱 자루처럼 생긴 그 인형 옷엔 당연히 쫑긋거리는, 기다란 귀가 붙은 모자가 달려 있었다.

그 모자까지 알뜰하게 뒤집어쓴 덕분에 빼도 박도 못하게 딱 토끼처럼 보이는 레이몬드는 엽기스럽게도 입에 오징어 다리를 물고 있다. 게다가 앞의 탁자 위엔 그의 눈동자 색깔과 비슷한, 낯익은 초록색 소주병과 오징어, 그리고 대체 왜 나와 있는지 알 길 없는 고춧가루 봉지가 뒹굴고 있고, 전면 벽에 걸린 TV에선 색감 화려한 사극 드라마가 정신없이 돌아가고 있는 중이다.

재석의 시선이 레이몬드가 들고 있는 크리스털 잔으로 향했다.

잘못 본 줄 알았는데 그게 아닌가 보다. 한정 제품이라 비싸기 그지없는 그 술잔엔 역시나 소주와 함께 벌건 가루가 둥둥 떠다니고 있었다. 그러니까 이 인간은 지금…… 소주에다 고춧가루를 타서 마시고 있는 중인 거다. 까맣게 탄 오징어 안주를 곁들여서.

재석의 시선이 다시 레이몬드의 얼굴로 날아가 박혔다.

순간, 이 인간이 혹시 토종 한국인은 아닌지 저도 모르게 의심이 들어서다. 하얀 피부, 까만 머리, 금빛이 섞인 에메랄드빛 눈동자. 180이 넘는 키에, 길죽한 팔다리. 어느 모로 보아도 레이몬드는 잘생긴 영국인이었다. 어머니가 한국인이라지만 생긴 걸로만 봐서는 그다지 믿어지지 않을 정도로 전형적인 외국인의 모습을 하고 있다.

사실, 1년 전만 해도 그는 한국에 처음 온 전형적인 외국인이었다. 한국말은 전혀 못하면서 쓸데없이 호기심만 많은. 그런데 지금 그는 완벽한 한국인처럼 굴고 있었다. 한국말을 찍찍 휘갈기고, 소주에 고춧가루를 타 마시는 데다, 오징어를 안주로 씹을 만큼.

"고춧가루는 왜 타신 겁니까?"

너무나 어이가 없어 재석은 거의 미친놈 보듯 그를 보며 물었다. 그러자 벌써 두 병째 마시고 있는 터라 양 볼이 발그레해진 채로 그가 말했다.

"감기약이야."

"감기……약? 그렇게 마시면 낫는다고 누가 그러던가요?"

"현무가."

"그 영화배우 일을 한다는 강현무 씨가요?"

"응. 그 녀석은 한국인이라 아는 게 많아."

자랑스럽기 이를 데 없다는 듯 말하며 레이몬드는 배시시 웃었다. 그런 그를 보고 재석이 다시 말했다.

"그 사람 미국인이라고 나오던데요? 본명이 필립 강 웨스턴이라고……."

"아니야. 유학파야. 3살 때 미국으로 갔다고. 조기유학 몰라?"

"하아, 그리고 시민권을 가지고 있고요."

3살 때 이민을 가 그 땅에서 근 30년을 살았으면 미국인이지 유학생이라고 할 순 없는 거다. 게다가 5살 때 모친이 재혼을 하는 바람에 미국인 양아버지 밑에서 자라기까지 했으니 더 말할 것도 없는 일이었다. 그런데도 꿋꿋하게 유학생이라고 우기면서 레이몬드는 그에게 한국말을 배웠다.

사장인 이안이 개인교사를 모셔 놓고 '나는 ~입니다.' 부터 정식으로 배우고 있는 것과 달리 그는 그 강 모 씨와 함께 열심히 놀다가 그의 반토막짜리 한국말을 배운 것이다. 3살 때 이민가 주욱 그곳에서 영어만 쓰고 살아온 사람이 한국말을 하면 얼마나 잘하겠는가.

어이없게도 그는 반말과 존댓말을 구분할 줄 몰랐고 그 버릇은 당연히 레이몬드에게로 이어졌다. 그동안 드라마 좀 봤다고 그래도 처음엔 존댓말 비슷한 걸 몇 마디 중얼대던 레이몬드였지만, 중간에 헷갈렸는지 결국 친구랑 똑같은 꼴이 나고 만 것이다.

"휴우, 그만 드십시오. 그렇게 드시면 위에 구멍이 납니다."

'엄청 매운 태양초고추' 라고 쓰여 있는 고춧가루 봉지를 한쪽으로 치우고 재석은 엄숙하게 손가락을 까딱거렸다. 그리곤 잠시 잊고 있었다는 듯 고춧물이 들어 새빨개진 입술을 벌리고 히죽 웃고 있는 레이몬드에게 말했다.

"이빨에 고춧가루 끼었습니다."

"쳇!"

재석의 노골적인 지적에 레이몬드는 결국 술잔을 내려놓고 말았다. 알딸딸하니 한참 좋았었는데 김샜다. 사실, 감기약이라고 해서 열심히 마시고 있었지만 딱히 맛이 있는 건 아니었다. 죽도록 매워서 눈물까지 줄줄 흘려 댔으니. 마시다 보니 혀가 마비되었는지 이제는 거의 맛을 모르게 되고 말았지만 말이다.

하지만 이렇게까지 하는 심정을 정말로 이해하지 못한단 말이야?

"재석……."

"네, 말씀하십시오."

"나 오늘은…… 외로워. 혼자는 잠들고 싶지 않아."

"쿨럭! 무, 무, 무슨……!"

당황한 재석의 얼굴이 순식간에 시뻘겋게 달아올랐다.

촉촉이 젖은 초록빛 눈동자를 글썽이며 애틋하게 바라보는 레이몬드의 자태는 성별을 떠나 상당히 유혹적이었던 것이다. 그러나 레이몬드는 사람을 잘못 골랐다. 아니, 옷을 잘못 골랐다. 무책임하게 휴가를 떠나 버린 누구 덕분에 재석은 이미 오래전에 토끼를 증오하게 된 사람이었다.

토끼. 그 빌어먹을 토끼.

깨닫기가 무섭게 심장이 부르르 경기를 일으켰다. 설마하니 이것은…… 나에 대한 도전이냐! 하루 종일 이 사치스러운 집 구석에 처박혀 팽팽 논 주제에 뭐가 어쩌고 어째?

"이사님."

"응?"

"취하셨습니까?"

"그럴 리가."

"취하셨군요. 가서 세수하시고 정신 차리십시오. 그 빌어먹을 옷도 벗어 놓으시고요. 아, 뺨에도 고춧가루가 묻었다고 제가 말씀드렸던가요?"

재석은 쌀쌀맞은 어조로 사정없이 지적했다. 그리고 다시 잽싸게 덧붙였다.

"술을 좀 깨고 오시죠. 우리는 일을 해야 합니다. 사장님께서 휴가를 떠나시면서 모든 업무를 재무이사님께 떠맡기셨기 때문에 결재가 밀려 있습니다. 자, 우리 함께 이 위기를 극복해 보기로 하죠."

"……나 갑자기 바빠."

"장난할 시간 없습니다. 빨리 다녀오시는 게 좋을 겁니다."

쾌감마저 느끼며 재석은 엄숙하게 경고했다.

올라올 때 느꼈던 질투심 따위는 이미 사라지고 없었다. 레이몬드는 확실히 잘생긴 남자였다. 귀족적인 느낌이 강한, 선이 분명한 얼굴과 깊고 신비스러운 초록빛 눈동자, 그리고 군살 하나 없이 미끈한 몸매는 가히 트리플 A급이라고 장담할 수 있다. 확신하건대, 지구상의 모든 여자는 물론이고 남자라도 손가락 하나로 단박에 자빠뜨릴 수 있는 수준일 거다. 그러나, 그럼에도 불구하고, 그는 현재 처참한 '솔로'인 거다. 이빨에 고춧가루가 낀.

'크크크. 이거야! 결국은 그도 솔로일 뿐이라고. 아, 갑자기 마음이 푸근해지는군. 세상은 아직 살 만해.'

내심 고소해 하며 그는 남몰래 히죽 웃었다.

그 모습을 눈 좋고, 눈치는 더 좋은 레이몬드가 못 봤을 리 없다. 어쩐지 갑자기 기분이 좋아진 듯한 재석의 모습에 그는 이미 슬슬 배알이 꼴리고 있는 중이었다. 이 추운 겨울을 혼자

보내고 있는 것으로도 모자라, 같은 솔로인 재석의 비웃음까지 받으며 육아휴가를 떠난 유부남 보스의 뒤치다꺼리나 하고 있어야 한다는 건 거의 치욕이다.

지난 달, 이안과 희수가 딸을 낳는 바람에 얼떨결에 대부가 되긴 했지만 레이몬드는 하나도 기쁘지 않았다. 지금은 집사 노릇도 겸하고 있는 마당이라 굳이 대부라는 이름을 달지 않아도 어차피 그 덩어리는 그가 돌봐야 하는 것이다. 그저 좋아죽는 이안 부부나 이안의 아버지인 제리 부부가 물고 빨다 지치면 덩어리는 고스란히 그의 손에 떨어지게 되어 있었다. 왜? 신년 휴가를 떠난 유모가 아직 도착하지 않았으니까!

'애까지 봐야 하다니. 이러다 이안네 애들만 키우다 내 새파란 청춘이 다 가면 어쩔 거야.'

생각만 해도 왈칵 우울증이 도질 것만 같았다.

애당초 아버지의 그 뭣 같지도 않은 협박질에 홀딱 져 주는 게 아니었다. 공연히 가업 운운하며 '아들아, 변호사질 때려치우고 그만 집사나 하렴.' 이라고 했을 때 그냥 그 길로 도망을 쳤어야 했던 거다. 설마하니 200년 동안이나 해먹었다는 집사질을 자식에게까지 대물림하고 싶어 할 줄은 그도 미처 몰랐기 때문에 순간 방심을 했지 뭔가.

"삐뚤어질 테다!"

"이미 오래전에 삐뚤어지신 거 아니었습니까?"

진지한 협박(?)에도 불구하고 재석이 가차 없이 콧방귀를 뀌었다.

한국에 온 지 이제 겨우 1년, 집사 노릇도 1년. 임시 집사 계약 기간이 아직 2년이나 더 남았는데 대체 어쩌면 좋으냐고. 이 안 놈은 앞으로도 애새끼들을 쑥쑥 낳을 거고, 그 애새끼들의 뒤치다꺼리는 결국 혼자 방구석에서 늙어 가는 그의 차지가 되고 말 게 분명한 마당에.

이런 마당에, 휴가 떠난 놈의 일까지 대신 해 줘야 한다는 게 말이 돼? 애인도 없는데!

"아, 정신이 나가 버리고 싶어!"

"걱정 마십시오, 이사님. 당신의 정신은 이미 가출한 상태입니다. 찬물에 세수라도 해서 가출한 정신을 도로 불러들이십시오. 자, 빨리 움직입시다."

"……."

재석은 강적이었다.

한 치의 양보도 없이 기어이 제 할 일을 해 내고야 마는 의지의 한국인. 그는 이미 테이블 위의 고춧가루 봉지와 잔들을 싹 쓸어 치우고 있었다. 그리고 이제 곧 행주로 테이블을 뽀득뽀득 소리가 나도록 닦은 다음 서류를 주욱 늘어놓을 거다. 지난 1년간 내내 그랬듯이. 집사보다 더 집사 같은 그의 행동에 레이몬드는 그만 울고 싶어졌다. 이런 때에 누군가가 전화라도 한 통 해 준다면 얼마나 좋을까.

─난 이제 지쳤어요. 땡벌! 기다리다 지쳤어요. 땡벌! 혼자서는 이 밤이 너무너무 추워요~

"앗, 전화!"

말이 씨가 된다더니, 갑자기 어딘가에서 구성진 노랫가락이 울려 퍼지기 시작했다. 전화다. 진짜로 전화벨이 울리고 있었다. 그 소리를 듣기가 무섭게 레이몬드는 냉큼 바닥을 향해 몸을 내던졌다. 그리곤 데굴 굴러 탁자 밑에서 아까 전에 대강 던져 놓았던 핸드폰을 집어 들었다. 현무였다.

"하이, 필~."

─…….

뚝!

"헉!"

어쩐지 횡재한 기분에 나름 유쾌하게 전화를 받았더니 이 자식이 정성도 몰라주고 확 끊어 버렸다. 레이몬드는 배신감을 느끼며 집요하게 다시 통화 버튼을 눌렀다. 그러자 한참 만에야 전화가 연결되더니 가만히 듣고만 있는 건지 한동안 말소리가 들리지 않았다. 결국, 참다못한 레이몬드가 먼저 소리쳤다.

"나쁜 새끼, 왜 끊어?"

─흐응, 진즉에 그렇게 나올 것이지. 깜짝 놀랐잖아.

"놀랐어?"

─엉. 목소리가 막 간드러지는 게 끈 놓으면 그냥 하늘로 날아갈 것 같더라? 재수 없게.

"흥! 왜 전화했는데?"

─왜긴? 너 심심하다고 울고 있을까 봐 전화했지.

"쳇!"

─나와라. 나와서 나 찍는 드라마 엑스트라 좀 해. 주인공의

외국인 친구 3. 모여서 밥 먹는 씬이다. 큭큭.

말하는 꼬라지를 보니 또 심사가 꼬여서 없는 장면 하나 만들어낸 모양이다. 만일 누군가가 펑크를 냈다면 굳이 외국인 운운할 일도 없다는 것을 레이몬드는 이미 잘 알고 있었다. 스텝에 의해 다른 대역이 벌써 준비가 되어 있을 테니까.

이제야 말하지만, 그의 친구는 스타였다. 지난 1년 사이 엄청나게 유명해진 톱스타다. 덕분에 친구를 만나 밥 먹을 시간 따위 예전에 없어져 버렸다. 그래서 그는 향수병이 도지거나, 괜히 우울하거나, 또는 아무 이유가 없어도, 종종 이런 방법으로 레이몬드를 불러내곤 했다. 한 마디로, 톱스타께서는 지금 무지무지, 주체할 수 없이 심심한 거다.

지가 심심한 주제에 거드름을 피우며 감히 자신을 향해 구원의 낚싯줄을 드리우는 꼴이라니. 바로 이런 걸 두고 재수 없다고 하는 거란 말이지.

"재수 없는 자식."

—나올 거지?

"나 바빠."

—하!

"……쪼금."

팩 튕겼다가 레이몬드는 슬며시 말끝을 흐렸다.

재석이 막 행주를 들고 주방에서 나오고 있었다. 그러고 보니 지금은 한가하게 튕기고 있을 때가 아니었다. 여기서 튕기면 꼼짝없이 잡혀서 일을 해야 하는 거였다.

"크흠. 어, 어디로 가면 돼?"

―왜? 바쁘시다며?

"갑자기 안 바빠도 돼. 어디인데?"

등 뒤에서 재석의 기척을 느낀 레이몬드가 다급하게 물었다.

"신촌? 아, 알았어. 금방 갈게."

"……어디 가십니까?"

"응. 급한 일 생겼어. 다녀올게."

"예에? 일은 어쩌…… 자, 잠깐…… 이사님? 이사니이이임!"

길게 찢어지는 재석의 목소리를 뒤로하고 레이몬드는 그 길로 후다닥 내뺐다. 행여 잡히기라도 할까 봐 저도 모르게 손에 들고 있던 것을 집어 던지고 테이블 위에서 잡히는 대로 아무거나 집어 든 다음, 허겁지겁 신발을 꿰어 신고 눈썹이 휘날리도록 밖을 향해 내달렸다.

너무 급하게 내빼는 바람에 지금 자신이 어떤 꼴인지 전혀 생각지 못한 건 당연했다. 하루 종일 홀짝거린 소주 두 병에 완벽하게 취해 버렸다는 사실도 깨닫지 못한 건 물론이다. 거기다 무심코 주워 신은 신발이 하필이면 하얀 고무신이라는 사실도.

"만세, 자유다!"

때는 바야흐로 한겨울 해가 저무는 초저녁 무렵.

소주에 고춧가루를 확 풀어 마신 죄로 입술을 온통 벌겋게 물들인 채 미친 듯이 회사 건물을 빠져나가는 그의 얼굴 위로 운명을 예고하는 한겨울의 쌀쌀한 바람이 불어오고 있었다.

탕!

간신히 정리를 마친 승리는 힘겹게 닫힌 작업실의 문을 뒤로 하고 어두컴컴한 복도로 나섰다. 너무 오래 앉아 있어서 후들거리는 부실한 다리로 터벅터벅 위로 이어진 계단을 밟는다.

반지하 원룸이라 원래 낮에도 조금 어둡지만 오늘따라 더 음침하게 보이는 계단을 눈으로 훑다 그녀는 대단히 불만 많은 시선으로 천장 즈음을 노려보았다. 아무리 늦은 오후라지만, 어째 평소보다 더 어두운 것 같더니 역시나 복도의 등이 또 나갔다.

"이놈의 지하 인생, 지겹구나, 지겨워. 1층이라도 좋으니까 제발 땅 위로 좀 올라가 봤음 소원이 없겠다."

만화쟁이 고료야 언제나 그렇듯 빠듯한 것이, 노력에 비해 소득은 거의 새 발의 피나 다름없는 수준이지만 그래도 이번엔 제법 팔리고 있다니까 운이 좋다면 올 겨울이 가기 전에 저 위층 어딘가쯤으로 이사를 갈 수 있을지도 모른다. 그러면 어시(어시스트)인 그녀의 월급도 조금 올려 줄지도 모르고, 나아가 그토록 소원하는 지중해를 보러 갈 수도 있게 되겠지?

"지중해! 아아, 상상만으로도 막 행복하다."

멤버라야 그림을 그리는 박샘과 스토리를 맡고 있는 김샘 영춘, 그리고 어시인 그녀가 전부이니 돈도 그리 많이 들진 않을 거다. 더구나 지중해는 3년 전부터 줄곧 그녀들의 로망이지 않았던가.

"아, 거기 가면 햇볕 한번 근사하게 받아 볼 수 있겠지? 태닝도 꼭 해야지.”

홀딱 벗고 드러누워 앞뒤로 노릇노릇 잘 구워 주고 말 테다! 똥꼬 속까지 빼놓지 않을 테야! 그림 같은 건 절대로 보지 않을 거다. 신나게 놀기만 해야지. 클럽도 가고 파티에도 가고 또 오…… 아, 사막도 보고 와야지!

“아아, 사막엔 왕자님이 살고 계실 거야. 아라비아의 로렌스 같은. 크크크.”

너무 졸려서 확 풀어진 눈으로 승리는 배시시 웃었다.

어차피 마감은 끝났고 곧 돈은 들어오게 되어 있었다. 얼마나 들어올지는 모르겠지만, 그 돈으로 비행기를 탈 수 있다고 생각하니 너무 행복해서 순간 확 미쳐 버릴 것만 같았다. 아아, 이렇게 행복해도 되는 걸까? 막 죄책감이 느껴지려고 그래.

“돼! 되는 거야. 되고말고. 그동안 내 행복은 너무 저렴했어.”

승리는 망설임 없이 상상의 나래 속으로 다이빙을 해 버렸다.

적어도 집에 도착할 때까지는 이 상상 속으로 현실의 고통이 엄습하면 안 되는 거였다. 절대로! 히죽히죽 웃으며 그녀는 습관적으로 걸음을 옮겼다.

박샘의 반지하 작업실에서 그리 멀지 않은 곳에 그녀의 보금자리가 있었다. 작지만 제법 그럴듯해 보이는 오피스텔이다. 하긴, 누가 구해 줬는데. 바라던 대학에 진학했다며 기뻐하시던 할아버지가 척하니 쌈짓돈을 쾌척하시고 엄마가 직접 발품을 팔아 찾은 아늑한 오피스텔이다.

학교 근처는 소란스러워 좋지 않다면서 일부러 약간 거리가 있는 이곳에 방을 얻었다. 맘 단단히 먹고 걷거나 지하철로 통학을 해야 하는 거리다. 다행히 근처에 먼 친척집 노처녀가 혼자 살고 있으니 겸사겸사 보살핌 받거라 하셨는데, 바로 그 노처녀가 문제가 될 줄은 엄마 또한 꿈에도 모르셨으리라.

만화의 '만' 자도 모르고 자란 그녀를 악의 구렁텅이로 떨어지게 만든 문제의 노처녀란, 바로 지금 반지하 작업실에서 그림을 그리다 잠든 박샘이었던 것이다.

같은 박씨 일문에, 타지 생활하는 같은 여자, 그리고 늘 옆구리 시린 홀몸이라는 공통분모는 그녀들을 단박에 동지로 엮어버리기에 충분했다. 뿐만 아니라, 일도 같이 하게 만들었다.

'친척이라면 개고생하고 있는 나를 좀 돕는 게 인지상정이 아니겠냐? 그냥 가벼운 아르바이트라고 생각해.'

눈 밑에 시커먼 다크 서클까지 달고 한밤중에 찾아와 절박하게 문을 두드리는 그녀를 맞이한 게 바로 모든 고난과 탈선의 시작이었다. 그 후로, 삼 년 내내 매여 살게 될 줄 알았다면 절대로 그 문을 열어 주지 않았을 텐데!

그녀가 하고 다니는 짓을 엄마나 할아버지가 아신다면, 모르긴 해도 집안이 발칵 뒤집어질 것이었다. 그리고 박샘은 본가로 불려가 종아리를 맞거나 아니면 족보에서 깔끔하게 파내어져 서류상 영판 남이 될지도 모른다.

"그래도 성적이 떨어지지 않아서 다행이야."

성적이 떨어졌다거나 방학 때 내려가지 않았더라면 이 비행이 금방 탄로 났겠지만 그녀는 현명하게 위기를 극복해 냈다. 바쁜 마감 때를 위해 박샘의 만화책 몇 권으로 대출(대신 출석)해 주는 친구를 만들어 두었고, 시험 때는 미친 듯이 족보를 외웠다. 게다가 방학 땐, 처음 며칠만 얼굴을 보여 주고 영어공부를 핑계로 날름 다시 올라왔다.

그래도 일단은 영문학 전공이다 보니 학원도 다녀 줘야 한다고 공갈을 친 게 잘도 먹혔던 것이다. 학원비는 과외 아르바이트를 해서 벌겠다며 제법 기특한 소리까지 했더니 나머지는 일사천리였다.

유서 깊고 청렴하며 명망 또한 높은 반가(班家), 그것도 박씨 종가(宗家)의 핏줄이니 요즘 여자아이들이 하고 다니는 것처럼 심하게 덜 입고 다니거나, 개념을 상실하고 함부로 행동하거나, 용돈을 번답시고 공연한 일을 할 생각은 말라고 딱 내리누르신 할아버지도 과외 일만큼은 흔쾌히 허락을 해 주셨다. 그래도 일단은 깍듯이 '선생님'이라는 소리를 듣는다는 이유에서였다.

그런데 사실은 과외가 아니라 반지하 원룸 작업실에 앉아 몇 날 며칠 동안 잠도 안 자고, 제대로 씻지도 않고, 자장면을 철근같이 씹으며 반 폐인 몰골로 지우개질이나 먹칠, 톤칠을 하고 있다는 사실을 아시게 된다면?

"우리 가문에 이런 삐뚤어진 종자는 없었다고 멍석에 말아 내쫓으실지도 몰라."

모르긴 해도 그녀만 내쫓기는 게 아닐 게다.

딸자식 헛 키웠다는 이유로 삼십 년 세월 군말 없이 종부 노릇을 해 온 엄마도 같이 쫓겨난다. 이거야말로, 은혜를 원수로 갚는 일이 아닐까?

"절대로 들키지 말아야지."

승리는 주먹까지 움켜쥐고 굳게 다짐했다.

증거 인멸은 곧 완전범죄로 가는 지름길이다. 따라서 지내고 있는 오피스텔엔 만화와 관련된 어떤 물건도 들여놓지 않는 것을 원칙으로 하고 있었다. 부모님이나 혹은, 할아버지가 언제 기습 방문을 할지 모르는 일이었으므로. 캬캬캬. 아이, 용의주도한 승리 씨 같으니라고.

"아웅, 졸리다. 물 먹은 솜처럼 온몸이 무거워. 들어가면 내일까지 꼼짝 않고 자 줘야지. 히히."

다행히 내일은 별다른 일정이 없어 마음 놓고 푹 퍼져도 상관이 없었다. 방학이라 수업도 없겠다, 마감도 했겠다, 뿐만 아니라 아직 용돈도 두둑하니 딱 등 따시고 배부른 형국이다.

"열라 좋은 거. 어쩔시구 옹헤야!"

희희낙락. 히죽 웃은 승리는 기운차게 팔까지 척척 휘저으며 초저녁 무렵치곤 이상하리만치 한산한 횡단보도를 건넜다. 여기서 백 미터만 더 가면 바로 그녀가 사는 오피스텔 건물이 나온다. 안 그래도 저만치쯤 떨어진, 오렌지색 건물이 바로 눈에 들어오고 있었다. 덕분에 긴장이 슬슬 풀어지면서 아까보다 더 졸리기 시작했다. 그때였다.

"야!"

"넹?"

막 횡단보도를 건넌 그녀를 누군가가 불러 세웠다. 아니, 그녀의 뒤통수에 대고 싸가지 없이 '야!'라고 소리를 쳤다. 지금, 나 부른 거 맞지? 이상하다, 방금 전까지 아무도 못 봤는데! 누구여?

놀란 승리가 반사적으로 홱 돌아섰다. 그러자 너무 졸려서 흐릿한 그녀의 눈에 문득 이질적인 존재 하나가 들어왔다. 그녀의 발밑까지 길게 늘어진 그림자를 눈으로 스윽 쫓아가 보니 그 끝에 그가 서 있었다.

그 사람은…… 아니, 사람인가?

승리는 끔뻑끔뻑 두어 번이나 눈을 감았다 떴다. 그러자 이게 어찌 된 일인지, 만화 속에서 방금 툭 튀어나온 것처럼 생긴 커다란 토끼 한 마리가 코앞에 오도카니 서 있는 거다. 토끼? 기다란 귀, 똥그란 눈동자에, 하얀 몸, 앙증맞은 꼬리, 그리고 모가지에 칭칭 휘감은 빨간 목도리와…… 고무신? 어라라? 고무신!

토끼는 하얀 고무신을 신고 있었다.

그 부분에서 승리는 갑자기 격한 혼란에 사로잡히고 말았다. 그러니까 토끼가 원래 고무신을 신고 다니는 생물이었었지? 갸웃? 너무 졸려 잠시잠깐 살짝 정신줄을 놓은 승리의 머리통이 한쪽으로 기우뚱 기울어졌다. 짧은 순간, 무수히 많은 토끼 발과 고무신이 머릿속 백지에 부지런히 발자국을 찍어 대고 있었다. 갑자기 번뜩이는 깨달음 하나가 뇌리를 스쳐 갔다. 그랬구나, 토끼는 사실 고무신을 신고 다니는 거였구나! 그 중요한 사실을 나는 왜 이날까지 모르고 있었단 말인가!

스스로의 무심함에 대해 승리는 소리 없이 충격을 받았다.

그런 때에 토끼치고는 지나치게 커다란, 예의 고무신을 신은 토끼가 그녀를 향해 뒤뚱거리며 다가왔다. 그리고는 한쪽 앞발(?)을 삐죽 치켜들면서 말했다.

"안녕!"

헉! 토끼가 말을 한다. 그러고 보니 아까도 '야!' 라고 소리쳤었어! 승리의 입이 충격으로 헤 벌어졌다. 그런 그녀를 향해 한 손에 초록색 소주병을 든 토끼가 다시 말했다.

"야, 초딩. 바닐라스카이 어디 있는지 알아?"

초, 초딩? 누가? 설마 내가? 야아, 이런 간덩이가 부어터진 토끼를 보았나.

몽롱한 와중에도 승리는 당장 볼을 부풀렸다. 자랄 만큼 다 자란 20대의 꽃 같은 누님에게 감히 할 소리가 따로 있지. 더구나 이제 개강하면 대학 졸업반씩이나 되는 누님에게 말이야. 키라도 작으면 말을 안 한다. 내가 이래 봬도 160이거든, 자그마치 160! 비몽사몽 중에도 순간 울컥한 승리는 이 당돌한 토끼에게 따끔하게 한마디 해 줘야겠다고 생각했다. 그리하여 주먹에 힘을 꽉 주고 큰 소리로 외쳤다.

"……첨 들어 보는 곳인데요! 헤헤."

"밥 먹는 곳이래."

"몰라요."

"드라마 찍는 중이기 때문에 사람도 많대."

"예에. ……몰라요."

이거 바보 아녀?

따박따박 대답하며 때마다 고개를 홰홰 젓는 꼬맹이의 모습에 레이몬드는 조금 후회했다. 아무리 길바닥에 사람이 뜸했다지만 이런 꼬맹이가 뭘 안다고 붙잡았을까. 그냥 길 좀 다녀 봤을 법한, 인상 좋은 아줌마가 지나갈 때까지 기다릴걸.

짜증스러운 마음에 하얀 마늘쪽처럼 조그만 코 바로 아래까지 노란 목도리를 칭칭 휘감고 있는 꼬맹이를 가만히 바라보다 그는 충동적으로 손을 뻗어 녀석의 머리를 슥슥 쓰다듬어 주었다. 그래, 꼬맹이에겐 죄가 없지. 아직 어린 것뿐이잖아. 이 추운 날 늦게까지 싸돌아다니느라 고생하는구나, 꼬마야.

"얼른 집에 들어가라, 초딩."

깻잎 같은 앞머리에 앙증맞은 해바라기 핀을 꽂고 똥그란 뿔테 안경을 쓴 꼬맹이는 멀리서 볼 때보다 훨씬 더 귀여웠다. 볼에 잡힌 통통한 젖살과 안경만큼이나 땡그란 눈매가 흡사 양배추 인형을 보는 듯했다. 그래서 범죄라는 생각을 떠올리기도 전에 그는 본능적으로 손을 뻗어 꼬맹이의 머리를 쓰다듬고 말았던 것이다. 그나저나 이놈의 밥집은 대체 어디에 처박혀 있다는 거지?

음주 운전까지 불사하며 달려왔는데 아무리 두리번거려 봐도 당최 찾을 수가 있나. 아까부터 뱃속에서 후끈 치솟는 열기에 알딸딸한 취기마저 느끼고 있는 상황에 길까지 잃어 놓으니 갑자기 기운이 쏙 빠졌다. 더구나 잠깐 미쳤었는지 들고 있던 핸드폰을 집어 던지고 엉뚱한 소주병을 들고 나와 현무에게 연락도 할 수 없는 마당임에랴.

[미쳤어.]

그의 초록색 눈동자에 진한 후회의 눈물이 맺히는 순간이었다.

그 모습을 승리는 사정없이 몽롱한 시선으로 올려다보고 있었다.

'쓰다듬는 거냐? 니가 시방 내 머리에 발을(?) 올린겨?'

졸려서 죽을 것만 같은 이 상황에서도 지금 벌어지고 있는 일만은 이상하리만치 또렷하게 느껴지고 있었다. 어렸을 때부터 하도 자주 당해 온 일이라 결코 잊으려야 잊을 수가 없는 이 느낌. 이 간이 부어터진데다, 개념도 없고, 겁까지 상실한 토끼는 지금 앞발로 그녀의 머리를 슥슥 쓰다듬고 있었다. 그러면서 하는 말이 또 '초딩'이란다.

"요, 용서할 수 없어."

"뭐?"

"이 나쁜 놈아, 난 초딩이 아니란 말이야아!"

힘껏 소리치며 승리는 두 팔을 뻗어 토끼를 홱 밀어 버렸다. '이대로 팍 자빠져 엉덩방아 한번 호되게 찧어 보렴'이라는 모진 생각으로 한 짓이었다. 그런데 너무 졸려 몸이 제대로 말을 안 듣는 바람에 있는 힘껏 밀쳤음에도 불구하고 손맛이(?) 굉장히 안 좋았다. 허무하게 스치는 느낌과 함께 고작 툭! 하는 소리가 남았을 뿐이다.

"어어어!"

맑고 고운 툭! 소리와 함께 살짝 넋을 놓고 있던 토끼가 기우뚱 한 걸음 물러섰다. 물러서면서 어디에 어떻게 미끄러졌는지 다음 순간 소리도 없이 그 자리에 풀썩 주저앉았다. 동시에 날아오른 고무신 한 짝이 승리의 발치에 힘없이 떨어졌다.

"오호, 이게 웬 신이셔."

기대했던 만큼은 아니지만 어쨌거나 토끼는 자빠졌다.

통쾌함에 전율하며 승리는 날아온 고무신을 냉큼 주워 들고 사악하게 웃었다. 그리고 말했다.

"야, 이 바보 토끼야…… 나 잡아 봐라~ 오호호호!"

승리는 고무신을 들고 홱 돌아서서는 집을 향해 미친 듯이 뛰기 시작했다. 순간, 웃으면서 들판을 달리는 들장미 소녀 캔디가 된 듯한 기분마저 들었다. 그래서 해지는 겨울 하늘 위로 울려 퍼지는 그녀의 웃음소리는 유독 길었던 것이다.

"하!"

웬 정신병자 소녀처럼 웃으면서 달려가는 초딩을 멍하니 바라보다 레이몬드는 너무 기가 막혀 저도 모르게 혀를 찼다. 저거 진짜로 바보 아녀? 머리를 슥슥 쓰다듬어 주면서 주위를 살피는 그 잠깐 사이에 일은 벌어졌다.

뭐가 불만인지 거의 기어 들어가는 목소리로 뭐라고 뭐라고 빠르게 중얼거린 초딩이 손을 뻗어 가슴팍을 톡 건드려서는 공연히 다리가 접질리게 만들더니, 갑자기 아무 죄 없는 그의 고무신을 들고 뛰기 시작했다. 처음부터 고무신을 납치하기로 계획을 짠 건지 아주 자연스럽게도 돌아서서 달려가더라. 그리고 꼬맹이는 여전히 까르르 웃으며 발랄하게 뛰고 있었다.

"악!"

철푸덕!

팔랑거리며 열심히 뛰어가던 꼬맹이가 채 열 발자국을 떼기도 전에 앞으로 홱 자빠졌다. 그리고는 한참을 기다려도 일어나지 않았다. 머, 머리가 깨졌나? 고소하다고 웃다가 어쩐지 예감이 이상해 레이몬드는 슬금슬금 일어나 깨금발을 하고 황급히 녀석에게 다가갔다.

"야, 초딩! 괜찮아? 마, 많이 아파? 혹시 머리 부딪쳤어? 움직이지 마. 아저씨가 얼른 차를……."

"……."

"절대로 정신을 놓으면 안 돼. 꼬맹아? 초딩!"

"드르렁…… 쿠울. 음냐음냐. 이히히히……."

"……!"

자냐? 지금 그러고 잠들어 버린 거냐, 초딩?

머리라도 깨진 줄 알고 잠시나마 긴장했던 보람도 없이 꼬맹이는 그대로 엎어져서 걸쭉하게 코를 골고 있었다.

[하! 하하, 이게 대체 무슨 일인지.]

너무 어처구니가 없어 화도 나지 않았다. 다만, 전혀 예상치 못했던 한 가지 고민이 생겼을 뿐이다.

[이걸 어쩌지?]

그냥 두고 가 버리기엔 날씨가 제법 매서웠다.

모르긴 해도 이런 조그만 사이즈의 꼬맹이는 밤사이 딱 알맞게 얼어 죽을지도 모른다. 그렇다고 집으로 데려가자니 그건…… 아동유괴, 혹은 납치가 되는구먼.

[나를 범죄자로 만들 셈이냐, 꼬마?]

그의 미간에 깊은 고랑이 생겼다.

두고 가면 얼어 죽고 데려가면 유괴범이 될 판이다. 더구나 당장은 전화기도 없고, 집으로 다시 돌아가기 위해선 목숨 걸고 음주운전을 해야 하는데 말이다. 때 아닌 고뇌에 사로잡혀 그는 길게 엎어져 코를 골고 있는 꼬맹이를 가만히 바라보다 주섬주섬 꼬맹이가 메고 있는 작은 가방을 집어 들었다. 그리곤 부스럭거리며 안을 뒤지기 시작했다. 요즘엔 초딩도 핸드폰을 들고 다닌다니 혹시나 싶어서였다. 그때였다.

"어머, 사람이 쓰러져 있어!"

"저 사람 가방을 뒤지고 있잖아."

"강도 아냐?"

어디에선가 우르르 몰려나온 여자들이 그를 멀찍이 둘러싸고는 큰소리로 수군거리기 시작했다. 너무 빠른 말이라 무슨 뜻인지 제대로 알아듣지 못했지만, 돌아가는 상황만으로도 내용이 대강 짐작이 갈 정도로 분위기는 나빠지고 있었다.

'핸드폰 카메라는 왜 자꾸 조준하고 그래? 아니, 저 여자가 지금 어디로 전화를 거는 거지?'

그를 흘끔거리며 조심스럽게 핸드폰 버튼을 누르는 여자까지 발견하자 더 이상 선택의 여지가 없어졌다. 레이몬드는 가방을 도로 꼬맹이에게 매어 주고 슬금슬금 움직여 그녀를 들쳐 업었다. 자신은 절대로 나쁜 짓을 하려던 놈이 아니라 어디까지나 순수하게 꼬맹이를 구해 줄 목적이었다고 시위를 하는 것처럼.

[이렇게 귀여운 토끼가 어떻게 나쁜 짓을 한다고 그래. 어디 가서 이만큼 착한 토끼 봤어?]

혼잣말처럼 중얼거리며 대강 들쳐 업은 꼬맹이를 추스르는데 문득 등 뒤에서 뭉클한 느낌이 전해져 온다.

[어……라?]

두툼한 코트 너머에서 전해지는 몽글거리는 느낌과 손바닥 가득 잡히는 통통한 엉덩이의 감촉이 너무 선명하게 다가오고 있었다. 이런 순간에 느껴지리라고는 전혀 생각지도 못했던 감촉이었다. 게다가 잠든 꼬맹이가 하필이면 예민한 목덜미에 대고 가녀린 숨을 내뱉을 건 또 뭐란 말인가.

아무리 목도리가 중간에 있다지만 녀석의 뜨건 숨결이 적나라하게 느껴져 그는 순간 당황하고 말았다. 갑자기 술기운이 확 뻗치는 것처럼 얼굴이 희미하게 화끈거리기 시작했다.

'요, 요즘 꼬맹이들은 발육이 너무 좋아 문제라니까. 초딩 주제에. 크흠.'

그동안 너무 굶었는지 오다 가다 만난 초딩 하나 등에 업은 거 가지고 레이몬드는 스스로 생각해도 지나치게 긴장하고 있었다. 이 어린 꼬맹이가 나이답지 않게 가슴이 좀 있다거나, 엉덩이가 딱 잡기 좋게 통통하긴 하지만 어디까지나 초딩이 아닌가 말이다. 이름 하여, 아직 젖살도 안 빠진 어린애란 말이지. 이제 막 태어난 이안네 덩어리랑 같은 등급.

[혀, 현무랑 연락이 되면 빵빵한 언니들을 불러 놀아야지.]

꼬맹이에게 긴장하는 스스로에게 위기감마저 느끼며 레이몬드는 굳게 결심했다. 그때였다.

"우웅. 음냐음냐."

그의 어깨에 얼굴을 박고 있던 꼬맹이가 불편한지 고개를 돌려 이번엔 아예 그의 귓가에 코를 박았다. 순간, 뜨거운 숨결과 함께 흐릿한 비누향기가 코끝을 스쳤다. 두근!

[헉!]

갑자기 심장이 벌컥거렸다.

너무 펄쩍 뛰어서 순간 심장마비가 온 줄 알았다. 꼬맹이를 업고 느릿느릿 걷던 레이몬드는 저도 모르게 우뚝 멈춰 서서는 충격 받은 얼굴로 급하게 심호흡을 했다.

'왜 고개를 드는 거냐. 어쩌라고 꼬맹이한테 발정을 하고 지랄이야? 부끄러움도 모르는 이 짐승!'

자동연쇄반응처럼 슬슬 기지개를 켜기 시작하는 아랫도리에 꾸욱 힘을 주고 그는 잠시 하늘을 우러러 묵직한 한숨을 토해 냈다. 이러면 안 돼. 아무리 굶주리고 취했다고 해도 여기서 벌컥거리면 인생 끝인 거야. 왜냐하면 상대는 초딩이잖아? 아직 솜털도 안 벗겨진 병아리란 말이지.

스스로를 설득하며 그는 아랫도리가 가라앉을 때까지 가열차게 구구단을 외웠다. 제대로 맞지 않던 지난해 재무제표와 회계

업무 리스트도 떠올리고, 150년형을 선고받은 아동 성범죄자의 말로는 물론, 원수나 다름없는 아버지에, 심지어는 학창 시절 쏴 죽일 뻔한 동창 놈의 얼굴까지 열심히 되새김질을 했다.

[휴우, 땀 나.]

다행히 위기는 순조롭게 지나갔다.

기세등등하게 고개를 쳐들던 아랫도리가 아버지의 밉상 맞은 얼굴을 떠올리기가 무섭게 언제 반항을 했었냐는 듯 잠잠하게 가라앉았다. 그런데 그 짧은 사이 식은땀 좀 흘렸다고 아까보다 취기가 더 올라오고 있는 게 문제였다. 이젠 알딸딸하다 못해 정말 구멍이라도 나려는 건지 속까지 얼얼해지고 있었다. 더불어 머릿속도 점점 더 몽롱해지는 듯하다. 생각해 보니, 그는 오늘 빈속에 소주를 두 병이나 마셨다. 고춧가루를 타서.

[하아, 위험해. 아무래도 재석한테 전화를 해야겠어.]

집을 나서기 전의 알딸딸함을 도로 느끼며 그는 다시 느릿느릿 걸음을 옮기기 시작했다. 탈출의 기쁨은 이미 어디에도 없었다. 남은 건 좌절과 속 쓰림과 집이 어딘지 모를 꼬맹이뿐이다. 그 흔한 핸드폰도 없어서 공중전화를 찾던가, 아니면 어딘가 조용한 곳으로 가 업고 있는 꼬맹이의 핸드폰을 빌리거나, 양자택일을 해야 할 판이었다.

[핸드폰은 가지고 다니는 거겠지, 초딩? 안 그러면 너 진짜 미워할 거야. 끄윽. 아, 덥다.]

휘적휘적 걸어가는 레이몬드의 그림자가 석양에 길게 늘어지고 있었다. 등에 혹이 달린, 딱 토끼 꼬라지를 한 그림자였다.

처음엔 제법 똑바로 척척 걷던 그림자는 얼마 지나지 않아 점점 더 크게 휘청거리더니, 그로부터 십여 분이 지나자 취객처럼 아예 노골적으로 비틀거리기 시작했다.

이리 비틀, 저리 비틀. 사정없이 오락가락하면서도 기어이 걸어가는 모습이 너무 위태로워 몇몇 사람들은 가던 길을 멈추고 그가 무사히 지나갈 때까지 꾸준히 지켜보기도 한다. 물론, 그런 일에 대해 레이몬드는 전혀 신경 쓸 겨를이 없었다.

[갈증 나. 아이씨, 왜 이렇게…… 덥고 난리야. 이게 다 아…… 이안이 애를 낳아서어…… 끄윽…… 재석으은…… 왜 나를 미워하나아…….]

그는 이제 술주정까지 하고 있었다.

갑자기 오만가지의 감정이 울컥 치고 올라오면서 지구가 거꾸로 돌기 시작하는 느낌이었다. 그러다 어느 순간, 바닥이 벌떡 일어나더니 아무 죄 없는 그의 어깨를 후려쳤다. 꼬맹이를 업은 채 모로 자빠진 덕분에 보도블록에 어깨를 찧어 버린 것이다. 평소라면 날렵한 반사 신경으로 손을 뻗어 위기를 모면했겠지만, 지금은 취한데다 꼬맹이가 등에 업혀 있어 손을 뻗을 수가 없었다.

[큭! 아야야. 이 나쁜 새끼!]

꼬맹이를 업은 채 비틀비틀 일어선 그가 바닥을 걷어차면서 소리쳤다.

[왜 잘 가고 있는 사람을 치고 지랄이냐? 취했어? 우엑!]

몽롱하게 소리치던 그가 갑자기 고개를 푹 꺾었다. 그리고 길옆 가로수에 고개를 처박고는 시뻘건 토사물을 쏟아 내기 시작했다. 색깔은 딸기주스인데 냄새는 썩은 하수도에서 올라오는 것 같은 멀건 것이 주르륵 흘러내렸다.

한바탕 토하고 나니 정신이 조금 돌아오는 것 같았다.

레이몬드는 코를 한번 훌쩍이고는 슬금슬금 등에서 흘러내리고 있는 꼬맹이를 다시 한 번 추슬러 업었다. 그리고 다시 휘적휘적 걸음을 옮기기 시작했다. 여전히 사정없이 비틀거리는 걸음으로.


현무가 레이몬드의 전화를 받은 건, 감독이 막 촬영 중지를 선언했을 때였다. 아무리 기다려도 오지 않는 여주인공과 남주의 외국인 친구 3 때문에 더 이상은 촬영을 계속할 수 없었던 것이다. 그리하여 예정보다 조금 일찍 촬영을 접고 아예 해산을 하기 시작했는데, 바로 그때 현무의 전화벨이 몸부림을 친 거다.

—재서어억…….

[레이? 이 새끼, 너 어디야?]

그는 이미 단단히 화가 난 상태였다.

아무리 기다려도 오지 않고, 전화를 걸어도 받지 않던 놈이 촬영이 중지된 지금에서야 연락을 해 왔으니 당연히 화가 날 만도 한 상황이었다. 더구나 제 전화기는 어쨌는지 핸드폰엔 생판 낯선 번호가 찍히기까지 했다.

—야아…… 딸꾹. 위가 아파아…… 꼭…….

[뭐? 아, 아파?]

아프다는 소리에 고래고래 소리치던 것도 잊고 그는 당장 자세를 낮추고 조심스럽게 귀를 기울였다.

—아파 죽어어…… 우욱…….

[위가 왜 아픈 건데? 아, 아니다. 레이, 거기 어디야? 어디서 뭘 하고 있는 거야? 내가 갈 테니까 빨리 말해.]

정말로 고통스러운 듯 쥐어짜는 듯한 목소리와 간간이 들려오는 구토 소리가 상황이 심상치 않음을 알려주고 있었다. 덕분에 현무는 정말로 긴장해 버리고 말았다. 한국에 와서 아직 한 번도 아파 보지 않았던 녀석이 대체 무슨 일로 다 죽어 가는 건가. 설마, 남몰래 혼자 향수병에 시달리다 유통 기간이 훌쩍 지난 약이라도 주워 먹은 거?

[이 바보 자식! 계약이고 뭐고 그냥 미국으로 도망가 버릴 것이지.]

최악의 상황을 상상하며 현무는 이를 질끈 깨물었다.

안 그래도 그 또한 요즘 마음이 심란하여 그냥 미국으로 돌아가 버릴까 고민을 하고 있었기 때문에 이렇게까지 하는 레이몬드의 마음을 충분히 이해할 수 있었다.

[거기서 꼼짝 말고 기다려. 내가 금방 갈게. 절대로 허튼 마음을 먹으면 안 돼.]

거의 죽어 가는 목소리로 간신히 대답하는 레이몬드에게 신신당부를 한 다음 그는 재빨리 차에 올라탔다. 그리곤 놀라 소리치는 매니저를 따돌리고 그 길로 미친 듯이 밟기 시작했다.

금요일 초저녁이라 시내도로는 그야말로 주차장을 방불케 했지만 그딴 건 이미 안중에도 없었다.

그는 넘지 말아야 할 선을 숱하게 넘고, 신호를 무시하고, 심지어는 경찰차의 추격까지 따돌……리고 싶었지만 다행히 레이몬드는 근처에 와 있었다. 촬영장을 찾지 못해 헤매고 있었는지 고작 블록 하나 떨어진 동네에 주저앉아 있단다. 그리하여 모처럼 끌고 나온, 멋들어진 그의 애마가 불을 뿜을 필요도 없었다.

흥분한 보람도 없이, 그는 고작 골목을 몇 바퀴 돌다가 웬 꾀질꾀질한 오피스텔 바로 앞 벤치에 앉아 있는 레이몬드를 발견한 것이다. 아니, 정확히 표현하자면 그냥 앉아 있는 건 아니었지만.

"어머 어머, 웬일이야. 토끼 옷을 입고 있어."

"꺄악, 귀엽다. 저 소주병 좀 봐. 찍어서 인터넷에 올릴까?"

"저 님 좀 짱이다."

애들부터 근처 대학에 다니는 여자들까지 바글바글 모여 한꺼번에 핸드폰이며 디지털 카메라를 꺼내 들고 플래시를 터뜨리고 있었다. 무슨 일이라도 생긴 건가 싶어 멈춰 선 그의 눈에 문제의 주인공이 들어온 건, 순전히 우연이었다. 대로변에 놓인 벤치 위. 그의 친구 레이몬드는 소주병을 끌어안고 하얀 벤치 위에 길게 누워 있었다.

처음 그는 하얀 인형 옷을 입고 있는 레이몬드를 미처 알아보지 못했었다. 아무리 아는 이 하나 없는 한국 땅이라지만, 미국 땅에서 이미 패션 리더로 유명했던 레이몬드가 설마하니 저런 우스꽝스러운 모습으로 돌아다닐 리가 없다고 생각했던 것이다. 그런 이유로, 그는 그저 레이몬드가 그 근처 어딘가에 있을 거라는 생각에 아까 전 걸려 온 번호로 다시 전화를 걸었다. 그랬는데 벨소리가 바로 그 벤치 위에서 들려오는 게 아니겠는가.

덕분에 그는 그야말로 소스라치게 놀랐다.

눈으로 보고도 차마 믿어지지가 않아 자그마치 세 번이나 다시 전화를 걸었을 정도였다. 뿐만 아니라 아예 모자까지 벗기고 얼굴을 확인하기까지 했다.

"하아, 망할 자식."

벤치 앞에 쪼그려 앉아 현무는 허탈하게 한숨을 내쉬고 말았다.

무슨 큰일이라도 난 줄 알고 허겁지겁 달려왔는데 고작 소주병을 끌어안고 길바닥에서 처자고 있다니. 고무신을 신은 꼬라지, 그것도 한 짝은 어쨌는지 왼쪽 발에만 신은 채로! 뿐만 아니라 어디에서 어떻게 넘어져 갈은 건지 오른쪽 광대뼈 근처에서는 피까지 슬쩍 비친다.

"그냥 버려 두고 가 버릴까?"

순간 갈등마저 생겨났다. 그러나 상황은 또 그의 마음대로 돌아가 주지 않고 있었다.

"저 사람 영화배우 강현무 아냐?"

"나도 그렇게 생각했는데! 역시 닮았지?"

"말을 걸어 볼까?"

하나 둘, 그를 알아보는 사람들이 생겨나고 있었던 것이다.

웬 눈들이 그리 좋은지 모자를 푹 눌러쓰고 선글라스까지 꼈는데도 불구하고 어느새 알아보고 슬금슬금 다가온다. '어마, 뜨거라.' 싶어 그는 재빨리 레이몬드를 들쳐 업었다. 그리곤 '저, 저기요오.' 하면서 다가오는 여자들을 뚫고 그대로 차에 올랐다. 그 전에 레이몬드를 먼저 조수석에 던져 넣은 건 물론이다.

아무리 어이없는 놈이라지만 이 엄동설한에 얼어 죽게 내버려 둘 수는 없는 노릇이 아닌가 말이다. 벌써 사진을 수십 장이나 찍혀 당장 내일이면 각종 포털에 '엽기토끼 등장하다', '음주토끼', '토끼, 막 나가다' 따위의 제목으로 사진이 뜰 텐데, 자신마저 버리면 이 불쌍한 친구는 정말로 쪽팔려서 혀를 깨물지도 모른다.

[사진이 미국까지 건너가지 않기만을 빌어, 이 자식아. 모 사이트에 동영상이라도 올라가면 넌 이제 여자는 다 만난 거야.]

여자만 다 만났나? 직업 전선에도 문제가 생길 거다. 그간 놈은 그래도 변호사랍시고 나름대로 이미지 관리를 하고 있었는데 결국은 그게 다 쇼였다는 게 들통 날 거다. 뿐만 아니라, 저 꼬장꼬장한 영국의 노신사는 또 어쩌고?

신호에 걸려 멈춰 서면서 현무는 몇 번 본 적이 있는 레이몬드의 아버지를 떠올렸다. 집사라는 직업인답게 반듯하고, 깔끔하고, 칼처럼 단정하던 노신사의 얼굴이 눈앞을 스치고 있었다. 그러자 순간, 옆자리에 엎어져 곯아떨어진 레이몬드가 말도 못하게 불쌍하게 느껴지기 시작한다.

[너 이제 어쩌냐, 레이? 아버지가 널 쏴 죽이러 달려올지도 몰라.]

[우웅, 아부지이…… 미워어.]

흠칫! 설마 깨어 있었던 거?

[레이? 깬 거냐?]

혹시나 싶어 옆구리를 쿡 찌르자 잠꼬대인지 주정인지 구분이 안 가게 웅얼거리며 레이몬드가 돌아누웠다. 다행히 그는 아직도 잠에 취해 있었다. 다만, 무슨 꿈을 꾸고 있는 건지 얼굴을 점점 더 찌푸리는 게 조금 이상할 뿐이었다.


레이몬드는 꿈을 꾸고 있었다.

언제나처럼 그는 이번에도 '그곳'에 갇혀 있다. 너무 캄캄해 바로 앞조차 보이지 않는 그곳은 여전히 버석버석 모래 밟히는 소리가 날 정도로 건조했다. 서늘하면서도 어둡고, 음습한 동시에 건조하며, 마치 지구의 어느 한 부분이 아닌 듯 한없이 이질적인 고요함으로 가득한 우리.

너무 조용해 세상의 모든 소리가 사라진 듯한, 그 죽음 같은 적막 속에서 들려오는 소리라곤 오직 자신이 내뿜는 가녀린 숨소리뿐이었다.

'후욱, 후욱……'

발가락 끝에서부터 점점 더 죄어 오는 공포를 견디기 위해 그는 허덕이며 가쁜 숨을 몰아쉬기 시작했다. 그러면서도 그는 이미 분명히 깨닫고 있었다.

'이건 꿈이다. 그냥 꿈일 뿐이야. 지금 난 안전해. 더 이상 누구도 나를 해칠 수 없어.'

누구보다 확실히 알고 있는 사실을 정신없이 되새기며 그는 천천히 고개를 들었다. 바로 그때, 갑자기 머리 위에서 빛이 쏟아졌다. 천장과 만나는 즈음에 만들어진 작은 창이 활짝 열리고 있었다. 그 사이로 너무 환해서 오히려 눈을 멀게 만드는 형광등 불빛이 똑바로 눈을 찔러 온다.

오랫동안 빛을 받지 못한 눈이 시리다 못해 아파 그는 재빨리 눈을 감았다. 그러다 얼마 지나지 않아 슬그머니 눈을 뜨자 이윽고 빛 너머에서 괴물 같은, 누군가의 커다란 손 그림자 하나가 서서히 모습을 드러내기 시작했다.

'안 돼. 오지 마. 죽을 거야. 안 돼!'


[헉!]
[정신이 좀 드나?]
[이……안?]

목을 죄여 오는 질식의 끝에서 간신히 눈을 뜨자 언제부터 와 있었던 건지 이안이 곁에서 시큰둥한 얼굴을 들이밀었다. 그리곤 눈으로 그의 얼굴을 스윽 훑더니 아주 다행이라는 듯 혼 잣말처럼 빠르게 중얼거린다.

[흐음, 그럭저럭 괜찮아 보이는군.]
[엉? 뭐가?]

무슨 소리인지 몰라 멍하니 되물었지만 안중에도 없는 건지, 그는 대뜸 핸드폰을 꺼내 들고는 심혈을 기울여 버튼을 꾹꾹 눌렀다.

[허니, 살아났어. 지금 출발할게.]

[이안?]

[좀 더 자라, 레이. 나머지 설명은 재석에게 듣고. 그럼 난 이만.]

[어어, 이아안!]

애타게 불렀지만 놈은 이미 가차 없이 돌아선 뒤였다.

누가 공처가 아니랄까 봐 마누라님에게 전화로 보고까지 한 뒤 잡을 새도 없이 후다닥 사라졌다. 익숙한 얼굴을 발견하기가 무섭게 찾아들었던 깊은 안도감이 순식간에 증발해 버리는 순간이었다. 이럴 거면 대체 왜 온 거냐, 이 자식아.

아무리 곰 같은 마누라와 토끼 같은 애새끼가 생겼다고 해도 그렇지. 하나밖에 없는 불알친구를 이렇게 외면할 수 있는 거냐! 너, 마누라가 등 떠밀어서 어쩔 수 없이 온 거지?

[배신자 같으니라고.]

신경질적으로 내뱉으며 레이몬드는 굼실굼실 몸을 일으켰다. 그러다가 그것을 발견했다.

[어라?]

팔뚝에 연결되어 있는 반투명하고 가느다란 줄. 시선을 머리맡으로 옮겨 보니 투병한 링겔병 하나가 침대 기둥에 매달려 있다. 의사까지 왔었단 말인가? 왜?

[한두 번 있는 일도 아닌데 새삼스럽게…….]

고백하건대, 그는 이 꿈을 벌써 수백 번도 더 꾸었다.

수백 번을 꾸었지만 질리지도 않고 그때마다 끔찍한 공포에 떠는 건, 그가 그 일을 실제로 겪은 탓이다. 열 살 즈음 이안과 함께 유괴를 당했다가 겪은 일이 악몽이 되어 서른이 넘은 오늘날까지 질기게도 따라다니고 있는 것이다. 이것은 이제 흡사 그의 고질병이 된 것 같았다.

[젠장!]

스스로 생각해도 한심해 그는 한숨을 길게 내쉬었다. 그리곤 악몽 때문에 식은땀으로 푹 젖어 버린 몸을 뒤척여 간신히 침대 밖으로 다리를 내려놓았다. 거의 동시에 방금 전 이안이 밀고 나간 방문이 도로 벌컥 열렸다. 문제의 배신자, 이안이 얼굴만 쏙 들이밀고 말했다.

[아, 깜빡할 뻔했다. 레이, 대부가 오신대.]

순간, '그게 누군데?' 라고 물을 뻔했다. 어디까지나 그는 아직 잠에서 덜 깬 상태인 것이다.

[아버지가?]

[응, 유모와 함께. 내일 오후 비행기로 도착이야. 각오해 두는 게 좋을걸? 그럼 난 정말로 간다.]

[하아?]

휘잉~ 따뜻하다 못해 후끈거리는 실내에 문득 찬바람이 불었다.

[아버지가…… 와?]

왜? 라는 짧은 의문이 스쳐 갔지만, 그는 곧 고개를 저어 버렸다.

이유 따위는 굳이 필요하지도 않았다. 심심하면 뭐가 됐든 한두 가지쯤 만들면 그만이니까. 더구나 주인이 한 달째 한국에 머물고 있는 마당이니 두말할 것도 없는 일이지.

이제야 말하지만, 그의 아버지는 집사였다.

그것도 200년째 대를 이어 가고 있는 집사가문의 당대 가주다. 그런 그가 섬기고 있는 가문은 저 얄미운 집구석인 가르니에 백작가. 즉, 이안네 아버지가 주인인 거다.

덕분에 그는 가르니에 백작가에서 태어나 이안과 함께 자랐다.

아버지들끼리 서로를 자식들의 대부로 정하는 바람에 본의 아니게 정말로 친형제처럼 자란 것이다. 그리고 지금은……

[왜 나까지 집사로 만들고 싶은 건데?]

아버지의 등살에 떠밀려 반 억지로 이안의 개인비서 겸 집사 노릇을 하고 있는 스스로의 처지가 그는 생각할수록 너무나도 안타까웠다. 그까짓 엄마 집을 팔아 버리든 말든 그냥 외면해 버리고 미국으로 도망가 버리는 건데 그랬다.

[엄마아, 아버지가 나 구박해.]

레이몬드는 애타게 엄마를 불러 보았다. 그러나 이미 오래전에 죽은 엄마가 대답을 해 줄 리 만무한 일이었다. 여기서 대답을 해 주면 그게 더 무서운 일이 아니겠는가 말이다. 그래도 이런 꿈을 꾼 날엔 견딜 수 없이 보고 싶긴 하지만.

"하아, 내 팔자야."

"팔자 하나는 아주 좋~아 보이십니다만?"

"엉?"

잠시 애틋한 감상에 잠기려는 찰나, 어딘지 비딱하게 꼬인 목소리 하나가 뒤통수를 후려쳤다. 고개를 들고 보니 살기등등한 표정을 한 재석이 팔짱을 척 끼고 문 앞에 서 있었다. 왜 그렇게 노려보는 거냐. 치사스런 외출 좀 했다고 여기서 내 배를 쨀 참이야?

"크흠. 근데 나 어떻게 들어온 거지?"

"흥, 기억 안 나십니까?"

"전혀. ……호, 혹시 재석이 업고 왔어?"

레이몬드는 조심스럽게 그의 눈치를 살폈다.

술기운 때문인지 아니면 예의 빌어먹을 악몽 때문이지, 지난밤의 기억이 확실치 않았다. 다만, 그 외중에도 재석에게 전화를 걸던 일만큼은 선명히 기억난다. 왜인지는 모르겠지만 버튼을 누르는 게 굉장히 힘들었던 것 같다.

"재석이 업고 왔구나?"

"그럴 리가 없잖습니까. 저 그렇게 인간성 좋은 놈 아닙니다. 일 팽개치고 도망친 분을 이 추운 날 제가 뭣 때문에 나가 주워 오겠습니까?"

"쿨룩. 그, 그럼 누가……."

"강현무 씨가 끌고 오셨습니다. 시큼한 냄새를 풍기면서 축 늘어진 이사님을 질질 끌고 오셨는데, 그때 전 딱 시체 하나 치우는 줄 알았습니다.”

“하, 하, 하아. 그, 그리고?”

“그리고…… 의사가 달려와 ‘술병’ 이라고 진단을 내렸지요. 그래서 지금 그 주사를 맞고 계신 거 아니겠습니까? 죽고 싶으면 어디 한 번 더 똑같은 짓을 해 보라더군요.”

“꿀꺽.”

살려 주셔서 감사합니다, 하느님.

레이몬드는 진심으로 신께 감사했다. 그리고 어찌 된 일인지는 모르겠지만, 애써 집까지 끌어다 놓아 준 현무에게도 감사했다. 물론, 의사에게도 심심한 감사를 표하는 바이다.

“지쟈스, 다음부터는 절대로 소주에 고춧가루를 타 마시지 말아야지.”

“허! 그게 문제가 아니잖습니까? 대체 무슨 생각으로 빈속에 소주를 두 병이나 들이부으신 겁니까! 도대체 생각이 있으신…… 으음, 혈압이…….”

“진정해, 진정. 뭐 그런 거 가지고 열을 내고 그래.”

남의 일이라도 되는 듯 시큰둥하게 내뱉으며 레이몬드는 천천히 자리에서 일어섰다. 순간, 눈앞이 핑 돌았다. 난데없이 찾아온 현기증이다. 매스꺼움을 느끼며 그는 도로 침대 위에 주저앉아 버리고 말았다.

“우욱! 속이 아파.”

게다가 배도 아프다. 세상에, 이런 통증이라니. 속이 확 뒤집히는 듯한 역한 느낌과 바늘로 쿡쿡 쑤셔 대는 것 같은 통증이 한꺼번에 몰려오자 레이몬드는 반사적으로 배를 잡고 허리를 구부렸다. 이보다 더한 음주가무를 즐긴 적도 숱하게 많았지만 절대로 이만큼 아팠던 적은 없었는데, 이게 웬 날벼락!

"어억. 나 죽을 거 같아, 재석."

"엄살 피우지 마십시오. 친절한 의사 선생께서 이사님의 목숨만큼은 확실하게 구해 놓고 가셨으니까요. 자, 그럼 이제 대화를 나누어 볼까요?"

"뭐어어? 이렇게 아픈데 무슨 대화야? 난 병자야!"

"흐음, 그럼 그냥 누워 계십시오."

무슨 생각인지 재석은 순순히 물러났다. 그러더니 여유만만하게 돌아서면서 또 아주 태연스럽게 덧붙이는 거다.

"그나저나 차를 어디에 두고 오신 건지……. 엄청 비싼 차 같던데 아깝네요."

"차?"

그제야 취한 채 무작정 차를 끌고 나갔던 일이 떠올랐다. 그런데 어째 엄청난 걸 가지고 나갔었던 거 같다?

"설마, 케이티를 끌고 나갔던 건 아니겠지?"

케이티, 사랑스러운 그녀. 오직 그만의 애마. 정열의 화신.

미국에서부터 직접 공수해 온 그의 애마, 케이티는 자그마치 베이론이다. 돈 주고도 쉽게 구할 수 없는 부가티 베이론 16.4MT 버전이다. 아무리 취했다지만 설마하니 정말로 그녀를 끌고 나가기야 했을까.

"바로 그겁니다."

“헉!”

“그리곤 차를 어디에 두셨는지 강현무 씨 손에 질질 끌려 들어오셨지요. 차, 어쩌셨습니까?”

“……!”

갑자기 정신이 번쩍 들었다.

그거야말로 진짜 사고였다. 위에 구멍이 나는 것보다, 어제 일이 별로 기억나지 않는다는 것보다, 심지어는 아버지가 찾아온다는 것보다 더 심각한 진짜 사고다.

“지쟈스, 케이티!”

충격마저 느끼며 레이몬드는 발작적으로 몸을 일으켰다.

현기증이라거나, 죽을 듯이 쑤신 위 따위는 알 바가 아니었다. 케이티가, 그의 케이티가 어디인지 알 수 없는 곳에 버려져 있을 거라는 생각만으로도 피가 거꾸로 솟고 있었다.

“아악! 어디지? 어디다 버려 뒀어, 레이몬드 이 바보야!”

허둥지둥 바늘을 뽑아 내던지고, 젖은 잠옷을 벗어 던진 후, 되는 대로 아무거나 집어 입은 다음 그는 허겁지겁 방을 나섰다.

“어어, 지금 당장 찾으러 가시는 겁니까?”

“당연하지! 조강지처란 말이야.”

“어디인 줄은 아시고요?”

“……!”

모른다. 심지어는 현무와 만나기로 했던 그 동네 이름조차 기억이 나지 않는다. 희미하게 기억나는 거라곤 대체 언제, 어디서, 어떻게 만난 건지 알 수 없는 웬 꼬맹이의 얼굴뿐이었다. 동글동글한 얼굴, 까만 깻잎머리에 해바라기 머리핀, 그리고 똥 그란 뿔테 안경을 쓴. 누구지?

[난 대체 무슨 짓을 하고 다닌 걸까? 설마 꼬맹이를 꼬셔 보 겠다고 껄떡댄 건 아니겠지?]

"꼬맹이라뇨?"

"아냐, 아무것도."

너무 어이없어 넋 놓고 주절거리다 레이몬드는 황급히 입을 다물었다. 이래 봬도 재석은 멀끔하고 점잖은 엘리트 사원답지 않게 사악한 호기심이 제법 많은 사람이었다. 여기서 꼬맹이 어 쩌고 떠들었다가는 하루도 지나지 않아 회사 전체에 '레이몬드 가 꼬맹이를 건드렸다더라.' 라는 소문이 좌악 퍼져 있을 거다.

"젠장, 케이티를 찾아와야 하는데……. 아, 현무! 그래, 현무 한테 물어보면 알고 있을 거야."

어찌 알고 찾아냈는지는 모르겠지만, 어쨌거나 발견하고 주 어다 놓은 장본이니만치 현무라면 그 동네를 어느 정도 잘 알 고 있을 거였다. 그러니 일단 놈을 불러 함께 그곳엘 가 보면 뭔가 생각나는 게 있겠지.

[분명히 그 근처 어딘가에 세워 두었을 거야. 아무리 취했다 지만 내가 케이티를 함부로 버려 뒀을 리 없어.]

발견된 장소 근처에 주차장이 있다면 역시 케이티는 그곳에 있을 확률이 크다. 결론을 내리기가 무섭게 레이몬드는 부랴부 랴 방으로 돌아와 핸드폰을 찾기 시작했다. 한시라도 빨리 현무에게 연락해 당장이라도 케이티를 찾아 나설 생각이었다. 바로 그때였다.

—노는 게 젤 좋아. 친구들, 모여라. 언제나 즐거워…… 뽀롱뽀롱 뽀롱뽀롱 뽀로로!

쿵짝거리는 단조로운 음과 또랑또랑한 어린애 목소리. 아무리 잘 봐줘도 만화 주제가 이상은 안 되어 보이는 벨소리가 갑자기 등 뒤에서 울려 퍼지기 시작했다. 문득, 레이몬드가 소리쳤다.

“재석, 벨소리 바꿨어?”

“제 것이 아닙니다!”

“내 것도 아닌데?”

어리둥절한 두 사람의 시선이 공중에서 잠깐 부딪쳤다 곧바로 문제의 소리가 나는 곳을 향해 돌아갔다. 그러자 이제껏 레이몬드가 베고 드러누워 있던 침대 베개 아래에서 희미한 불빛이 새어나오고 있는 것이 보였다. 미친 듯이 울려 퍼지는, 유치하기 이를 데 없는 예의 벨소리와 함께.

‘내 것도 아니고 주위 다른 누구의 것도 아닌 핸드폰이라? 부, 불길해.’

갑자기, 그야말로 아무 이유 없이 오싹 소름이 돋았다.

아까 전 눈앞을 확 스쳐 간 꼬맹이의 얼굴이 막 베개 아래에서 모습을 드러낸 핸드폰 위로 격하게 오버랩되고 있었다.

‘설마, 정말로 꼬맹이 따위에게 껄떡댄 거란 말이냐, 레이몬드 주니어?’

레이몬드는 거의 무기라고 불려도 될 만한, 주먹만 한 크기의 구형 핸드폰을 흡사 뱀 보듯 바라보다 한참 만에야 조심스럽게 집어 들었다. 벨소리는 이미 멎어 있었다. 그 사실에 조금 안도하며(왜?) 그는 숨까지 죽인 채 폴더를 열었다. 그러자 '부재중 통화 13통'이라는 문장과 함께 똥그란 뿔테 안경을 쓴 웬 여자의 얼굴이 액정 화면 위로 스윽 등장한다.

그가 유일하게 기억하고 있는 어제 저녁 무렵의 풍경.

문제의 꼬맹이 '초딩'이었다. 깨달은 순간, 레이몬드의 미간이 팍 일그러졌다. 다시금 척추를 따라 소름이 좌악 올라왔다. 잠시 후, 손가락 두 개를 활짝 편 채 히죽 웃고 있는 액정화면 속의 꼬맹이를 향해 그가 나직하게 소리쳤다.

[누구냐, 너?]

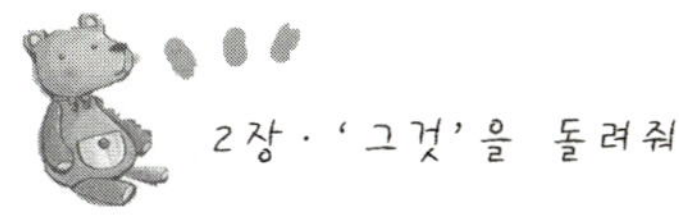


"하여간에 징하다, 너도."

김샘이 팔짱을 척 끼고 화장실 문 앞에 서서 신경질적으로 떠들고 있었다.

"어떻게 30시간이 넘도록 한 번도 안 깨고 계속 처잘 수가 있는 거냐? 허리도 안 아프던?"

"너무 깊이 잠들어서 그런가, 아픈 줄 모르겠던데?"

"세상에, 미련 곰순이 같으니라고. 그렇게 인사불성이 되어 있느라 전화도 안 받은 거구만? 내가 안 왔으면 어쩔 뻔했어. 보나마나 오늘 약속도 까맣게 잊어버리고 눈이 쏙 들어갈 때까지 잠만 자고 있었을 거 아냐. 이 바보야, 내가 자그마치 13번이나 전화를 했었거든? 13번!"

글쎄, 13번이고 자시고 벨소리를 아예 들은 기억이 없는디 어쩌라는겨. 솔직히 핸드폰을 어디에 처박아 두었는지도 모르겠다. 메고 나갔던 가방 속인지, 신발장 속인지 알 게 뭔가. 다만 한 가지 확실한 건, 벨소리가 바로 귀 옆에서 울렸다고 해도 절대로 못 들었을 거라는 사실이다.

"집에 어떻게 왔는지도 생각이 안 나는걸."

무심히 고개를 주억거리며 승리는 힘겹게 바지를 꿰어 입었다.

무지무지 졸린 상태긴 했지만, 설마하니 금요일 저녁에 잠들어 토요일 건너뛰고 일요일에 깨어날 줄은 그녀 자신도 미처 몰랐던 일이었다.

우두둑.

티셔츠를 껴입기 위해 팔을 들자 등짝에서 뼈 부딪치는 소리가 들려온다. 한 자세로 지나치게 오래 자긴 했는지 몸이 녹슨 고철처럼 삐걱거리고 있었다. 배도 고프고.

"전화는 잘 모르겠는데, 이상한 꿈을 꾸긴 했어. 글쎄, 꿈에 토끼가 나오더라니까?"

"토끼? 그건 또 뭐야?"

"그러니까 이상한 나라의 엘리스에 나오는 토끼…… 아니다. 그쪽보단 벅스 바니가 더 어울려."

"하양? 벅스 바니? 그 옷도 안 입고 다니는 변태 토끼 말이나?"

"응, 그 벅스 바니. 얄밉게 당근을 씹어 먹으면서 엄청 빨리 말하는 이상한 토끼. 어쨌거나 그 토끼가 소주병을 들고 나타나 병나발을 불더라고. 이상하지?"

티셔츠 자락에 안경을 대강 닦아 끼면서 승리는 고개를 갸웃거렸다. 참 이상도 하지? 무슨 놈의 꿈이 그렇게 올 칼라에다 선명하기까지 한 걸까? 생각할수록 지나치게 선명해서 실제로 겪은 듯한 느낌마저 드는 꿈이었다. 게다가 내용은 또 좀 어색해야 말이지. 늘씬하게 빠진 토끼가 고무신을 신고 나타나 앞발로(?) 머리를 슥슥 쓰다듬어 주었었다. 그리고 그녀는 '오호호호' 웃으며 푸른 들판을 달렸던 것 같다.

"꿈이라는 건 아는데 생각할수록 어쩐지 막 쪽팔리고 그래."

"그래 봐야 꿈인데 뭘."

"하긴. 꿈이라서 참 다행…… 어어, 이게 뭐지? 아야!"

"어, 왜 그래?"

옷을 다 입고 머리를 빗기 위해 화장실 거울을 본 순간, 승리는 마침내 이상한 것을 발견했다. 어디에서, 어떻게 묻은 건지 오른쪽 광대뼈 근처에 새끼손톱만 한 크기의 검붉은 것이 붙어 있었다. 물감인 줄 알고 스윽 닦았더니 따끔한 통증이 느껴졌다. 그제야 승리는 그것이 상처 위에 생긴 피딱지라는 사실을 깨달았다.

"어머? 이게 뭐야! 너 꼬라지가 왜 이래? 어디에서 자빠져 갈았어?"

아닌 게 아니라, 자세히 보니 어딘가에 쓸린 흔적이 역력하다.

거울에 얼굴을 바짝 디밀고 상처를 확인한 승리의 눈이 휘둥그레졌다.

“진짜네! 근데, 어떻게 다친 건지 기억이 안 나.”

“뭐어?”

“이상하다. 어디에서 이랬지? 이거 좀 봐봐, 자다가 어딘가에 부딪친 건 절대 아닌 거 같지, 언니야?”

입까지 벌리고 멍하니 물으며 돌아보자 영춘이 기겁해서 두 손으로 그녀의 얼굴을 붙잡고 소리쳤다.

“이게 어떻게 부딪쳐서 생긴 상처냐? 아무리 봐도 자빠져서 갈은 건데! 봐봐, 딱지에 꼬리도 달려 있잖아.”

“아야야, 만지지 마.”

“너 대체 집에 어떻게 들어왔기에 이래? 너무 졸려서 오다가 굴렀어? 자고 가라고 그렇게 붙잡아도 고집 부려 가며 기어이 기어 나가더니…….”

“아, 몰라. 진짜로 기억 안 난단 말이야. 어디에서 그랬지? 아악, 신경질 나. 내 이쁜 얼굴 다 망가졌잖아!”

“이쁜 거 좋아하고 있네. 아직도 잠에서 덜 깼냐? 그만하고 얼른 나오기나 해. 뽀로로 밴드 붙여 줄게. 오늘 만나는 사람은 무지 중요하다고 내가 누누이 말했지?”

누누이 말하다마다. 2주 전부터 약속 시간을 잡고 구구절절 설명을 해 댔었지. 승리는 말없이 고개를 끄덕였다. 요즘, 김샘 영춘은 목하 열애 중이었다. 정확히 뭘 파는 건지는 잘 모르겠지만, 어쨌거나 돈을 퍽 잘 번다는 30대의 사업가를 만나고 있다.

이름은 제임스 유.

영어 이름이다. 영춘이 받아 온 명함에 그렇게 쓰여 있는 걸 보면 아마도 그게 본명인 모양이다. 그녀의 말에 의하면, 그는 어쩌면 외국 국적자일지도 모른단다. 가족이 국내에 없다고 했다나? 더구나 이런저런 외국어도 좀 한다고도 하고. 어쨌거나, 그런 점들과 잦은 해외출장 등등을 근거로 들며 그런 주장을 했었던 것 같다.

"명심해. 우리는 무역회사에서 근무하는 같은 사무실 직원인 거야. 박샘은 박 차장, 나는 김 대리, 그리고 너는 들어온 지 아직 한 달도 안 된 신입 인턴사원. 알지?"

"으응. 근데 꼭 그렇게까지 해야 해?"

"……그럼 코딱지만 한 반지하 사무실에서 만화 그린다고 하리? 상대는 준재벌인데?"

그냥 돈 잘 버는 사업가였던 제임스 유는 이제 준재벌로 성장했다. 승리는 문득 '준재벌과 만화가는 어울리지 않는 거야?'라고 묻고 싶어졌지만, 살벌한 영춘의 얼굴을 앞에 두고 감히 반항을 꿈꿀 수 없었다. 그리하여 그녀는 또 말없이 고개를 끄덕였던 것이다.

"절대로 실수하면 안 돼. 알았지?"

"응."

"내가 제임스와 결혼에 성공만 하면 까짓 사무실을 지상 10층쯤으로 옮겨 줄게. 한 30평 정도 되는데다 냉난방이 빵빵하게 잘 돌아가는 곳으로."

"정말?"

"그렇다니까."

크게 인심을 쓴다는 듯 영춘은 자신만만하게 떠들며 승리의 얼굴에 밴드를 붙여 주었다. 광대뼈 위에 알록달록한 뽀로로 미니 밴드를 꾹 눌러 주고는 이제야 생각났다는 듯 다시 물었다.

"아, 내 이름이 뭐라고?"

"김영……은."

"그래, 김영은이야. 영춘의 춘 자도 꺼내면 안 돼. 절대로! 알았지?"

"넵!"

승리는 잽싸게 고개를 끄덕였다.

영춘이 자신의 이름을 대단히 마음에 들어 하지 않는다는 사실은 더 이상 비밀도 아니었다. 그녀는 거의 콤플렉스마저 느끼고 있는 듯 평소는 물론이고 남자를 만날 때마다 영춘 대신 영은이라는 이름을 사용하고 있었다.

"늦겠다. 빨리 가자."

승리가 외투를 걸치고 가방을 챙기고 나서자 영춘이 재빨리 손을 잡아끌었다.

"아, 잠깐만! 핸드폰이 없어."

"뭐? 가방 속에 없어?"

"으응. 안 보여. 이상하다. 어디 갔지?"

혹시 잠든 사이 집에서 전화가 왔을지도 모른다는 생각에 가방을 뒤적이다 승리는 핸드폰이 없어졌다는 사실을 깨달았다. 그래서 부랴부랴 침대 머리맡과 탁자 주변을 뒤졌는데 아무리 찾아봐도 역시나 나오지 않는 거다.

"박샘 작업실에 두고 나온 거 아냐?"

"어, 그런가?"

"그런가 보지. 그런 구닥다리 핸드폰을 누가 집어갔을 리도 없고. 너무 졸려서 작업실에 그냥 두고 온 거야. 하여간에 칠칠치 못하다니까. 어쩐지 전화를 안 받더라니. 그냥 가. 오는 길에 들러 찾아오면 되잖아. 어차피 전화 걸 사람도 없고."

"하긴 그래."

이런 말하긴 미안하지만, 승리는 이미 오래전부터 핸드폰을 시계 대용으로 사용하고 있었다. 한 달 내내 켜 놓아 보아야 고작 서너 통이 걸려 올까 말까 하니 말 다했지 뭔가. 그래서 핸드폰이 없어졌다고 해도 딱히 아쉬운 마음은 들지 않았다. 그녀는 손목시계도 벌써 두 개나 가지고 있는 것이다. 집에서 연락이 올지도 몰라 조금 걱정이 되긴 하지만 그거야 미리 문안 전화를 드려 놓거나, 아니면 박샘 편에 소식을 전하면 그만이다.

"근데 박샘 언니는 일어났을까?"

물으면서도 사실 그녀는 조금 회의적이었다.

누구보다 개고생하며 치열하게 마감을 치러 낸 사람이니 모르긴 해도 아직 비몽사몽간을 헤매고 있을 가능성이 컸다. 나이도 나이인데다 심각한 운동부족이기까지 하니 회복기가 긴 게 당연한 것 아닌가.

"내가 30시간을 잤으니까 아마 박샘 언니는 48시간 정도는 자야 할걸?"

"흥, 절대로 그럴 리 없단다, 곰순아. 박샘은 버얼써 일어나 한가한 반지하 생활을 즐기고 있거든."

"헉! 어떻게 벌써?"

"큭큭, 여름에 허리 삐끗했었잖아. 12시간을 잤더니 허리가 아파서 도저히 더는 못 누워 있겠더래. 게다가 어제 친구인 정 언니 결혼식도 있었고. 일찌감치 일어나서 거길 갔다 온 모양이더라. 그러고 보면 박 언니도 많이 늙었어. 벌써 서른이 훌쩍 넘었잖아? 더 썩기 전에 얼른 시집을 보내야 할 텐데."

걱정스러운 내용과 달리 말투는 느긋하기 이를 데 없었지만 승리는 또 그러려니 했다. 사실, 박샘이야 이미 집안에서도 포기하고 내놓은데다 스스로도 독신을 주장하는 사람이라 당사자가 발 벗고 나서지 않는 이상은 그녀들로서도 딱히 시집을 보내 줄 방법이 없었던 것이다.

"친구들 다 보내고 혼자 남았을 테니 이제 슬슬 생각을 좀 바꿔도 좋을 텐데 말이지."

무심히 중얼거리며 승리는 조그만 열쇠로 문을 잠그고 영춘과 함께 아래층으로 내려왔다. 그녀의 보금자리는 겨우 지하를 면한 2층이었기 때문에 한층만 내려서면 금방 그 5층 건물의 현관으로 나설 수 있었다.

"차 가지고 올 테니까 여기서 잠깐 기다리고 있어."

현관으로 나서기가 무섭게 영춘이 건물 앞 도로가에 세워 놓은 차를 향해 뛰어갔다. 그녀의 차는 자그마치 48개월 할부로 끊은 빨강색 모닝이었다.

"할부가 이제 한 2년 남았나?"

할부 갚느라고 허리가 휜다고 노래를 하면서도 정작 차를 팔아치우지 않는 걸 보면 아직은 그럭저럭 견딜 만한가 보다.

"어이구, 201호 학생 아녀!"

영춘이 차에 오르는 걸 지켜보고 있는데 등 뒤에서 누군가가 불쑥 얼굴을 내밀었다. 반대머리에 주름이 자글자글 맺힌 마른 얼굴. 건물주인인 501호 영감님이었다.

"헛! 깜짝이야. 놀랐잖아요, 쥔장 할아버지!"

"헐헐, 그랬는가? 대낮부터 멍하니 넋을 놓고 있으니 그렇지."

"넋 놓고 있었던 거 아니거든요. 차 빼는 거 보고 있었어요, 뭘."

"야, 빨리 와!"

"응, 지금 가! 저 그만 가 볼게요, 할아버지. 다음에 뵈요."

말 한마디 붙이기가 무섭게 승리가 후다닥 사라지자 박 영감은 저도 모르게 쯧쯧 혀를 찼다.

"말만 한 처녀가 어찌 저리 정신없이 뛰어다니누. 흐음, 그래도 오늘은 그럭저럭 멀쩡해 뵈는구먼."

비록 본은 다르지만 같은 박씨라는 이유만으로 그는 승리에게 제법 관심을 두고 있었더랬다. 다행히 2층 학생은 종가 자손답게 요즈음의 되바라진 아가씨들과는 달리 그 품행이 나름 음전한 구석이 있었다. 그래서 내심 '곱다' 여기고 있었는데, 아닌 밤중에 홍두깨처럼 지난 금요일 저녁에 그만 못 볼 꼴을 보고 만 거다.

"술을 마신 것 같지는 않았는데……."

술 냄새가 안 난 걸 보면 분명히 취한 건 아니었을 거다. 그런데 그날은 어째서 그렇게 이상한 짓거리를 한 걸까나? 박 영감은 아리송한 눈으로 부리나케 사라지는 빨간 소형차를 바라보다 곧 고개를 돌려 건물 앞, 길 건너편에 놓인 벤치를 바라보았다.

"왜 그랬을까?"

낯선 남자의 허벅지를 끌어안고 침까지 흘리며 누가 업어가도 모르게 처자더니 갑자기 벌떡 일어나 '오호호' 웃으면서 달려 들어가던 그녀의 모습이 아직도 눈앞에서 가물거리는 것 같았다. 막 현관을 나서던 그와 마주친 순간, 무슨 억하심정인지 한 손에 든 고무신을 팔랑이며 '나 잡아 봐라' 라고도 했었지.

"지랄병을 앓는다는 소리는 없었는데……."

오늘 다시 보니 다행히 너무나 말짱해 그럭저럭 안심이 되긴 하지만 사람 일이란 또 모르는 거였다. 그리하여 박 영감은 조용히 한 가지 계획을 실행에 옮기기로 결심한 것이다.

"아무래도 꾸준히 지켜봐야겠어."

그날의, 그 심상치 않은 꼬라지를 한 사내놈이 다시 나타날까 봐서라도 그는 한동안 길 건너 벤치와 201호 학생을 유심히 관찰해 주기로 작심했다.

"대체 뉘 집 자식이기에 그런 이상한 꼬라지로 싸돌아다니는 걸까, 그놈은?"

토끼 귀까지 달린 인형 옷을 껴입은 채 소주병을 끌어안고 벤치 위에서 퍼져 자던 남자를 떠올리며 그는 한동안 혀를 찼다. 만에 하나라도, 놈이 그 꼴로 다시 나타나면 그 즉시 건물 현관문을 걸어 잠글 참이었다. 혹시 소문으로만 듣던, 변태 짓을 하고 다닌다는 놈들 중 하나일지도 모르니까 말이다. 그렇게 결심을 다지는 그의 빛나는 시선은 이미 빠르게 멀어지는 빨강색 소형차를 집요하게 뒤쫓고 있었다.


"레스토랑?"

승리가 눈을 휘둥그렇게 뜨고 물었다.

"무슨 레스토랑? 나, 만날 입던 거 주워 입고 나왔는데……. 그 레스토랑 청바지 입고 가도 되는 곳이야?"

"응. 이탈리아 레스토랑이거든."

"피자?"

"피자도 팔아. 다른 것도 있고. 제임스가 서구 취향이라 그런 곳을 좋아하거든. 그래도 그 운동화는 좀 그렇다. 나온 김에 부츠나 하나 사. 신발을 잘 신으면 후줄근한 바지도 나름 댄디(Dandy)하게 보이잖아."

"으음, 생각해 보고."

오래 입어서 색이 좀 빠진 구제 청바지에, 만날 끌고 다녀 끝이 조금 까매진 운동화를 이리저리 살피다 승리는 그제야 영춘의 차림새에 눈길을 주었다. 비싸 보이는 앙고라 원피스에,

가죽 부츠를 멋들어지게 챙겨 신고, 언젠가 세일 때 샀다는 명품 백까지 가지고 나온 모습을 보니 갑자기 감탄이 새어 나왔다.

통통하다 못해 육덕지다는 말을 듣는 박샘과 심각한 동안에 전체적으로 동글동글한 체형으로 인해 초딩이라는 소리나 듣고 있는 승리와 달리, 그녀는 제법 늘씬한 몸매의 소유자였던 것이다. 165센티가 넘는 키에, 긴 팔다리, 날씬한 몸매는 물론이고 얼굴마저도 갸름해 제법 이쁘장한 편이라 영춘은 남자들한테 꽤 인기가 좋았다. 눈이랑 피부에 손을 좀 대 준 이후엔 더더욱 좋아졌다.

그런 그녀가 정성들여 화장하고 평소와 달리 좋은 옷까지 챙겨 입었으니 또 얼마나 눈부실까. 오늘 영춘은 말 그대로 만화쟁이 '영춘'이 아니라 무역회사에 근무하는 '영은' 씨처럼 보이고 있었다. 커리어 우먼처럼 보인다고나 할까?

"언니야, 멋있다."

"오호호호, 당연하지. 처들인 돈이 얼마고, 정성이 얼마인데! 그러니까 너 오늘 실수하면 내 손에 죽는 거야. 알았어?"

"네에."

승리는 넙죽 고개를 끄덕였다.

어쨌거나, 뭐가 됐든지 간에 오늘은 무조건 영춘의 장단에 맞춰 주지 않을 수 없었다. 한팔 거드는 대가로 박샘과 승리는 이미 지난 주 그녀에게 자장면뿐만 아니라 탕수육까지 얻어먹은 것이다.

오피스텔 건물들이 늘어서 있는 골목을 지나자 확 트인 대로
가 나타났다. 대로로 접어들기가 무섭게 승리가 만날 왔다 갔다
하는 후줄근한 원룸 건물이 스쳐 지나갔다. 그녀들의 반지하 작
업실이 있는 곳이었다. 그 건물을 지나 백 미터쯤 가자 버스 정
류장이 나타났다. 박샘을 만나기로 한 자리다.

"어, 박샘이다!"

아니나 다를까, 까맣고 큼직한 덩어리 하나가 오렌지 색 의
자 위에 웅크리고 앉아 있다가 영춘의 차를 발견하기가 무섭게
발딱 일어섰다. 문제의 박샘이었다.

"아, 추워. 왜 이렇게 늦었냐? 집 앞에서 얼어 죽을 뻔했잖
아."

허겁지겁 뒷좌석에 올라탄 박샘, 은희가 덜덜 떨면서 특유의
느긋한 목소리로 말했다.

"너무 추워서 그냥 집으로 들어가 버릴까 고민하던 중이었
어."

"에, 너무하다. 근데 대체 언제 나와 있었던 거야? 몇 분 안
걸렸는데, 왜 그렇게 얼었어?"

아닌 게 아니라 박샘의 얼굴은 온통 파랗게 얼어 있었다.

잠깐 찬바람을 맞은 게 아니라 어디 냉동고에 갇혀 있다가
나온 사람처럼 코까지 벌겋게 얼어서는 턱을 덜덜 떤다. 아무리
엄동설한이라지만 오늘은 다른 날보다 그나마 푸근한 편이라
잠깐 사이 그렇게 얼어붙을 정도는 아니었다. 그런 사실을 인식
했는지 박샘이 냉큼 말했다.

"에춰! 크흥, 사실은 아까 전에 다인이네 신혼집에 갔다가 걸어왔거든. 왕복 1시간 정도 걸린 거 같아."

"에에, 미쳤어. 택시 타지 왜 걸어? 아니, 거긴 왜 갔었던 거야? 정 언니네 어제 신혼여행 가서 비어 있잖아."

"흥! 비어 있기야 하지. 기가 막혀서. 야야, 말도 마라. 그 기집애가 아침부터 전화를 해서는 당장 신혼집에 가 달라고 생난리를 친 거 아니겠냐?"

"왜?"

코를 훌쩍거리는 그녀에게 휴지를 건네주며 승리가 물었다.

"내가 아주 쪽팔려서 못 살겠다. 그 기집애가 신혼여행 가면서 시동생한테 원래 쓰던 컴퓨터를 신혼집에다 옮겨 설치해 달라고 부탁했었거든?"

"그래서?"

"그래서 그 훈남 시동생님께서 직접 거동하시어 여차저차 설치를 하시고 인터넷 연결까지 해 주셨는데……. 문제는 그 와중에 하드에 저장되어 있던 폭탄까지 같이 발견하셨더란 말이지."

"폭탄?"

"응. 그 망할 기집애가 하드에다 끝내 주는 야동을 수십 편이나 저장해 두고 있었거든. 시동생님께서 대용량 파일을 발견하시고 클릭을 한 순간, 그 야릇한 비디오가 재생되어 버린 거야. 덕분에 부모님이랑 근사한 야동 한 편 감상하셨더란다."

"헉!"

"풋! 아하하하, 크크큭. 아, 미쳐. 내가 못 산다 진짜."

너무 황당해 승리는 입까지 벌린 채 굳어 버렸고, 영춘은 핸들을 붙잡고 미친 듯이 웃어젖혔다. 평소 야동을 즐기던 다인이 모든 것을 정리하고 결혼한다고 선언했을 때만 해도 이런 일이 벌어지리라곤 상상도 하지 못했었다. 드디어 개과천선해 교사라는 직업과 본분에 어울리는 새로운 인간성으로 거듭났다고 여겼던 것이다. 그런데 결국 폭탄이 터져 버리다니, 이보다 비극적인 일이 또 어디 있단 말인가.

아들 며느리 신혼여행 보내 놓고 손수 꾸며 준 신혼집을 정리해 줄 겸 들렀다가 졸지에 호환마마보다 무섭다는 빨간 비디오를 감상하는 참변을 겪으시다니.

"다인이 언니, 쪽팔려서 이제 어떻게 산대?"

"흥, 그 인간이 신경이나 쓰겠냐?"

"푸히히히. 하긴 그래. 그 언니 배짱 하나는 두둑하지. 그래서 가서 뭘 한 거야?"

"뭘 하긴. 또 누가 보기 전에 삭제해 달라고 난리를 쳐서 친히 지우고 왔지."

"어, 아깝게."

"어이, 실망할 거 없어. 정다인이 포기라는 걸 아는 인간이더냐? 그 망할 것이 시디로 구워서 대신 보관해 달라고 지랄을 해서 내 손으로 죄다 구워 왔단다. 이렇게!"

박샘이 아까부터 들고 있던 쇼핑백을 들어 보이며 투덜거렸다.

흘깃 보니 그 안에 한 다스는 될 법한 시디가 가지런히 들어 있었다. 얼마나 많았으면…….

"많이 야한가?"

아무것도 안 쓰여 있는 시디를 하나 집어 들고 이리저리 살피며 승리가 혼잣말처럼 중얼거리자 영춘이 무심하게 툭 말했다.

"야동이 다 거기서 거기지 뭐."

"그래? 난 한 번도 못 봤는데."

"어, 진짜? 포르노도?"

"응."

승리는 아무런 사심 없이 고개를 끄덕였다.

진실로 고백하건대, 박승리는 무공해 청정지역에서 유기농 재배되는 비닐하우스 속의 야채 같은 소녀(?)였다. 가풍이 사뭇 엄한지라 이날 이때껏 벗은 남자의 몸은 물론이요, 야한 동영상은커녕 베드신이 들어가는 영화 한번 본 적이 없는데다, 만화 일을 하면서도 그 흔한 야오이 한 편 본 적이 없을 정도로 '야한' 일과는 거리가 멀었다.

덕분에 어쩌다 드라마에서 찐한 키스신만 나와도 가슴이 콩닥거리고, 박샘이 벗은 남자라도 그리는 날엔 지우개질을 하면서도 손이 떨리는 거다. 그러고 보니 이번 호에는 남자 주인공의 누드도 들어갔구려. 어쩐지 비몽사몽 중에도 얼굴이 막 달아오르더라니.

"이제 보니 우리 곰순이는 천하에 둘도 없는 숙맥이셨구려."

영춘이 혀를 찼다. 동시에 박샘이 승리의 손을 잡고 죄책감마저 감도는 얼굴로 말했다.

"미안하다, 박승. 언니가 그동안 너무 무심했구나. 하루 날 잡아라. 언니랑 손잡고 이 중에서 제일 독한 걸로 한 편 감상하자구나."

"나 찬성! 이대로 두면 우리 곰순이는 평생 연애 한번 못 하고 늙을 거야."

"헉!"

어째서 얘기가 이렇게 돌아가는 거지?

천연기념물임을 고백하기가 무섭게 두 여자는 날름 야동 감상 계획을 잡아 버렸다. 아무리 몸에 좋은 무농약 유기농 야채라도 건강하게 자라려면 쪼금쯤은 오염될 필요가 있는 거라나?

만만한 야동을 고르느라 시시덕거리는 사이, 차는 어느새 그녀들의 목적지에 도착했다. 'Aglio'라고 쓰인 큼직한 간판과 화려하지만 추운 겨울이라 텅 비어 있는, 유럽식 노천카페가 제일 먼저 눈에 들어왔다. 크고 으리으리한 것이, 딱 봐도 '무지 비쌈'이라는 냄새가 풀풀 풍기는 곳이다.

"저게 무슨 뜻일까?"

차에서 내리면서 박샘이 화려한 간판을 가리키며 영춘에게 물었다.

"그, 글쎄, 이탈리아어는 배운 적이 없어서……."

"하긴. 나도 고딩때 제2외국어로 일본어만 배웠었지."

"난 독일어였는데."

레스토랑 앞에 나란히 서서 세 여자는 그렇게 잠시 고딩 시절을 추억했다. 까닭 없이 기가 좀 죽었다. 아니, 까닭이 없는 게 아니다. 승리는 방금 전까지만 해도 괜찮아 보이던 스스로의 옷차림에 대해 심각한 회의를 느끼고 있는 중이었다.

앞자락에 하트 모양 주머니와 모자가 달린 두툼한 티셔츠에 까만 오리털 패딩과 청바지, 그리고 꼬질꼬질한 운동화. 폼 나게 빼입은 영춘과 회색 목폴라 티셔츠에 그래도 정장 비스무리한 재킷을 입은 박샘 옆에 있자니 확실히 후줄근하고 어려 보인다.

'들어갈 수나 있으려나? 설마, 나만 안 들여보내 주는 거 아녀?'

혼자 남겨지면 엄청 슬플 거 같았다.

시간이 지날수록 점점 더 배가 고파지고 있어서 더 슬펐다. 주린 배를 움켜쥐고 혼자 집으로 돌아가면 얼마나 비참할까.

"언니야, 날 버리면 안 돼."

"무슨 헛소리야? 얼른 따라오기나 해."

울상이 된 얼굴로 매달리자 영춘이 손바닥으로 이마를 툭 쳐 주고는 먼저 앞장을 섰다. 버려질세라 승리가 냉큼 그 뒤를 따랐다. 느긋한 건 박샘뿐이었다. 일행이 주르르 레스토랑 안으로 들어서자 기다렸다는 듯이 뽀얀 제비처럼 차려입은 웨이터가 날듯이 다가왔다.

"어서 오십시오."

결론부터 말하자면, 다행히 승리는 쫓겨나지 않았다. 제임스의 이름으로 미리 예약을 해 둔 상태인데다, 그가 먼저 와서 기다리고 있었기 때문에 자연스럽게 그 자리로 안내되었을 뿐이다.

"제임스!"

"아, 영은 씨!"

창가 자리에서 목을 길게 빼고 기다리던 남자가 벌떡 일어나 영춘을 반겼다. 그리 크지 않은 키에, 조금 마른 듯한 날렵한 몸매, 짙은 쌍꺼풀, 갈라진 턱, 그리고 대체 뭘 발라 넘겼는지 알 수 없게 홀딱 빗어 넘긴 머리. 제임스는, 아주 빼어나진 않지만 그럭저럭 잘생겼다고 봐줄 만한 얼굴에 고광택 헤어스타일을 지향하는 사람이었다. 숨이 막힐 것 같은 짙은 향수와 함께.

"난 갑자기 속이 좀 느끼한 것 같아."

"언니야, 난 눈부셔."

"아, 뾰족구두 신었다."

부르르 떠는 박샘과 손을 꼭 잡고 선 채 승리는 눈으로 슬그머니 그의 신발을 훑었다. 번뜩이는 송곳처럼 코가 뾰족한 구두 한 쌍이 그녀를 노려보고 있었다. 자그마치 얼룩말 무늬다. 그는 평소 풀 뜯으러 나온 얼룩말을 동경하고 있었던가? 대충 봐도 범인은 절대로 소화하지 못할 난해한 디자인의 구두가 분명했다. 그러고 보니 제임스는 패션 사업을 한다고 했었다. 설마, 구두 디자이너일까?

"이쪽은 같이 일하는 박 차장님과 우리 부서 인턴사원이에요.”

“아, 안녕하십니까? 영은 씨와 만나고 있는 제임스 유라고 합니다. 이렇게 아름다운 분들을 만나게 되어서 너무 반갑습니다.”

“아, 예. 안녕하세요, 박은희입니다.”

“저, 저는 인턴사원입니다!”

당황한 승리가 저도 모르게 꾸벅 인사를 하면서 소리쳤다.

원래는 ‘박승리입니다.’ 라고 말할 예정이었는데, 거짓말을 해야 한다는 사실 때문에 잔뜩 긴장한 탓인지 그만 말이 꼬여 버린 거다. 실수를 했다는 생각에 순간 정신이 번쩍 들었다. 이제 이대로 처맞는 거? 조마조마한 마음으로 슬쩍 영춘의 눈치를 살피자 이게 웬일인지 그녀는 그야말로 보살과도 같은 온화한 미소를 머금고 있었다. 그리고 말했다.

“어머, 우리 신입이 기합이 단단히 들었구나. 괜찮으니까 긴장 좀 풀어. 이쪽은 박승리예요, 제임스. 아직 인턴이라 분위기를 잘 모르니까 이해해 주세요.”

“하하, 알고 있어요, 영은 씨. 신입 땐 뭐든 다 어렵게 느껴지는 법이니까. 환영해요, 승리 씨. 편하게 즐겨 주세요.”

“아, 예. 감사합니다.”

반짝이는 새하얀 이를 드러내고 씨익 웃는, 얼굴에 오일을 한 겹 두른 것처럼 느끼한 제임스를 향해 승리는 또다시 넙죽 고개를 숙였다. 어쩌면 그는 생긴 것과 달리 조금쯤은 선량한(?) 사람일지도 모른다는 생각을 하면서.

수인사가 끝나자 두 연인은 곧 딱 달라붙어 서로를 쓰다듬으며 사랑의 오라가 풀풀 풍기는 애틋한 시선을 교환하기 시작했다. 맞은편에 앉은 승리 일행이나 그 외 기타 등등의 주변 사람들은 전혀 안중에 없는 태도였다. 그 모습이 어찌나 눈꼴시던지 박샘과 승리는 치솟는 닭살을 꾹꾹 누르며 애써 시선을 돌린 채 이제나 저제나 밥이 나오기만을 기다렸던 것이다.

다행히 기다림은 헛되지 않아 곧 그녀들의 앞엔 수북이 먹을거리가 진열되기 시작했다. 승리는 오늘의 점심으로 닭을 골랐다. 담백한 치킨 스테이크. 과다하게 닭살을 남발하는 연인 앞에서 그녀는 보란 듯이 닭을 조각조각 잘라 꼭꼭 씹어 먹었다. 가끔 박샘이 주문한 피자에도 손을 댔다. 그렇게 각자의 음식을 깔끔하게 먹어치우고 후식으로 막 작은 동산 같은 아이스크림을 받아 들었을 때였다.

"저어, 이건 작은 거지만…… 제가 준비한 선물입니다."

어쩌면 선량한 사람일지도 모르는 제임스가 후덕한 미소와 함께 그녀들에게 작은 쇼핑백을 하나씩 내밀었다.

"제가 의류수입 관련 일을 하거든요. 마침 사이즈가 남은 게 있어서 한 벌씩 넣었습니다."

"어머, 제임스. 뭘 이런 걸 다…… 고마워요."

"가, 감사합니다."

"감사……."

아니, 이게 웬 떡, 아니, 횡재서.

밥만 사 줘도 그저 황송할 판인데 덤으로 새 옷까지 선물해

주다니, 이거야말로 난생 처음 맞아 보는 대박급 횡재가 아니던
가. 승리의 입이 감격으로 헤 벌어졌다. 갑자기 제임스를 향한
호감도가 마구 상승하고 있었다. 이런, 좋은 사람 같으니라고.

"어, 영어다."

쇼핑백을 받자마자 내용물을 슬쩍 확인한 박샘이 티셔츠 앞
자락에 마구 휘갈겨진 알파벳을 발견하고 눈을 동그랗게 떴다.

"뭐라고 쓴 건가?"

"어디 봐."

딴에는 영문과 학생이랍시고 승리가 박샘의 티셔츠를 냉큼
빼앗아 들었다. 하얀 티셔츠 앞자락에 반짝반짝 빛나는 요란 찬
란한 에펠탑과 구불구불한 알파벳 문장이 제법 그럴듯하게 그
려져 있었다. 그런데 암만 봐도 영어 같지가 않은 거다.

"어, 이거 영어가 아닌 거 같다, 언니야."

"그, 그래? 그럼……."

"하하, 프랑스어입니다."

"아아, 프랑스어."

어쩐지 낯설더라. 승리는 가만히 고개를 끄덕였다. 그러면서
슬그머니 박샘을 바라보자 조금 민망했는지 그녀가 헛기침과
함께 말했다.

"크흠, 난 제2외국어로 일본어를 공부해서……."

"나도. 박승, 너는 뭘 했다고?"

"독일어."

그녀들은 다시 한 번 고딩 시절을 추억하는 척했다.

하도 오래전의 일이라 이젠 기억나는 단어조차 없지만, 어쨌
거나 한때는 즐겁게 배우던 언어가 아니었던가. 승리는 그나마
알고 있는 독일어 단어를 어렵사리 떠올리며 고개를 끄덕였다.
그래도 그땐 제법 잘했었던 것 같은데…….

"아, 그럼 이건 프랑스에서 건너온 건가?"

"당연하지. 거기 'paris' 라고 써 있잖아. 제임스가 직접 가
서 가져온 물건이야. 그렇죠, 제임스?"

"아아, 뭐 일 때문에 외국은 종종 가니까요. 그래 보여도 그
거 제법 비싼 물건입니다?"

"어머, 그럼 명품?"

영춘이 반색을 하며 소리쳤다.

"어쩐지 디자인이 고상하더라."

"우와, 그럼 명품의류수입업을 하시는 거군요? 혹시 매장도
가지고 계세요?"

"아, 그게…… 지금은 준비를 하는 중입니다. 곧 매장을 열
계획이라고나 할까. 하하!"

"아, 그렇구나. 대단하시네요."

세 여자는 나란히 고개를 끄덕였다.

제임스는 그냥 돈만 많은 준재벌이 아니라 매장을 준비하는
명품의류사업가였던 것이다. 그 사실이 사뭇 감동스러웠는지
영춘은 연방 화사한 웃음을 터뜨리며 더 살갑게 그를 대하기
시작했다. 입 안의 사탕처럼 어느새 사르르 녹아 버린 듯한 모
습이었다. 그런 때에 문득 제임스가 물었다.

"그런데 세 분은 어느 부서에서 일하세요?"

"네?"

"그게, 무역회사에서 근무하신다고만 들어서……."

"아! 아, 그게 기, 기획실이에요. 그렇죠, 박 차장님?"

"으, 으응."

갑자기 긴장감이 몰려왔다.

등 따시고, 배부르고, 선물까지 받는 바람에 훌훌 풀려 버린 긴장의 끈이 다시 팽팽하게 당겨지는 순간이었다. 대강 같은 부서에서 일하는 사이라고만 입을 맞춘 터라 어느 부서에서 어떤 일을 하느냐고 자세히 캐고 들어오면 딱히 할 말이 없는 상태였던 것이다. 너무 긴장돼 승리는 저도 모르게 숨까지 멈췄다.

"그럼 회사에서 주로 다루는 품목이……."

"아, 저희는 주로 화구를 수입하고 있어서요. 무, 물감이나 붓이나 뭐 그런…… 호호."

"마, 맞아요. 주로 일본 업체와 일을 하고 있어요. 물론, 일본 출장도 종종 가고요. 오호호."

어색하기 이를 데 없는 얼굴로 영춘과 박샘이 부지런히 이런저런 살을 가져다 붙였다. 하긴, 그녀들이 만화를 그리면서 쓰는 물감이며 붓의 거의 대부분이 일제이긴 하다. 더구나 가장 좋아하는 만화도 일본작가 작품이고, 자주 보는 애니메이션도 역시 동해바다 건너온 거다. 그러니 일본에서 수입해 온다는 말의 1/10쯤은 거의 사실이 되는 셈이라고나 할까? 한 번도 가

본 적은 없지만.

"우리 쪽은 요즘 한창 재미가 좋을 때인데, 그쪽은 어때요? 많이 바쁘죠?"

"그렇죠 뭐. 안 그래도 금요일까지 죽어라 야근하다가 주말부터 간신히 쉴 수 있게 된걸요. 오늘도 일요일이 아니었으면 이런 자리는 꿈도 못 꿨죠."

영춘의 말에 그녀들은 나란히 고개를 끄덕였다.

야근이 아니라 눈물 젖은 철야작업이었지만 바빴던 건 어디까지나 사실이니까. 그때였다.

─딩가 딩가 딩가…… 외로워도 슬퍼도 나는 안 울어~ 참고 참고 또 참지 울기는 왜 울어.

이것이 무엇이던가. 조용한 레스토랑이 쩌렁쩌렁 울리도록 발랄하게 새어 나오는 그녀들의 주제곡. 바로 캔디가 아니더냐. 우리 다 함께 웃으면서 푸른 들판을 달려 보자꾸나 권하는 구성진 목소리가 영춘의 가방 속에서 미친 듯이 흘러나오고 있었다.

넋 놓고 앉아 있다 사방에서 시선이 모여들자 그제야 상황을 깨달은 영춘이 허겁지겁 가방을 뒤지기 시작했다. 다행히 그녀는 금방 핸드폰을 찾아 들었고 구성진 노래는 곧 멎었다. 대신, 이번엔 그녀의 목소리가 점점 더 커지고 있었다.

"예? 아, 예. 맞는데요. 예에? 왜, 왜요? 아, 예. 자, 잠깐만요. 박승, 전화 받아 봐."

승리를 흘깃 거리며 통화를 하던 그녀가 아주 걱정스러운 표정으로 기어이 핸드폰을 건네주었다.

"나?"

"응. 이 번호 주인을 찾는데, 이거 니 번호 맞잖아."

"어? 정말 내 번호네? 어떻게 된 거지?"

액정화면에 찍힌 번호는 틀림없는 승리의 핸드폰 번호였다.

이게 대체 어떻게 된 일이람? 아무리 가방을 뒤져도 안 보이기에 작업실에 두고 온 줄 알았던 핸드폰이 영춘에게 전화를 걸어 오다니. 어떻게? 설마하니, 그 구식 핸드폰이 사실은 인공지능을 장착한 핸드폰형 로보트라서 제 스스로 버튼을 눌렀을 리도 없을 텐데 말이다.

"여, 여보세요?"

떨리는 가슴을 다독이며 승리는 조심스럽게 핸드폰을 귀로 가져갔다.

"저어, 누구……."

―야, 초딩!

"헉!"

―너 지금 어디야?

다짜고짜 반말로 버럭 소리치는 낯선 목소리에 놀라 그녀는 반사적으로 손에 든 핸드폰을 바라보다 황급히 다시 귀를 기울였다.

"저어, 아무래도 전화를 잘못 거신 것 같은데요? 전 초딩이 아닌……."

―흥, 이 번호 니 거 아니란 말이야?

"마, 맞는데요. 근데 누구세요?"

—알 거 없고. 너 당장 집 앞으로 나와. 안 그러면 이 핸드폰 다시는 못 보게 될 줄 알아!

"헉! 이, 이보세요."

—나올 때 니가 가져간 거 꼭 가지고 나와.

"에에? 가, 가져간 거?"

—그래. 니가 가져간 내 '그거' 꼭 찾아 가지고 나오란 말이야. 초딩 주제에 감히 내 것을 가지고 튀어? 안 가지고 나오면, 니 핸드폰은 한강물에 투신하게 될 거다. 10분 내로 뛰어나와.

뚝!

어딘지 묘한 발음으로 다다다 떠든 남자가 제 할 말이 다 끝나기가 무섭게 전화를 홱 끊어 버렸다. 덕분에 영문을 모르는 그녀는 멍하니 어리둥절한 세 사람의 시선을 받아야 했다. 확실한 건, 상대가 누구든 간에 이제 그녀는 핸드폰을 구출하기 위해 집으로 가야 한다는 사실이었다. 그것도 단 10분 내에.

"헉! 빨리 집으로 가야 돼."

"뭐어? 왜?"

"내 핸드폰이 위험해."

승리가 울먹이며 소리쳤다.

"한강물에 투척을 하겠대!"


레이몬드는 흐뭇하게 웃고 있었다.

이틀 전에 삼킨 약물이 이제야 술술 내려가는 듯한 기분이다. 그는 쾌감마저 느끼며 꼬질꼬질한 핸드폰을 내려놓았다.

"후후후, 그러게 왜 내 고무신을 들고 도망갔느냔 말이지."

고무신이 없어졌다는 사실을 그는 1시간 전에야 깨달았다.

하루는 애마인 케이티를 찾는 일과 술병으로 끙끙 앓느라 관심을 기울이지 못했고, 오늘 아침엔 아버지의 전화 때문에 미처 신경을 쓰지 못했다. 그러다 막상 나갈 때가 되어서야 고무신이 없다는 사실을 발견한 거다. 그것도 한 짝만.

덕분에 그는 요즘은 거의 안 신던 구두를 꿰어 신고 이안의 신혼집을 방문해야 했다. 물론, 자의가 아니었다. 누군들 커플이 염장을 지르고, 애새끼가 아침부터 빽빽거리는 집구석을 방문하고 싶었을까.

[나 이만 갈게.]

초딩의 핸드폰을 주머니에 챙겨 넣고 그는 잽싸게 자리에서 일어섰다. 그러자 아까부터 맞은편 자리에 앉아 있던 사람이 품위 있게 눈살을 찌푸리더니 소리도 없이 따라 일어선다.

[곧 대부가 오실 텐데 그냥 가겠다는 거냐, 레이?]

처자식을 거느린 유부남, 이안이었다.

[오려면 아직 멀었어. 2시간은 더 있어야 한다고. 보나마나 동해 바다 위를 날고 있을걸?]

[마중 나가려면 곧 출발해야 하잖아.]

[아, 가기 싫어 죽을 거 같아. 춥다고.]

[후후, 또 토끼 옷 껴입고 나가면 되잖아. 대부께서 아주 좋아하실 거다.]

[하! 농담이겠지. 생각만 해도 끔찍하니까 그런 농담은 집어 치워.]

히죽 웃는 이안을 향해 레이몬드는 탱탱한 쿠션 하나를 집어 던졌다. 언제, 어느 때나 항상 귀족적인 품위를 유지하는 양반 이 그런 꼬라지를 눈앞에 두고 좋아할 리가 없지 않은가. 그의 아버지, 레이몬드 시니어는 백작보다 더 백작 같은 이미지로 이 미 유명한 작자였다.

막말로, 진짜 백작인 이안의 아버지 제리 정도만 되었어도 오늘날 그가 이렇게나 고생을 하고 있지는 않을 거였다. 물론, 제리의 지나친 바람기만 빼고.

[레이, 내 작은아들아!]

호랑이도 제 말 하면 온다더니 제리가 아기 방에서 나오며 그를 향해 팔을 벌렸다.

[제리. 이왕이면 큰아들이라고 해 줄 수 없어?]

[오호, 이 녀석. 여전히 배짱이 좋구나. 이놈, 너보다 이안이 한 달은 더 먼저 태어났다.]

[게다가 결혼도 먼저 했고, 아이도 먼저 낳았지. 하하하!]

[흥! 좋기도 하겠군. 팔불출 자식 같으니라고.]

자랑질을 일삼는 이안에게 눈을 흘겨 주고 레이몬드는 제리 에게 다가가 다정히 안아 주었다. 그에게선 어울리지도 않게 희 미한 분유 냄새가 나고 있었다. 그러고 보니 이 개과천선한 바 람둥이 백작 양반은 벌써 한 달을 넘어 두 달째 한국에 머물고 있는 중이었다. 금쪽같은 며느리가 아이를 낳았다는 이유만으로 그 화려하고도 바쁜 파티 라이프를 말끔히 접어 놓은 채 이 좁은 땅에 처박혀 있는 상태인 거다.

덕분에 요즘 레이몬드는 지난 10년 동안 본 것보다 더 자주 그를 보고 있었다. 오죽하면 일주일의 공백이 7달처럼 느껴질까. 포옹을 교환하고 그들은 친부자지간처럼 사이좋게 어깨동무를 했다. 그 상태로 현관을 향해 걸어가며 제리가 말했다.

[레이, 사랑하는 내 토끼 녀석아. 네 기분은 알겠다만 이번엔 네 아비의 기분을 망가뜨리지 않는 게 좋아.]

[흥, 내 기분을 망가뜨리는 건 언제나 아버지였어. 제리도 잘 알잖아.]

[그래그래. 네 엄마가 죽은 뒤로 너희 부자는 항상 그렇게 살아왔지. 하지만 그래도 이번엔 안 돼.]

[……?]

제리답지 않게 단호한 어투에 레이몬드의 표정이 진지해졌다.

그가 이렇게 말하는 경우가 아주 드물다는 사실을 깨달은 것이다. 레이몬드는 절절 끓는 눈빛으로 이유를 물었다. 그러자 그가 문득 긴 한숨을 내쉬더니 자못 처연하게 말했다.

[그는 네 엄마의 유골함과 함께 오고 있단다.]

[에엑?]

[자세한 이유는 나도 모르겠다만 아무래도 이 한국 땅에다 다시 묻어 줄 생각인 모양이야. 지난달에 유골을 꺼내 화장을 했다더라. 아주 슬퍼 보였어. 그러니 이번엔 조심하는 게 좋을

거다.]

알다가도 모를 일이라더니, 이게 웬 자다가 봉창 뚫는 소리
셔?

화려한 드레스까지 입혀 잘 매장한 엄마를 10년 만에 다시
꺼내 화장한 이유를 그는 정말로 이해할 수 없었다. 아니, 머리
로는 이해하지만 가슴으로는 이해할 수 없을 듯한 기분이었다.

지체 높은 양반집 담을 넘어 그 집안 고명딸을 훔쳐내 야반
도주한 양반이 무슨 영광을 보자고 이제 와 이장(移葬)을 결심
한 거란 말인가. 더구나 엄마와 결혼한 이후 단 한 번도 한국
땅을 밟아 본 적이 양반이 말이다.

물론, 그렇게 된 데에는 엄마의 고집이 큰 몫을 했지만 그래
도 설득을 하려면 못 할 것도 없었다. 다른 건 몰라도 언변 하
나는 기가 막힌 양반이니까. 그나저나 일을 그렇게까지 진행했
으면서 오늘까지 그에게 상의는커녕 단 한 번도 언질을 남기지
않았다니. 나한테 이럴 수 있어? 갑자기 배신감이 몰려왔다.

[우리 엄마를 왜 아부지 맘대로 옮긴대?]

그가 신경질적으로 소리쳤다.

[여기다 치워 놓고 이제 와 새장가라도 갈 생각이래?]

[글쎄다. 치워 놓는다는 표현은 마음에 들지 않지만, 어쨌든
그가 새장가라도 간다면 나는 더 좋겠다만.]

[흥, 기가 막혀서!]

[레이, 요 귀여운 녀석아. 그를 너무 미워하지 마라. 다시는
볼 수 없는 사람을 그리워하면서 사는 건 꽤 고통스러운 일이

란다. 자, 이제 가 봐라. 가서 오랜만에 귀향하는 네 엄마를 환영해 주어야지. 그래야 착한 아들이란다.]

[……생각 좀 해 보고.]

복잡한 표정으로 그는 대강 고개를 저어 버렸다. 그리곤 툴툴거리며 그들을 뒤로하고 문을 나섰다. 건물 안임에도 불구하고 한겨울의 시린 바람이 후욱 불어왔다.

[어떤 놈이 한국을 더운 나라라고 했어?]

한국에서 본격적인 겨울을 나는 게 처음이라는 생각을 하면서 그는 공연히 투덜거렸다.

지난해의 꽃샘추위 때도 춥더니 진짜 겨울은 그보다 더 추운 것 같았다. 영국보다도 더 춥다. 이런 나라를 두고 미국의 친구 한 놈은 멍청하게도 동남아 날씨 정보를 알려 주었었다. 너무 더워서 낮엔 활동하기도 힘들 거라고?

[발이 얼어서 활동하기가 힘든 거겠지. 바보자식, 가장 춥다는 날을 골라 초대를 할까 보다.]

단지 바보인 것뿐, 사실은 아무 죄 없는 친구를 헐뜯으며 그는 종종 걸음으로 엘리베이터에 올랐다. 그리곤 곧바로 지하 주차장으로 내려가 한쪽에 세워 놓은 차를 찾았다. 펜트하우스 전용 주차장이라 그런지 한산하면서도 호화로운 곳이었다. 사방에 깔린 감시 카메라와 특별 경비원도 있다. 몇 대 안 되긴 하지만, 차 한 대 한 대가 어지간한 아파트 가격을 넘어서다 보니 관리사무실에서도 따로 신경을 쓰지 않을 수 없었나 보다.

그런 곳을 휘적휘적 가로질러 차에 올라탄 후, 레이몬드는 길게 한숨을 내쉬었다. 그리곤 뭐에 홀린 사람처럼 멍하니 앉아 한동안 꼼짝을 하지 않았다.

[하아, 언제 인천까지 간담?]

결국, 갈 수밖에 없다는 사실을 잘 알면서도 그는 부러 투정을 부려 보았다. 오늘처럼 추운 날, 더구나 일요일에 찬바람 맞아 가면서 공항까지 가려니 벌써부터 한숨이 터져 나왔다. 아무리 생각해 보아도 차로 가는 건 무리였다. 몇 시간이나 운전을 할 자신도 없거니와 차가 많이 막히는 날이라 지금 출발해도 제 시간에 도착한다고 장담할 수 없기 때문이다. 아무래도 황제 폐하에게 헬기를 빌려야 할까 보다.

[그 전에 고무신부터 찾아 놓고. 그 당돌한 초딩이 말을 들을까 모르겠네.]

10분 내로 나오라고 큰소리를 쳐 놓았지만, 그 당돌한 깻잎 꼬맹이가 제대로 말을 들을 리 없다고 그는 생각했다. 지은 죄가 있다 보니 보나마나 집 앞까지 가서 다시 전화질을 해야 마지못해 기어 나오겠지. 그는 애초부터 기대를 버리기로 했다. 어차피 상대는 뽀로로나 보는 애송이였다. 유아용 만화나 보는 초딩한테 성숙한 시민의식을 바란다는 건 지나친 욕심이 아닐까?

고개를 끄덕이며 그는 부드럽게 차를 빼냈다.

어제 케이티를 내버려 두고 왔다는 사실을 깨닫기가 무섭게 그는 현무를 닦달해 그 동네를 다시 찾아갔었다. 그리고 우여곡

절 끝에 그곳 주차장에서 케이티를 발견했는데, 그때 그녀는 이미 만신창이(?)가 되어 있었다.

님 좀 짱인 듯.

어떤 정신 나간 꼬맹이가 한 짓인지 케이티의 문짝 부근에 빨간색 페인트로 큼직하게 쓰여 있었다. 너무 기가 막히고 화가 났지만 일단은 무슨 뜻인지 몰라 재석에게 보여 주기까지 했다.

"대단히 멋지다, 엄청나다는 뜻입니다. You are so cool."

재석이 그렇게 말하지만 않았어도 그는 무슨 수를 써서든 놈을 찾아내 응징을 가했을 거다. 돈은 필요 없고, 그놈의 낯짝에도 똑같이 써 주려고 결심했을 정도다. 하지만 내용이 그렇다니 그도 인내심이란 것을 발휘해 조금 참아 주기로 했다.

그랬음에도 불구하고, 페인트를 지우기 위해 케이티를 공장으로 보낸 후 회사에서 내 준 차를 끌고 나올 땐, 저도 모르게 눈물이 앞을 가렸지만 말이다. 이게 다 박복한 신세 탓이려니.

"하아, 내 팔자야."

아무래도 조만간 미아리 처녀보살 아줌마한테 다녀와야 할까 보다. 굿이라도 해야지, 이러다 한이 쌓여서 죽으면 큰일이잖아. 물론, 그 전에 고무신부터 찾아 신고.

[꼬맹아, 너 내 고무신 고이 간직하고 있길 바란다. 혹시라도 잃어버렸으면 각오해야 할 거다.]

눈을 번뜩이며 그는 힘차게 엑셀을 밟았다.

부드러운 소음과 함께 차는 빠르게 도로를 내달렸다. 네비게이션에 그 동네의 이름을 입력하며 그는 다시 꼬맹이를 떠올렸다. 동글동글한 얼굴, 쌍꺼풀 없는 똥그란 눈, 깻잎 같은 앞머리에 해바라기 핀을 꽂고 있었더랬지. 목도리도 빵빵하게 두르고. 애가 좀 맹하게 생겼었는데 정말로 잃어버린 거 아닌지 몰라.

이안이 지켜보고 있어서 차마 고무신을 내놓으라 소리치지는 못했지만 저도 눈치라는 게 있다면 무슨 소리인지 알아들었으리라. 혹시라도 고무신 하나에 무슨 호들갑이냐고 한다면 그도 할 말이 있었다.

[그거 특별한 고무신이거든. 대나무 그림도 있고, 밑바닥에 내 이름도 써 두었어.]

인사동에서 어렵게 구한 고무신에 유명한 동양화가라는 노인네가 그림과 글까지 써 주었다. 고무신은 5천 원이지만 그림은 백만 원짜리라고 했을 정도로 잘 그린 건데, 그런 걸 어디 가서 다시 구해? 하여간에, 그런 걸 잃어버렸다면 무슨 수를 써서든 다시 찾아내게 만들고야 말리라.

작심을 하고 나선 길이라 그런지 오늘따라 길은 전혀 막히지도 않았다. 그리하여 본래 30분도 넘게 걸리는 거리를 그는 단 15분 만에 주파했던 것이다. 당연히 꼬맹이는 나와 있지 않았다. 꼬맹이가 살고 있는 건물 앞에 보무도 당당하게 서서 그는 잠시 2층 즈음을 꼬나보았다.

"박승리."

그 이름을 어떻게 알았으며 꼬맹이의 쪼매난 집구석은 또 어떻게 찾았느냐고? 간단하다. 이름은 핸드폰 액정 화면에 쓰여 있었다. 그걸 가지고 어제 대리점에 요금을 내러 갔더니 영수증에 친절하게도 주소까지 나와 있더라. 덕분에 그는 꼬맹이의 한 달 휴대폰 요금이 겨우 만 원 남짓 정도밖에 안 된다는 사실도 알았다.

[전화할 데가 그렇게도 없었느냐, 초딩?]

대인관계가 어지간히도 나쁜 애가 틀림없다.

혹시 왕따라거나, 그늘진 구석에서 혼자 노는 애일지도 모른다. 오죽하면 다 저녁때 혼자 싸돌아다녔을까. 초딩에게 연민마저 느끼며 레이몬드는 쯧쯧 혀를 찼다. 그리곤 가차 없이 핸드폰을 꺼내 버튼을 꾹꾹 누르기 시작했다. 요금을 내 주었으니 마음껏 써도 되는 거였다.

—여, 여보세요?

"너, 빨리 안 나오냐?"

—가, 가고 있어요. 거의 다 왔다고요.

"호오, 외출을 하셨다? 좋아. 길 건너 벤치 앞에 있을 테니까 빨리 와. 알았지?"

알차게 경고를 해 주고 레이몬드는 대답도 듣기 전에 잽싸게 전화를 끊어 버렸다. 그러고선 길가에 차를 세워 두고 뚜벅뚜벅 걸어 벤치로 걸어갔는데, 그 망할 벤치를 보자 뜬금없이 오른쪽 광대뼈 부근이 아파 오는 거다.

[언제, 어떻게 생긴 건지 알 수가 있나.]

현무의 증언에 의하면, 그는 그날 토끼 옷을 입고 소주병을 끌어안은 채 벤치 위에 길게 늘어져 처자고 있었단다. 맹세코, 주변에 양배추 같은 초딩 따위는 없었으며, 다만 몰카를 찍어대는 여대생들만 무성했다고 한다.

'며칠 안으로 각종 포털사이트에 사진이 올라올지도 몰라. 넌 이제 이미지 관리 다 한 거야, 인마.'

불쌍하기 이를 데 없다는 시선으로 현무는 전에 없이 심심한 위로까지 곁들이고 사라졌다. 당분간 같이 놀지 말자는 말과 함께. 덕분에 혼자 남겨진 그는 얼마나 큰 충격을 받았는지 모른다. 세상에 믿을 놈 없다더니 현무 너마저!

[괜찮아. 아부지한테만 안 들키면 돼.]

다행히 그의 아버지는 인터넷을 이용하지 않는다. 아니, 3년 전까지만 해도 그랬으니 지금이라고 뭐 크게 달라지지 않았을 거라고 믿는 바이다. 그가 앞으로도 꾸준히 인터넷을 이용하지만 않는다면 포털사이트에 어떤 사진이 올라와도 걱정할 것이 없었다.

[엄마와 함께라……]

아버지를 떠올리고 보니 잠시 잊고 있던, 그가 옮겨 오고 있다는 엄마의 유골함에 다시 생각이 미쳤다. 그리고 공항까지 마중을 나가야 한다는 사실도.

[가긴 가야겠지.]

가긴 가야 한다. 저 얄미운 아버지를 위해서가 아니라 아주 오랜만에 귀향하는 엄마를 위해서. 생각을 굳히며 그는 주섬주섬 핸드폰을 꺼내 들었다. 이번엔 그의 핸드폰이었다. 썩은 무기 같은 누구의 것과 달리 반짝거리는 신상품이다. 레이몬드는 조금 삐친 얼굴로 황제폐하 석준에게 전화를 걸었다. 물론, 자가용 헬기를 빌리기 위해서였다.

그가 헬기를 빌리고 기사에게 출발했다는 전화를 받을 때까지도 꼬맹이는 나타나지 않았다. 그리하여 슬슬 열이 받은 그가 다시 핸드폰을 꺼내 들고 눌러 죽일 듯이 꾹꾹 버튼을 누르는데, 순간 빨갛고 조그만 자동차 하나가 막 오피스텔 건물 앞에 멈춰 서고 있었다. 그 안에서 문제의 꼬맹이가 총알처럼 튀어나왔다.

허겁지겁 차에서 내린 꼬맹이는 그 짧은 다리로 후다닥 뛰어오더니 벤치 앞에 멈춰 서서 부산스럽게 주위를 두리번거렸다. 그러다 한쪽에 우뚝 서 있는 그와 눈이 마주치자 흠칫 놀라 어깨까지 떨며 슬그머니 물러서는 거다.

"이, 이상하다. 왜 아무도 없지?"

어이, 아무도 없는 게 아니잖아.

멀쩡히 사람을 앞에 두고도 꼬맹이는 엉뚱한 곳만 두리번거리더니 금방 울상이 되어서 어깨를 축 늘어뜨렸다. 그리곤 그 똥그란 눈으로 슬금슬금 그를 올려다보는 거다. 둘의 눈이 공중에서 다시 격하게 마주쳤다.

"헤, 헬로."

아무 말 없이 마주 보고 있기가 조금 민망했던지 꼬맹이가 슬그머니 손을 들어 흔들며 조그맣게 속삭였다. 레이몬드는 그런 꼬맹이를 지그시 바라보았다. 고무줄로 꽁꽁 동여맨 까만 머리, 똥그란 얼굴, 똥그란 뿔테 안경, 그리고 강아지 같은 눈과 꼬물거리는 작은 입술. 목에 칭칭 휘감고 있는 목도리.

비몽사몽간에 본 모습과 그리 달라지지 않은 심심한 꼬라지.

오른쪽 광대뼈 근처에 붙인, 유치하기 짝이 없는 밴드만 빼면 기억과 거의 차이가 없다는 사실을 깨닫자 까닭 없이 안도감이 몰려왔다. 대체 왜? 꼬맹이는 여전히 꼬질꼬질하고, 쪼그맣고, 조금 멍한데다, 심지어는 바보처럼 보이기까지 했다. 그럼에도 불구하고 그 사실이 마음에 들다니. 너무 추워서 뇌에 이상이 생겼나?

"헬로? 웃기시네."

어쩐지 심사가 뒤틀려 레이몬드는 사정없이 그녀를 비웃어 주었다.

"너, 내가 빨리 오라고 했어, 안 했어?"

"헉!"

"이게 빨리 온 거야? 나 얼어 죽거든 오지, 왜?"

"……!"

아이고, 아부지!

바락바락 소리치는 남자를 보며 승리는 저도 모르게 입을 쩍 벌리고 말았다. 맙소사, 그가 소리치고 있어. 그것도 한국말로. 백인 특유의 하얀 피부와 에메랄드 같은 초록빛 눈동자를 가진, 훌쩍 하니 키가 큰 외국인이 그녀를 향해 바락바락 성질을 부리고 있었다. 전화기에서 흘러나오던 바로 그 목소리였다.

맨 처음 그를 발견했을 때만 해도 승리는 설마하니 그가 전화를 한 사람이라고는 꿈에도 생각지 못했다. 벽안의 외국인이 한국말로 따박따박 지껄일 거라고는 누구도 생각지 못하는 것처럼 말이다. 따라서 충격의 강도가 제법 컸다.

"다, 다, 당신이……?"

"뭐야, 너 말도 더듬어?"

"아니요! 아니, 그러니까 아까 전화를 하신 분이…… 맞다고요?"

승리의 물음에 남자는 대답 대신 낯이 많이 익은 핸드폰을 보여 주었다. 뽀로로 스티커가 붙은 큼직한 구닥다리 핸드폰. 틀림없는 그녀의 것이다. 그렇다는 것은 역시나 그가 문제의 전화질을 한 사람이라는 뜻인데…….

"그걸 어째서 당신이 가지고 있는 건데요?"

충격에서 벗어나 의심 가득한 시선을 번뜩이며 그녀가 물었다.

며칠 동안 일만 하느라 가방에서 꺼낸 기억조차 없는 핸드폰이 어째서 저렇듯 버젓이(?) 남의 손에 안겨 있는 건가. 단언하건대, 핸드폰이 스스로 공간이동이라도 하지 않은 이상 그가 그녀의 핸드폰을 가지고 있을 이유가 없었다.

더구나 상대가 생전 얼굴 한번 본 적 없는 생면부지의 타인임에랴. 말하지 않아도 그는 심하게 낯선 남자였다. '퍽 잘생긴 데다, 몸매 또한 끝내 주게 잘 빠진 외국인' 이라는 단계를 넘어 그는 누가 보아도 굉장히 강렬한 인상을 가진 사람이었다.

약간 긴 듯한, 칠흑처럼 까만 머리라거나, 빠져들 듯한 깊은 눈매, 혹은 예의 금빛이 섞인 에메랄드 빛 눈동자 등등의 특정한 외모만으로는 절대로 설명할 수 없는 신비한 분위기가 있다고나 할까. 그것은, 보는 순간 상대로 하여금 숨을 들이켜거나 혹은 고개를 갸우뚱거리게 만드는 종류의 그 '무엇' 이었다.

따라서 언젠가 한 번이라도 본 적이 있다면 절대로 잊지 못했을 거다. 남자에 대해 아무 생각이 없는 그녀조차도 그를 본 순간 속으로 '멋있다!' 고 외쳤을 정도이니 말 다한 거다.

"글쎄, 내가 이걸 어떻게 가지고 있는 걸까."

그녀가 의심과 매혹 사이에서 갈팡질팡하고 있는 사이 남자가 핸드폰을 흔들며 다시 입을 열었다.

"……그걸 알고 싶다면, 허락도 없이 니가 가져간 내 '그것' 부터 내놓으시지."

"……?"

"그새 잊었냐, 초딩? 아까 내가 말했지. 니가 내 '그것' 을 들고튀었다고?"

"아!"

"아? 그건 무슨 뜻이지? 너, 설마……."

순간, 남자의 얼굴이 창백해졌다.

충격을 받은 건지, 아니면 화가 난 건지, 그는 거의 부들부들 떨고 있었다. 그러더니 이를 악 물고 어렵사리 물었다.

"너, 설마 그걸 버렸어?"

"에? 아니, 그러니까…… 잘 모르겠는데요."

"뭐? 무슨 대답이 그래? 모르다니?"

"저기, 그게 뭔지 기억이 안 난다고나 할까. 아하하."

스스로 생각해도 조금 멍청한 대답과 함께 승리는 수줍게 배시시 웃었다. 핸드폰이 어째서 그의 손으로 이사를 간 건지도 생각나지 않는 마당에, 그의 물건이라는 '그것'이 뭔지 기억한다는 건 어불성설이다. 문제의 '그것'을 그녀가 왜 들고튀었는지에 대해서도 설명할 수 없는 건 물론이다.

아니, 그런 것을 다 집어치우고라도 그녀는 당장 오늘 이전에 그를 본 기억조차도 없었다. 그러니 지금은 무슨 말을 해도 말짱 소용없는 일이 되고 마는 거다. 부끄럽지만 그런 사정에 대해 승리는 솔직히 고백하기로 작심했다.

"정말 죄송하지만, 제가 기억이 안 나서 그러는데요. 우리가 정말로 어딘가에서 만난 적이 있는 건가요? 오늘 말고 그 이전에?"

어라, 이거 봐라?

레이몬드는 그제야 상황을 깨달았다. 사실, 그가 꼬맹이를 범인으로 지목한 건 순전히 지레짐작일 뿐이었다. 심증은 있는데 안타깝게도 물증이 없었다. 그 또한 그날 저녁의 일을 거의 기억하지 못하고 있는 건 마찬가지였기 때문이다. 기억나는 거라곤 단편적으로 끊어진 몇 장면뿐. 개중의 반이 꼬맹이가 '나잡아 봐라. 오호호호.' 하고 뛰어가는 장면들이었다.

핸드폰이라는 결정적인 단서가 없었다면 애초에 여기까지 올 수도 없었을 거다. 아무튼지간에, 그날 저녁 그들 둘은 그 횡단보도 즈음에서 만났었던 게 틀림없었다. 그리곤 무언가 일을 저지른 것이리라. 그렇지 않고서야 둘 다 나란히 오른쪽 광대뼈 근처에 상처가 생길 리가 없는 거다. 그게 왜 생겼는지에 대해서는 물론 둘 다 아는 바가 없음이다.

"금요일 저녁."

이유는 모르겠지만, 어쨌거나 꼬맹이가 아무것도 기억하지 못한다는 사실을 깨닫자 레이몬드는 남몰래 회심의 미소를 지었다. 감히 이 몸에게 수고를 끼쳤겠다. 너, 어디 한번 당해 보련? 팔짱까지 척 끼고 그는 인심 한번 팍 쓴다는 태도로 말했다.

"횡단보도. ……기억 안 나?"

"회, 횡단보도? 그게 뭐요?"

"우리가 만난 장소잖아. 거기서 넌 내 그걸 가지고 튀었다고. '나 잡아 봐라. 오호호호.' 하면서 뛰어갔었지."

"헉!"

승리는 너무 놀라 저도 모르게 숨을 멈췄다.

어쩐지 너무나 낯익은 대사였다. 그때였다. 갑자기 눈앞으로 커다란 토끼 한 마리가 스쳐 갔다. 그리고 그가 흉내 낸 것처럼 그녀는 '나 잡아 봐라. 오호호호.' 하면서 뛰고 있었다. 꿈에서. 설마하니, 그건 꿈이 아니었단 말인가?

화끈!

가정만으로도 갑자기 열이 확 솟구쳐 올랐다. 거의 동시에 두 볼이 화끈거리면서 입 안이 바짝 말라 온다.

'아, 쪽팔려.'

승리는 진정 울고 싶었다.

웃으면서 푸른 들판을 달리던 시츄에이션이 꿈이 아닌 현실이었다고 생각하니 정말이지 너무 쪽팔려서 혀를 콱 깨물고 싶을 지경이었다. 나, 이제 시집 다 간 거니?

"그, 그걸 또 누가 봤는데요?"

울먹이며 그녀가 물었다.

이 순간에 또 다른 목격자의 존재가 궁금해지는 건 인지상정이었다. 그 사람만큼은 죽을 때까지 피해 다니고 싶어졌으므로.

"나."

"그, 그리고요?"

"……."

레이몬드는 잠시 말을 이을 수가 없었다.

똥그란 눈에 물기까지 그렁그렁 담고 올려다보는 꼬맹이와 눈이 딱 마주친 순간, 까닭 없이 말문이 칵 막혀 버린 탓이다. 뜨끔! 갑자기 송곳에 찔린 듯 가슴 깊은 곳이 뜨끔거리기 시작했다. 갸웃? 고개가 모로 돌아갔다. 이것은 설마 죄책감일까? 그럴 리가! 거짓말을 하는 게 처음도 아닌데. 이래 봬도 그는 거짓말에 제법 일가견이 있는 변호사가 아닌가.

"으음. 없어."

"핫, 정말요?"

"그렇다니까."

누가 봤는지 알 게 뭔가. 기억도 안 나는데. 더구나 이미 최악의 꼬라지가 누군가에게 마구 찍혀서 각종 포털을 장식할지도 모르게 된 마당이다. 이런 상황에 지금 남 걱정하게 생겼나. 그런 그의 눈에 살았다는 듯 안도의 한숨을 내뱉으며 배시시 웃는 꼬맹이가 들어온 건 순전히 운명의 장난이었다. 웃는 그녀를 본 순간, 갑자기 또 심사가 배배 꼬이기 시작했던 것이다.

"주세요."

"뭘?"

"핸드폰이요. 제 것이잖아요."

고사리 같은 손을 활짝 펴서 당당하게 내미는 그녀. 그의 눈이 점점 더 가늘어지고 있었다.

"너 말이야, 혹시 이런 말 들어 봤어? '오는 게 있으면 가는 것도 있다'."

"에? 드, 들어 본 것 같은데요."

"그럼 지금 이 상황에서 니가 뭘 해야 할 것 같아?"

"그, 글쎄요."

안도의 한숨을 내뱉은 지 고작 5초 만에 승리는 다시 긴장하고 있었다. 오는 게 있으면 가는 것도 있다? 그래서 뭘 어쩌라고? 외국인 주제에 감히 문자까지 써 가면서 대체 뭘 바라는 거?

"그거."

돈이라도 주어야 하는 건가 싶어 심각하게 고민을 하고 있는
데 그가 문득 고개를 숙이더니 얼굴을 불쑥 들이밀었다. 너무
바짝 들이밀어서 코가 닿을 것만 같았다. 또다시 숨이 저절로
멎었다.

'우와, 속눈썹이 엄청 길다.'

잔뜩 긴장한 주제에 생뚱맞게도 승리는 그런 생각을 하고 있
었다. 그런 그녀를 향해 그가 다시 말했다.

"내 '그것'을 돌려주기 전에는 절대 못 줘."

"에에?"

"도둑이라고 부르기 전에 당장 가서 찾아와."

"그, 그치만 그게 뭔지 기억이 안 나는데요?"

"승리야!"

코가 아예 닿을 듯 마주 서서 으르렁거리는 사이, 저만치에
서 눈치를 살피고 있던 영춘과 박샘이 후다닥 뛰어왔다.

"너 괜찮아?"

"이 사람 누구야?"

달려온 그녀들이 승리의 앞을 가로막고 부산을 떨었다.

돌아가는 분위기가 어째 요상한 것이 막 위협이라도 당하고
있는 줄 안 모양이다.

"이봐요, 당신 뭐……예요?"

바락 소리치려던 영춘이 남자의 모습을 확인하고는 슬그머니
말꼬리를 흐렸다. 길 건너에서 보고 진즉 외국인인 줄은 알았겠
지만, 막상 가까이에서 보자 그 미모며, 압도적인 키와 단단한

덩치에서 풍기는 기세가 또 만만치 않게 느껴진 것이리라. 더구나 본래 외국인이란, 아무 이유 없이 어려운 존재가 아니던가. 승리 또한 진즉부터 잔뜩 졸아 있는 상태였다.

"레이몬드."

물은 건 영춘인데 그는 그녀를 싹 무시하고 승리를 향해 따박따박 말했다.

"레이몬드 아처 테넌트 주니어."

"에?"

"내 이름. 레이라고 불러도 좋아. 단, 내 '그것'을 찾아온 뒤에."

"아니, 그러니까 그게 뭔지 모르겠다니까요? 정말로 내가 가져간 거 맞아요?"

"맞아. 니가 그걸 들고서 나 잡아 봐라……."

"그만!"

그가 또 흉내를 내려 하자 승리는 반사적으로 손을 뻗어 그의 입을 꾹 틀어막았다. 그러고는 또 제 풀에 놀라서 숨을 헉 들이켰다. 손바닥에 와 닿는 입술의 감촉과 뜨거운 숨결이 너무나 갑작스러우면서도 충격적이었던 까닭이다. 낯선 감각이 손바닥을 타고 찌르르 하니 흐르고 있었다. 그 감각에 놀라 승리는 그대로 굳어 버리고 말았다.

할짝!

"꺄악!"

구멍 난 돌하르방처럼 들이켠 숨만 피시시 내쉬며 굳어 있는

데 문득 그가 혀를 내밀어 손바닥을 핥았다. 그건 그것대로 또 굉장한 충격이었다. 그리하여 승리는 새된 비명을 내지르며 후다닥 물러섰던 것이다. 쿵덕쿵덕쿵덕! 가슴이 미친 듯이 방아질을 쳐 대고 있었다. 이런 변태 같으니!

"하, 하, 핥으신 것이옵니까?"

"흐응, 짜군. 손 안 닦았구나?"

"헉!"

승리의 얼굴이 또다시 시뻘겋게 달아올랐다.

낯부끄러운 대사를 아무렇지도 않게 날리다니, 생각보다 낯짝이 퍽이나 두꺼운 남자가 아닌가.

"찾아올 거야, 말 거야?"

"글쎄, 그게 뭔지 모른다니까요?"

"정말 몰라?"

"아, 모른다잖아요. 왜 애를 쥐 잡듯 잡고 그래요?"

보다 못한 영춘이 다시 끼어들었다.

"우리 곰순이는 진짜 맹한 애 맞거든요? 쟤가 어디 가서 거짓말을 할 주변머리라도 되는 줄 알아요? 모른다고 하면 진짜 모르는 거라고요. 뭐, 알지도 못하면서."

언니야, 그거 칭찬이지? 고마우이!

"진짜야?"

영춘의 말이 그럴듯했는지 그가 확인을 받듯 승리를 향해 다시 물었다.

"그, 그래요. 나 맹해요. 바보 맞아요. 그러니까 이제 말해 주세요. 그게 뭔데요?”

“그건…… 니가 직접 알아내 봐.”

그는 이미 심술이 나 있는 상태였다. 따라서 쉽게 가르쳐 줄 생각 같은 건 절대로 없었다. 여기까지 오느라 한 고생이 얼마인데 그냥 가르쳐 준단 말이야. 더구나 그런 짓까지 해 놓고도 나를 기억하지 못하는 주제에! 거짓말이 아니라면…… 설마, 애도 취했었나? 어린 것이 제법이다.

“하, 그런 게 어디 있어요? 지금 누구 놀려요?”

“그럴 리가. 보기만 하면 금방 알 만한 거라서 딱히 설명이 필요하다고 생각하지 않는 것뿐이야.”

“말도 안 돼. 그거 거짓말이죠? 내가 당신의 ‘그것’ 인지 ‘저것’ 인지를 들고 도망쳤다는 거.”

“사실이거든. 넌 그날 분명히 내 ‘그것’ 을 들고 나 잡아 봐…….”

“그만! 아, 알았어요. 알았으니까 그만 해요.”

“크흠, 어쨌거나 니가 가져간 건 틀림없는 사실이니까 빠져 나갈 생각은 마. 자, 어서 가서 찾아오도록 해.”

“지, 지금 당장이요?”

아직 충격에서 벗어나지도 못했는데 당장 찾아 나서라고라? 어디에 있는 줄 알고? 그게 뭔지도 모르는데?

아까 전에 나오면서 핸드폰을 찾느라 대강 살피긴 했지만, 맹세컨대 그녀의 집엔 낯선 물건이나, 척 보기만 해도 남의 것처럼 생긴 무언가는 결코 보이지 않았었다. 즉, 당장 찾아낼 자신이 없었다.

그가 직접 찾겠답시고 들이닥치는 것도 곤란하다. 근 보름 가까이 청소를 하지 않아 그녀의 집은 거의 폭탄을 맞은 듯 어지러운 지경인데다, 손바닥만 한 베란다엔 속옷까지 걸려 있었다. 거기다 나이답지 않게 호기심이 무척 많은 건물주인 할아버지가 복도에 CCTV까지 설치해 놓고 때마다 꼼꼼하게 지켜보고 있기도 하다.

그 할아버지의 심보는 대단히 난해해서, 누군가가 남자를 끌어들이기라도 하면 즉각 무전기 같은 구형 핸드폰을 꺼내 들고 부모님께 전화를 드리는 게 취미였다. 그러니 핸드폰을 한강에 수장시키는 한이 있어도 결단코 집에 남자를 끌어들일 순 없는 거였다.

"저, 저기, 내일까지 찾아 놓으면 안 될까요?"

"또 오라고? 나 바쁜 사람이거든?"

"그, 그럼 제가 찾아서 가져다 드릴게요."

"직접 오시겠다?"

"네. 어디로 가면 될까요?"

당돌하게도 직접 들고 찾아오마 하고 나서는 꼬맹이를 레이몬드는 조금 흐뭇한 시선으로 바라보았다. 그래, 아직 양심은 살아 있구나, 초딩. 문득, 그의 시선이 꼬맹이의 옆으로 향했다. 빼빼 마른 여우 같은 여자 하나와 투실투실 살이 찐 곰 같은 여자가 양쪽으로 붙어 선 채 그를 뚫어지게 바라보고 있었다.

'아, 안 친해지고 싶다.'

의심, 의혹, 감탄, 혹은 호기심. 어쨌든 그녀들의 눈에서는 윤기가 흘렀다. 아주 부담스러울 정도로 진하게. 그 눈길을 싹 외면하고 레이몬드는 마땅찮은 표정으로 승리에게 제 핸드폰을 건넸다.

"찾으면 니 핸드폰으로 전화해. 주소 가르쳐 줄 테니."

"네."

그가 내미는 걸 무의식적으로 받아 들었다가 승리는 하마터면 비명을 지를 뻔했다. 그녀의 구닥다리 핸드폰과는 그 포스부터 아주 다른 물건이 손에 잡혔던 것이다. 세상에나, 그의 핸드폰은 반짝이는 금 커버를 둘렀어. 더구나 새로 나온 아이폰이야. 물경 백만 원도 넘는다는 바로 그 제품. 그 귀하신 몸을 공손히 두 손으로 받쳐 들고 승리는 소리 없이 몸을 떨었다.

'차라리 그냥 내 핸드폰을 주면 안 될까? 내 컴퓨터보다 비싼 거라서 무서워지려고 그래.'

산 지 3년이나 된 컴퓨터보다 더 비싼 물건을 그녀는 결코 가져 본 적이 없었다. 그런데 이 쪼매난 핸드폰이 바로 그 컴퓨터보다 더 비싼 거다. 그러니 척 잡은 순간부터 긴장이 될밖에. 나 지금 떨고 있니? 승리는 애처로운 시선으로 그를 올려다보았다. 그러나 또 그러거나 말거나 눈 하나 깜빡 않고 그 남자가 말했다.

"늦으면 알지? 한강에서 핸드폰 낚아 올리고 싶지 않으면 열심히 찾아. 내일 안 오면 니 핸드폰을 한강에 담가 버린 다음 직접 찾아올 테니 제대로 하라고. 알았어?"

"네, 네!"

"좋아. 내일 보자, 초딩."

아, 초딩 아니라니까.

"그러고 보니 저 남자 아까부터 계속 반말만 했잖아! 아니, 언제 봤다고 반말이야?"

그제야 깨달은 승리가 당당하게 사라지는 그의 등짝을 향해 조그맣게 주먹질을 해 보였다.

"아, 가네. 어째 좀 아쉽다. 다른 건 몰라도 생긴 거 하나는 진짜 끝내 주는 사람인데. 아이고, 저 몸매 좀 봐."

"얼굴은 또 어떻고. 너의 제임스보다 몇만 배는 더 잘생겼다. 거참, 먹음직스럽게 생기셨세여."

"언니들아, 침 흐른다."

감동에 젖은 얼굴로, 혹은 좌절에 빠진 채 세 여자는 나란히 서서 한참이나 그의 뒷모습을 바라보았다. 얼마나 열중했는지 그가 차에 올라 사라질 때까지도 쉽게 시선을 떼지 못했다.

"너, 저 남자랑 어떻게 아는 사이야? 설마, 사귀는 건 아니겠지?"

영춘이 물었다.

"잘 모르는 남자야. 오늘 처음 만난 거 알잖아."

"몇 살이라디? 스물여덟? 아홉?"

서른 넘은 박샘의 질문이다.

"연상의 여자에 대해서 어떻게 생각하는 것 같디?"

"글쎄, 잘 모르겠는데? 안 물어봤잖아."

"어느 나라 사람일까? 미국? 캐나다?"

"모르지. 얼굴에 써 붙이고 다니는 것도 아니고."

"넌 대체 아는 게 뭐냐?"

아주 한심스럽기 이를 데 없다는 표정으로 그녀들이 승리를 돌아보았다.

"어쩔 거야, 이제?"

"너는 도대체 무슨 짓을 하고 다닌 거니?"

"……나도 그게 궁금해. 그나저나 어쩌지? 하악하악, 나 벌써부터 막 숨이 차."

승리는 절망적으로 고개를 저었다.

"내 핸드포온, 이제 어쩌면 좋으냐고."

"이참에 그냥 핸드폰을 바꾸지 그랴. 그런 구닥다리 핸드폰은 그냥 내버려도 아무도 안 가져갈걸."

"언니야, 바보. 핸드폰이 문제가 아니잖아. 그걸 저 남자가 가지고 있는 사이 시골에서 전화가 오고, 또 그걸 저 남자가 받으면 난 어떻게 되는 거냐고."

"헉! 큰일이다. 어떻게 하냐, 승리야?"

그제야 상황의 심각성을 깨달은 박샘이 입까지 벌리고 부르르 몸을 떨었다.

"너 잘못되면 나까지 불려가서 종아리를 맞을 거야. 어떻게 해. 어떻게 하지?"

"무슨 일이 있어도 내일까지 찾아와야 해. 언니도 알지? 우리 엄마 월요일 아침마다 전화하시는 거.”

“아, 알지. 진짜 큰일이다. 야, 넌 팔뚝을 물어서라도 빼앗지 않고 뭘 했냐?”

“아!”

미처 생각지 못했다는 듯 승리가 바보처럼 입을 벌렸다. 그러고 보니 왜 진즉 빼앗을 생각은 하지 못한 걸까? 어떻게든 덤볐으면, 아니, 맹렬하게 협상이라도 했으면 핸드폰쯤은 돌려받을 수도 있었을 텐데 말이다. 그 남자의 페이스에 휘말려서 결국 어떤 시도도 해 보지 못하고 당했다는 사실이 승리는 너무나 좌절스러웠다.

“핸드폰을 재빨리 낚아챈 다음 발로 차 주고 도망치는 건데.”

“그러다 한 대 치면?”

시큰둥한 얼굴로 영춘이 물었다.

“에이, 설마. 여자를 치겠냐?”

“못 칠 건 또 뭐야. 아니, 혹시 알아? 생긴 것만 멀쩡하고 속은 썩었을지. 어린애나 건드리는 타락한 영어 강사처럼.”

“뭐야, 왜 그렇게 부정적이셔?”

“크응, 그냥.”

“그냥?”

“그냥…… 제임스보다 백만 배나 더 멋있는 게 너무 속상해서 그래. 저런 남자는 왜 항상 늦게 나타나는 거냐고. 게다가, 보나마나 임자도 있을걸? 엄청 짜증나는 거 있지.”

영춘의 절규에 박샘 또한 언제 반했었냐는 듯 처절한 동감의 시선을 보내고 있었다. 그리곤 서로 손을 마주 잡고 '저 나쁜 놈이 다시 오면 그땐 처절하게 본때를 보여 주자.'며 궐기까지 했다. 그 선동의 한복판에서 승리는 소리 없이 모래가 되어 부서지는 서러운 경험을 하고 있었다.

임자도 있을걸…… 임자도 있을걸…… 임자도…….

오후의 하늘 위로 점점이 메아리치는 한마디.

'있구나.'

그는 퍽 잘생겼고, 키도 크고, 몸매도 끝내 주는데다, 비싼 핸드폰도 들고 다닌다. 뿐만 아니라 그의 눈동자는 에메랄드보다 더 반짝거리고 속눈썹도 무지 길었다.

영춘의 말마따나, 그런 남자에게 임자가 없다는 건 거의 사기일 거다. 그녀가 생각해 봐도 그건 지극히 당연해 보이는 일이었다. 없는 게 오히려 더 어색하지. 거기까지 생각하고 보니 갑자기 한 떨기 독버섯 같은 심술이 울컥 피어났다.

"성격 한번 되게 까칠해 보이던데."

출처를 모를 약간의 서운함과 기묘한 안도감 속에서 승리는 조금 냉정하게 투덜거렸다. 그는 마치 드라마 속의 남자주인공 같은 사람이다. 이거저거 다 괜찮은데 성격만 모질게도 더러운 남자. 보나마나 바람둥이일 게 뻔한 외국인.

허기는, 그녀가 보기에도 그의 성격은 이미 정상의 범주에서 한참이나 훌훌 벗어나 있었다. 흔히 말하는, '나쁜 남자'가 아닐까 싶다. 그러고 보니, 능력 있는 여자들은 오히려 나쁜 남자한테 끌린다지?

어떤 여자인지 참 강심장이라는 생각이 들었다. 허우대 멀쩡하고 돈은 좀 있는지 모르겠지만, 그걸 뺀 나머지는 참 뭣 같은 인간을 잘도 견디고 있구나 생각하니 없던 연민마저 생기려고 한다.

뭔가를 잃어버렸다고 직접 찾아나서는 집요함과 첫 대면부터 반말을 지껄이는 뭣 같은 성질머리, 그리고 처음 만난 여자의 손바닥이나 핥는 변태 같은 근성을 가진 남자를 감당하려면 보통 사이즈의 간과 서민적인 용량의 배짱 가지고는 어림도 없을 터였다. 어쩌면 벌써 오래전에 속이 까맣게 타서 문드러졌을지도 모르지.

"……불쌍하기도 하지."

혀를 쯧쯧 차며 승리는 고개를 저었다.

한순간일망정 그런 남자를 향해 가슴 떨려 했다니, 그거야말로 굴욕이다. 박승리, 그놈은 나쁜 놈이야. 가엾은 네 핸드폰을 납치했다고. 전혀 아쉬워할 이유가 없는거.

"임자 있는 남자 따원…… 훗!"

제 것이 아니라는 이유만으로 멀쩡한 남자 하나를 천하의 몹쓸 놈으로 만들어 놓은 다음, 그녀는 긴 안도의 한숨을 내쉬었다. 그리고 말했다.

"언니야, 나 배고픈 것 같아."

"미쳤냐? 방금 밥 먹고 왔잖아?"

"배고플 수도 있지 뭘. 여기까지 오느라 얼마나 동동거렸냐?

그새 소화가 다 되고도 남았겠다. 어, 쟤 놀랐나 보다. 얼굴이 아주 창백하네. 야, 박승! 정신 차려."

"쯧쯧, 하여간에 가지가지 한다. 얼른 들어가라, 곰순. 들어가서 밥을 먹든지, 아니면 그 남자한테서 빼앗았다는 거시기인지 뭔지를 찾든지 해. 난 다시 제임스한테 가 봐야 해."

모처럼의 데이트가 폭삭 깨진 탓인지 영춘은 신경질적으로 내뱉은 다음 차를 향해 종종거리며 사라졌다. 그런 그녀의 뒤통수를 잠시 바라보다 문득 박샘이 중얼거렸다.

"이번엔 진심인가 보네. 정말로 성공을 하는 건가? 시집을 갈 땐 가더라도 지금 하고 있는 작품은 다 끝내고 갔으면 좋겠는데 말이지."

"지중해는 어쩌고?"

"맞아, 지중해도 다녀와야지. 그나저나 넌 이제 어쩌면 좋으냐, 승리야?"

"어쩌긴 뭘 어째? 얼른 들어가 집구석을 샅샅이 뒤져서 낯설거나 이상한 물건이 있나 확인해야지. 찾으면 얼른 가져다주고 내 썩은 핸드폰을 찾아오면 되는 거고."

"없으면?"

"없으면……."

글쎄, 처맞아야 하는 걸까?

승리의 시선이 손 안에서 여전히 무섭게 번뜩이고 있는 금장 핸드폰으로 향했다. 어매, 눈부시게 화려한 거. 다시 봐도 역시나 간이 움찔 떨렸다.

"뭐가 되도 좋으니까 제발 비싼 것만 아니었으면 좋겠어. 최악의 경우 물어 줘야 할지도 모르잖아."

"휴우, 그 핸드폰이나 잃어버리지 마라. 그거 잃어버리면 진짜 대형사고 치는 거다, 너. 금덩이보다 더 비싼 게 아니냐, 그게."

"헉, 그렇지."

핸드폰을 모셔 들고 있는 두 손에 꾸욱 힘을 주며 승리는 열성적으로 고개를 끄덕였다. 이 비싼 것과 함께 하룻밤을 보내야 한다는 사실만으로는 그녀는 이미 충분히 긴장하고 있는 중이었다.

"신기하기도 하지. 진짜 금 커버 두른 핸드폰을 보는 건 머리털 나고 처음이야. 대체 뭐하는 사람인데 그렇게 비싼 핸드폰을 들고 다니는 걸까? 정체가 궁금하다."

정체라…… 그야 잘생기고, 잘 빠지고, 돈도 많아 보이는 외국인이잖아. 간 크고 배짱까지 좋은 임자가 있는. 너무나도 명확한 결론 앞에서 승리는 별 다른 고민도 없이 다시 한 번 고개를 끄덕였다. 그리고 혼잣말처럼 멍하니 중얼거렸다.

"사실 내가 궁금한 건 따로 있어."

"어? 저 남자가 빼앗겼다고 주장하는 '그것' 말고 더 궁금한 게 있다고?"

"응."

"뭔데?"

"……진짜 궁금한 건, '그날 무슨 일이 있었던 것인가' 야."

“앙?”

“저 남자의 말에 따르면, 금요일 저녁에 내가 갑자기 미쳐서 길 잘 가던 그 사람의 물건을 빼앗아 튀었다는 거잖아.”

“그, 그렇지.”

“그러니까 왜 그랬냐고. 도대체 왜? 그날, 대체 무슨 일이 있었기에?”

정말이지 승리는 그것이 궁금했다.

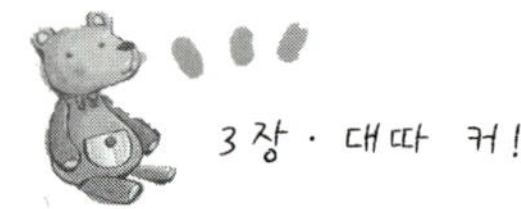


두 부자는 잠시 말이 없었다.

퍽 오랜만임에도 불구하고 둘은 다정한 인사 한마디 없이 입을 꾹 다문 채 서로를 빤히 바라보고만 있었다. 오고 가는 눈빛이라고 또 온화한 구석이 있느냐 하면, 그것도 절대로 아니었다. 그들의 미간엔 이미 세로로 굵은 줄이 가 있는 상태였다. 어지간히도 마음에 안 드는 상황을 맞이했을 때 나오는 그들만의 노골적인 표정이었다.

"흥, 바보 영감 같으니라고."

한참을 꼬나보던 레이몬드가 결국 먼저 입을 열었다. 영감은 절대로 못 알아들을 한국말로. 흥, 약이 좀 오를 거다. 집요한 시선으로 영감의 표정을 훑은 다음 레이몬드는 고개를 숙여 자연스럽게 늘어뜨린 그의 손을 바라보았다. 엄마의 유골함과 함께 오고 있다는 말을 미리 전해 들은 상황이라 양심이 있다면 두 손으로 고이 잘 품고 왔겠지 생각한 것이다.

"응?"

결론부터 말하자면, 영감의 손은 비어 있었다.

원래부터 손에 뭘 들고 다니는 걸 싫어하더니, 이번에도 그 흔한 짐 가방 하나조차 들지 않았다. 레이몬드의 미간에 주름이 하나 더 생기는 순간이었다. 불만을 잔뜩 담은 그의 시선이 이번엔 영감의 등 뒤로 향했다. 영감은 집사지만, 하는 일이 꽤 다양하고 번잡해 비서를 여럿씩 데리고 다니는 사람이었다.

아니나 다를까, 그 비서 중 한 사람이 분홍색 보자기로 꽁꽁 싸맨 네모반듯한 상자를 하나 들고 있었다. 요강 하나 담으면 딱 알맞을 만한 사이즈다. 그것을 본 순간, 레이몬드는 심장을 스치는 본능적인 예감에 부르르 몸을 떨었다.

"엄마!"

갑자기 눈물이 차올랐다.

눈이 아니라 가슴에 물이 그득히 차오르는 것처럼 갈비뼈 근처가 묵직하게 아파 온다. 살아생전, 그의 엄마는 동양여자답게 키가 작고 몸집도 아담했었다. 어느 정도였느냐면, 아버지랑 나란히 서면 키가 간신히 어깨에 닿을까 말까 했고, 그가 14살이 되었을 때는 마침내 그보다도 더 작아졌었다.

그러더니 죽어서는 더 작아져 고작 한 뼘 크기의 상자에 담기게 되었다. 그 사실이 너무도 슬퍼 레이몬드는 정말로 눈물이 날 것만 같았다. 울먹이며 그는 주저주저 상자를 향해 걸어갔다. 그러다 더 참지 못하고 비서의 손에서 상자를 빼앗아 와락 끌어안으며 무너지듯 그 자리에 주저앉았다.

"엄마아! 으어엉, 엄마가 왜 여기 들어 있어."

"크흠."

"엄마, 엄마! 우리 엄마 불쌍해서 어떻게 해."

"주니어."

"시끄러워, 영감. 그딴 식으로 부르지 말랬지? 누구 마음대로 엄마를 이렇게 데려와? 뻔뻔스럽게도 다른 남자 손에 맡기다니! 미쳤어?"

엉엉 울며 레이몬드는 소리쳤다.

엄마를 향한 애처로움과 그리움으로 그는 이미 확 돌아 버릴 것만 같았다. 새파랗게 어린 나이에 생긴 것 하나 빼고 뭐 하나 볼 것 없는 영감한테 낚여 본의 아니게(?) 가족과 생이별을 한 엄마였다.

나이까지 많은 영감만 바라보고 바다를 건너, 아는 사람 하나 없는 이국땅에서 죽음을 맞이할 때까지 단 한 번도 이 땅을 밟아 보지 못했는데 결국 이렇게 죽어서야 돌아오다니. 죽은 지 10년 만에 한 줌 가루가 되어 돌아오고 말다니.

"엄마아! 으허허헝."

레이몬드는 이제 눈물 콧물까지 줄줄 흘리며 통곡을 하기 시작했다. 넓은 공항귀빈실 한복판에서 상자를 끌어안고 앉아 엉엉 울었다. 얼마나 서럽게 우는지 이동 준비를 하느라 부산스럽게 움직이던 비서진들이 일제히 움직임을 멈추고 우두커니 서서 그를 바라볼 정도였다.

얼마나 지났을까.

어둡게 가라앉은 시선으로 그 모습을 지그시 바라보고 있던 레이몬드 시니어가 문득 입을 열었다.

"주니어."

"으흐흐흑."

"주니어!"

"훌쩍훌쩍."

"이 말은 별로 하고 싶지 않았다만."

"으허어엉."

"……그거 꿀단지다."

"……?"

"방금 전, 이 공항 CEO로 있는 이사장이 선물로 보내 왔다. 산후조리에 좋은 특제 호박 꿀이라고 하더구나."

"……딸꾹!"

두 부자의 시선이 다시 공중에서 마주쳤다.

"뭐?"

"꿀단지다."

"……"

두 사람 사이로 잠시 어색한 공기가 흘렀다.

분위기가 바뀌자 심각한 표정으로 둘러서 있던 비서진들이 이제야 공기가 흐르기 시작했다는 듯 부산스럽게 사방으로 흩어진다. 그때까지도 레이몬드는 꿀단지를 끌어안은 채 꼼짝 않고 주저앉아 있었다. 새삼스럽게 영감에 대한 분노가 불타올랐다.

　‘망할 영감, 이렇게 퍼질러 앉기 전에 알려 주면 좀 좋아?’

　하여간에 어지간히도 무신경한 영감이었다.

　원래부터 그는 배려라거나, 남의 사정 따위는 안중에도 없는 인간이었다. 그러니 하나뿐인 아들이 눈물 콧물까지 흘려 가며 생쇼를 하는데도 눈 하나 깜빡 않고 지켜보다 한창 절정에 오른 순간이 되어서야 뒤늦게 뒤통수를 치는 거지. 조금 늦게 왔다고 일부러 그러는 게 틀림없어.

　“젠장!”

　어색한 동작으로 꿀단지를 내려놓고 레이몬드는 주섬주섬 자리에서 일어섰다. 충격이 컸는지 눈물은 어느새 쏙 들어가 있었다.

　“크흠, 엄마는?”

　언제 울었냐는 듯 멀끔한 얼굴로 그가 물었다.

　“은종이 데려갔다.”

　“처남이?”

　“네 처남이 아니라 내 처남이다, 주니어. 무지한 녀석, 너는 외숙부라고 불러야 맞는 거다.”

　“어? 그러고 보니…….”

　갑자기 레이몬드의 눈이 휘둥그레졌다.

　영감이 한국말로 이야기하고 있다는 사실을 그제야 깨달은 것이다. 제 감정에 겨워 주변을 잊고 있었던 탓에 미처 알지 못하다가 ‘처남’이라거나, ‘외숙부’ 같은 고난이도의 단어를 듣고서야 영감이 하는 말이 한국어임을 깨달았다. 더구나 지난 1년간 한국에서 지낸 그보다도 발음이 더 완벽하기까지 하다.

"어떻게?"

레이몬드는 나사가 하나 빠진 바보처럼 멍하니 물었다.

"개인교사에게 배웠다."

"언제부터?"

"올해로 꼭 10년째가 되었구나."

"……!"

10년! 생각보다 너무 긴 시간 앞에서 잠깐 말문이 막혔다. 그건 결코 의미 없는 시간이 아니었다. 사랑하는 김은옥 여사. 레이몬드 시니어의 아내이자, 레이몬드 주니어의 엄마인 그녀가 죽은 지 올해로 꼭 10년이 되는 것이다. 즉, 영감은 마누라가 죽고 난 이후 꾸준히 한국말을 배워 왔다는 뜻이다.

"엄마가 있을 때는 안 했잖아?"

어쩌 속은 듯한 기분마저 느끼며 그가 따져 물었다.

"그녀가 싫어했으니까."

"그럼 지금은 왜 하는데?"

"언젠가 이런 날이 올 줄 알았으니까."

"하! 말은 잘해."

한마디도 지지 않고 따박따박 대답하는 모습이 너무 얄미워 레이몬드는 노골적으로 투덜거리며 슬며시 고개를 돌려 주변을 살펴보는 척했다. 짧은 순간 지나치게 감정에 몰입했던 탓인지 속이 다 허했다.

"은종이 왜 엄마를 데려가?"

짐짓 아무렇지도 않게 물었다.

"매장하기 전에 한국식으로 제사를 지내 달라고 부탁했다. 절에서 기도를 해 준다는구나. 그리고……."

"……?"

"나는 네 엄마가 김씨 가문의 선산에 묻히기를 바라고 있다."

"……욕심이 너무 많은 것 아니야? 집사나 하는 외국인하고 눈 맞아 가문을 버리고 도망간 딸이잖아, 엄마는."

가문만 버렸나? 형제는 물론이고 결사반대를 외치는 아버지까지 버리고 야반도주를 한 커플이다, 그의 부모는. 오죽하면 외할아버지가 엄마의 머리칼을 싹뚝 잘라 방에 감금까지 했을까. 그 원한으로 엄마는 죽는 날까지 할아버지에게 연락을 하지 않았었다.

한국과 한국말을 잊고, 심지어는 한국음식조차도 먹지 않고 독하게 버티다 하얗게 말라 죽었다. 어찌나 고집이 셌는지 아무도 말리지 못했을 정도였다. 그런 엄마를 이제 와 김씨 가문의 선산에 묻는다는 건, 그녀의 의지에 반하는 일이 분명했다. 그것 말고도 문제는 또 있었다.

"할아버지는 아직도 모르고 있을 텐데?"

"……알려 드려야지."

"어떻게?"

결혼을 결사반대했던 외할아버지는 그렇게 떠난 딸이 이미 오래전에 타국에서 눈을 감았다는 사실을 아직도 모르고 있었다. 충격으로 건강을 해칠까 봐 가족들 전체가 쉬쉬했기 때문이다. 이미 고령의 나이에다 고혈압까지 있는 양반이라 뒷목 잡고 넘어가는 일이 생기면 바로 관을 짜야 할 판이라고 했던 것 같다.

"벌써 90이 다 되어 가지 아마?"

"올해 89세가 되신다."

영감이 태연하게 가르쳐 준다.

레이몬드는 새삼스러운 시선으로 그를 돌아보았다. 그러고 보니 아부지도 한참 전에 환갑을 넘겼다. 일찍이 엄마가 반했던 그 번지르르한 얼굴에 주름도 생겼고, 한 올 삐치는 법도 없이 언제나 말끔하게 빗어 넘기는 머리엔 어느새 희끗희끗한 흰머리가 무성하다.

"뭐야, 아부지도 늙었네?"

정말로 놀랐다는 듯 레이몬드가 눈을 치떴다.

"엄마가 못 봐서 다행이야."

"흥, 고얀 놈. 그걸 말이라고 하는 거냐?"

"왜 화를 내고 그래? 아부지를 위해서 해 준 말인데. 화낼 기운이 있으면 어떻게 허락을 받을 것인지부터 생각하시지. 그 전에 사실 고백부터 하고."

뭐가 어찌 되었든지 간에, 고집 센 외할아버지도 이젠 사실을 알아야 할 때였다. 이렇게 된 이상, 더 이상은 비밀로 할 수 있는 일이 아니게 되었으니까. 데미지가 크긴 하겠지만, 그렇다고 당장 죽어 넘어질 정도로 강단이 없는 양반은 아니니 그저 잘 견디어 주길 바랄 뿐이다. 그리고 이왕이면 죽기 전에 엄마가 선산에 묻히는 일부터 허락해 주면 좋고.

"그런데……."

"응?"

"허락을 받으려면 만나야 한다는 뜻이잖아?"

"으음."

"아부지, 큰일 났다. 결혼 허락 받으러 갔을 때처럼 또 멍이 들도록 처맞는 거 아냐?"

"끄응."

놀림 같은 말에 영감이 이맛살을 확 구겼다. 그리곤 30년도 더 전에 장인에게 맞은 자리가 다시 아파 오는 듯 슬쩍 한쪽 어깨를 주무른다.

"때릴 기운이나 남아 있을지 모르겠다."

"엉? 그건 또 무슨 소리야?"

"……몸이 편치 않으시다는 소식을 들었다."

"아, 하긴 나이가 있으니까. 얼마나 아프대?"

"글쎄다. 아직 자세한 이야기는 듣지 못했다. 직접 만나 보고 판단할 일이겠지."

소식을 전하는 은종의 표정이 그리 밝지 않았다는 말을 하며 영감은 답지 않게 긴 한숨을 내쉬었다. 그때쯤, 입국 절차가 마무리되고 짐을 정리하던 비서진들이 출발 준비가 다 되었음을 알려 왔다. 그리하여 그들 부자는 모처럼 어깨를 나란히 하고 곧 귀빈실을 나섰던 것이다.

"어쩐지 속은 기분이 드는구나."

넓고도 넓은 공항을 나서며 문득 영감이 말했다.

"네 엄마…… 살아생전 얼마나 고집을 부렸더냐. 말부터 한 국음식까지, 뭐 하나 꺼내는 일 없이 버텼었지. 하고 싶은 대로 해도 된다고 아무리 설득해도 듣지 않았었어."

"그런데?"

웬 새삼스러운 말이냐고 묻듯 레이몬드가 돌아보았다. 그러자 그가 다시 말했다.

"그런데…… 지금 우리는 한국 땅에 서서 한국말을 하고 있지 않으냐? 설마, 이걸 노린 건 아니겠지?"

"그럴 리가."

"끄응. 아니다. 네 엄마는 그리고도 남을 여자였어."

무서운 말이었지만, 어쩐지 아니라고도 하기도 어려운 말이었다.

확실히 엄마는 독특하고 영악한 구석이 많았다. 말하지 않고도 상대로 하여금 그녀가 원하는 대로 움직이게 만드는 재주가 있었다고나 할까?

"그런가?"

"그랬다."

영감이 가차 없이 고개를 끄덕였다. 그리곤 먼저 걸음을 옮겨 공항 밖으로 나섰다. 한겨울의 싸늘한 바람과 따스한 햇살이 머리 위에서 동시에 쏟아지고 있었다. 그 속에 서서 문득 그가 돌아보며 말했다.

"그런 이유로, 나는 한동안 한국에서 머물 생각이다."

"뭐어? 제리는 어쩌고?"

"공식적으로 휴가를 받았다."

"헉! 어, 얼마나? 한 달? 두 달?"

"1년."

1년씩이나! 제리가 미쳤나. 혼자서는 아무것도 못하는 주제에 어떻게 먹고 살려고 집사에게 장기휴가를 줘? 누굴 말려 죽이려고 그딴 식으로 긴 휴가를 주는 거야?

"노, 농담해?"

"그럴 리가. 어쨌거나 그렇게 되었으니, 네 엄마를 위해서라도 앞으로 잘해 보자꾸나, 주니어. 아, 은종이 화가 잔뜩 났더구나."

"왜?"

"1년이나 있었으면서 연락 한번 안 했다면서?"

"아, 그거야 할아버지 때문에 숨어(?) 사느라……."

"매정한 녀석, 불효자식 같으니. 은종이 그냥 넘어가지 않을 거라고 했다. 삐쳤다니 단단히 맘먹고 만나야 할 거다."

"하아?"

삐쳤다? 그게 무슨 말이지? 화가 났다는 뜻인가?

아직 들어 본 적이 없는 말의 출현에 당황하면서도 그는 조금 긴장했다. 영감이 보일 듯 말 듯 씨익 웃고 있는 이상 결코 좋은 뜻일 리가 없으니까. 레이몬드의 얼굴이 다시 구겨지고 있었다. 등골이 서늘했다.

앞으로 더 피곤해질 것 같다는 불길한 예감이 번개처럼 뇌리를 스치고 있었다. 그렇지 않아도 얼마 전부터 도무지 되는 일이 없었다. 이것은 설마 폭풍 전의 고요인가? 아무래도 가능한 한 빨리 미아리 처녀보살 아줌마를 만나 보는 것이 좋을 것 같았다. 진짜로.


째깍째깍.

시간이 가고 있었다. 초침, 분침, 시침이 엇갈리기를 반복하면서 단 한 번도 쉬는 일 없이 움직인다. 밖에서 벌어지고 있는 일 따위엔 전혀 관심이 없다는 듯, 애초에 약속한 대로 째깍째깍 그저 착실하게 세월을 쌓는다. 대체, 대체……

"왜 안 멈추는데?"

—난 이제 지쳤어요. 땡벌! 기다리다 지쳤어요. 땡벌! 혼자서는 이 밤이 너무너무 추워요~

흠칫!

"아악! 또, 또!"

어둠 속에서 벨이 울린다. 아니, 벨 대신 구성진 라이브 목소리가 울려 퍼진다. 그 망할 남자의 핸드폰이다. 금 커버를 두른 핸드폰은 그 생김새부터 그녀의 것과 아주 다르더니, 쓰임새조차도 달랐다.

평소 그녀의 핸드폰은 그저 전자시계처럼 한 번 울리는 법 없이 고요했는데, 금 커버를 두른 그 남자의 핸드폰은 5분에 한

번 꼴로 착실하게 울리고 있었다. 벨이 울린다는 사실에 놀라 액정을 들여다보았다가 그녀는 또 놀라야 했다.

—위성에 연결되었습니다.

웬 여자의 짧은 멘트와 함께 이상한 번호들이 막 뜨는 거다.

절대로 국내번호는 아닌 듯한 것들이 뜨고 간혹 메시지를 남기는 사람도 있었는데, 그들이 사용하는 언어는 그녀가 절대로 알아듣지 못할 것들뿐이었다.

"나도 독일어는 잘했었는데. 히잉."

핸드폰을 피해 방구석에 쪼그려 앉아 그녀는 울었다.

"으윽, '그것'이 뭔지도 안 가르쳐 주고. 무서운 핸드폰 때문에 잠도 못 자겠어어."

그녀가 들고튀었다는 '그것'인지 뭔지를 찾기 위해 승리는 대낮부터 집을 온통 뒤집어야 했다. 그런데 먼지까지 뒤집어쓰고 여기저기 다 쑤셔 봐도 '한눈에 알아볼 만큼 낯선' 물건은 보이지 않는 거다. 그래서 이를 악물고 3년 만의 대청소를 시작했는데, 고작 15평밖에 안 되는 집을 다 쓸고 닦아도 역시나 '그것'처럼 생긴 물건은 나오지 않았다.

책상 밑이라거나 침대 아래도 열심히 뒤적였지만, 어디를 어떻게 보아도 그녀의 손때가 착실하게 묻은 물건들만 기어 나온다. 그래서 반쯤은 포기하는 심정으로 침대 위에 누웠는데, 죽고 싶을 만큼 지쳤음에도 불구하고 잠이 오지 않았다. 아니, 잠이 안 오는 게 아니라 잘 수가 없었다. 그 남자의 망할 핸드폰 때문에.

벨이 울릴까 봐 전전긍긍하느라 도무지 누울 수가 있어야지.

결국 승리는 핸드폰을 침대 위에 모셔 놓은 다음, 그곳과 가장 먼 현관 구석으로 피난을 가야 했다. 거기에 쪼그려 앉아 그녀는 멍하니 시계만 바라보고 있었다. 때는 벌써 새벽. '그것'은 나오지 않고, 벨은 자꾸 울리고, 시간은 착실하게 흘러간다.

"해가 뜨면 어떻게 해."

해가 안 뜬 이상 아직 시간은 있어! 라고 생각해 보지만 전혀 위로가 되지 않았다.

다시 말하지만, 그녀의 집구석은 작았다. 건물주인 할아버지가 15평이라고 극구 주장을 했지만, 손바닥만 한 베란다를 빼면 딱히 움직일 구석이 없는 걸로 봐서 아무래도 그보다 좀 더 작은 게 틀림없었다.

어쨌거나, 집이 작은 덕분에 어차피 찾을 구석이야 빤했다.

그 빤한 구석을 다 뒤졌음에도 불구하고 안 나오는 걸 보면 확실히 이 집엔 없다고 봐야 옳았다. 즉, 그녀는 그의 '그것' 인지 뭔지를 빼앗아서 들고 오다가 중간에 잃어버린 게 틀림없는 거다.

"으흐흑, 엄청 비싼 물건이었을지도 몰라. 그러면 그 남자는 내 핸드폰을 한강에 담가 버린 다음 나도 끌고 가서 수장하려고 들겠지?"

성질머리 한번 까칠하던 남자를 떠올리며 승리는 절망적으로 중얼거렸다. 그런 때에 다시 벨이 울렸다.

—난 이제 지쳤어요. 땡벌! 기다리다 지쳤어요. 땡벌! 혼자서

는 이 밤이 너무너무 추워요~

"아악! 땡벌이고 꿀벌이고 간에 그만 닥치지 못해?"

저 망할 핸드폰. 때와 장소를 구분 못하고 쟁쟁거리다니, 짝퉁 아녀? 그녀는 점점 핸드폰이 증오스러워지고 있었다. 하지만 그보다 땡벌이 더 미웠다.


[하아…….]

여자의 몸은 신비하다.

평소엔 그악스럽다 할 만큼 메말라 있다가도 사랑을 나눌 때가 되면, 그녀들은 마치 변신을 하듯 실크 같은 촉감과 관능적인 향기를 내뿜는 여신이 된다. 끝 모를 쾌락으로 그를 죽게 만드는.

그 사실을 떠올리며 그는 두 손으로 아기의 그것처럼 뽀송뽀송한 피부를 느릿느릿 쓰다듬었다. 그의 손엔 꼬물거리는 귀여운 발이 잡혀 있었다. 이번 여자의 발은 참 작았다. 겨우 손바닥만 하다. 그 사실이 너무 마음에 든다. 빨간 패디큐어가 칠해진 발가락을 입에 물고 혀로 살살 간질이다 살짝 깨물었다.

[으음, 하아.]

여자가 움찔 몸을 들썩이더니 긴 한숨을 내쉰다.

그 관능적인 신음 소리를 듣자 갑자기 입이 마르기 시작했다. 한 손으로 허벅지를 쓰다듬며 그는 허겁지겁 입술을 옮겨 이번엔 잘 뻗은 긴 다리를 핥았다. 모양 좋은 종아리를 지나 통통한 허벅지 위에 그림을 그리듯 천천히 입 맞추다 때때로 혀로 핥아 맛을 보기도 했다. 아, 달콤하다. 이 순간의 여자는 세상의 그 어떤 케이크보다 달다. 땀으로 촉촉이 젖은 몸을 입술로 부비며 그는 감동했다.

[아아, 좀 더. 빨리!]

한껏 달아오른 목소리로 그녀가 보채고 있었다.

그리하여 그는 조금 거칠게 허리께를 쓰다듬으며 손을 허벅지 안쪽으로 옮겨 왔다. 허벅지 안쪽의 예민한 살을 쓰다듬다 천천히 다리를 벌리면서 고개를 들었다. 그러자 그가 열렬히 바라 마지않는, 허벅지 사이의 그늘진 곳이 한눈에 드러났다. 촉촉하면서도 따뜻한 습지가 바로 눈앞에 있었다.

꿀꺽.

순간, 격하게 타오르는 욕망으로 눈이 확 돌아갔다.

'그래, 처음부터 난 널 원해 왔어!'

후욱! 뜨거운 콧김이 쏟아진다. 그는 두 손으로 그녀의 허벅지를 꽉 잡고 옆으로 확 벌려 놓았다. 그리고 마침내 적나라하게 드러난 허벅지 사이로 돌진했다. 검은 숲이 무성한 그곳에 얼굴을 박고 미친 듯이 핥고 깨물었다.

숲 깊은 곳에 자리한, 단단하게 부풀어 오른 그녀의 작은 앵두가 점점 더 붉게 달아오르고 있었다. 그 깊고도 은밀한 쾌락의 불씨를 확인하자 당장이라도 그녀 안에 파묻히고 싶을 만큼 그는 격한 열정에 사로잡히고 말았다.

[어서, 빨리. 레이!]

끊어질 듯 가녀린 신음을 내뱉던 그녀가 흐느낌이 섞인 간절한 목소리로 그의 이름을 불렀다. 순간, 확 솟구치는 열기.

[네가 원한 거야.]

그는 허겁지겁 그녀의 위로 몸을 겹쳤다. 다리가 얽히고 배와 배가 맞닿았다. 얼른 그녀의 입술을 맛보고 싶었다. 그녀에게도 그가 느끼고 있는 이 과격한 열정을 나누어 주고 싶었다. 그리하여 한 손으로 터질 듯 부풀어 오른 그녀의 가슴을 꽉 움켜쥐고 그는 천천히 그녀의 머리를 끌어당겼던 것이다. 그러자 이제껏 어둠 속에 묻혀 보이지 않던 그녀의 하얀 얼굴이 달덩이처럼 둥실 눈앞으로 떠오른다.

아기의 그것처럼 여려 보이는 얼굴, 그렁그렁 눈물이 맺힌 똥그란 눈동자, 깻잎머리에 해바라기 머리핀, 그리고 통통하게 부풀어 오른 분홍빛 입술. 누구냐, 너?

"설마 꼬, 꼬맹이?"

찬물을 뒤집어쓴 듯 갑자기 머리 꼭대기가 서늘해졌다.

어째서, 어째서 초딩이 여기에? 충격마저 느끼며 그가 눈을 부릅떴다. 그때였다. 민망한 듯 배시시 웃던 꼬맹이가 문득 그를 향해 말했다.

"나 잡아 봐라~ 오호호호호!"


[컥!]

격한 숨을 토해 내며 레이몬드는 눈을 부릅떴다. 얼마나 놀랐던지 잠에서 깨지도 못하고 그만 숨이 넘어갈 뻔했다.

[허억, 허억! 무, 무슨 놈의 꿈이…….]

온몸이 식은땀으로 흠뻑 젖은 채 그는 침대 위에 삐딱하게 누워 있었다. 그의 눈은 아직도 충격으로 인해 동공이 커다랗게 확장되어 있는 상태였다. 어째서, 어째서 꼬맹이가……. 그는 도저히 움직일 수가 없었다. 충격이 너무 커서 손끝까지 뻣뻣하게 굳어 버린 것 같았다. 그때였다.

─뺨빠라라 뺨뺨뺨 뺨 뺨빠빠 밤~ 국민체조오~ 시이~ 작! 하낫, 둘, 셋, 넷! 다섯, 여섯, 일곱!

귓등을 탁 치면서 쩌렁쩌렁 울려 퍼지는 요란한 소리가 있었다. 뚝뚝 끊어지는 웬 남자의 목소리가 침대 밑에서 자꾸만 '헛, 헛!' 거리고 있었다.

[뭐지?]

침대 밑에 웬 남자가 숨어 체조를 하고 있는 게 아니라면 분명 어딘가에서 새어 나오는 소리일 거였다. 하지만 대체 어디에서? 호기심마저 느끼며 그는 어렵사리 머리를 들어 올렸다. 그러나 다음 순간, 그는 미간을 온통 구긴 채 도로 머리를 내려놓아야 했다.

[끄응. 젠장!]

믿을 수가 없었다. 정말 이럴 수는 없는 거였다.

[허엉, 억울해.]

아랫도리가 축축하게 젖어 있었다. 13살 때 처음 몽정을 한 이후, 자다가 혼자 속옷을 더럽히는 일은 없었는데 어째서 이제 와 이런 일이! 더구나 꿈속일망정 꼬맹이를 상대로 발정을 하다니.

[레이몬드, 이 변태 자식 같으니. 죽어! 죽어 버려.]

두 손으로 머리를 쥐어뜯으며 그는 발작적으로 몸부림을 쳤다. 그 사이에도 침대 밑의 남자는 여전히 '헛, 둘, 셋, 넷!'을 외치고 있었다. 그렇게 새 아침이 밝았다.


펄럭!

칼같이 다려 주름 하나 없는 식탁보가 새로 깔렸다. 새하얀 장갑을 낀 손이 그 위에 단아한 꽃병을 내려놓았다. 그리고 연이어 눈처럼 하얀 냅킨과 사람도 찔러 죽일 수 있을 만큼 잘 벼린 나이프며 포크 따위가 차례로 진열되기 시작했다.

그때까지도 레이몬드는 까치집 같은 머리를 하고 멍하니 앉아 있었다. 그런 그의 눈앞엔 뽀로로 스티커가 붙은 큼직한 구닥다리 핸드폰이 놓여 있다. 베개 밑에 있다가 떨어졌는지 밤새 침대 밑에서 뒹굴던 걸 꺼내 온 참이다. 즉, 침대 밑에서 체조를 하던 남자의 정체는 꼬맹이의 핸드폰 알람이었던 것이다.

[변태 꼬맹이. 초딩. 건방진 것, 네가 감히…….]

[아직도 잠이 덜 깬 것이냐, 주니어?]

으드득 이를 가는 그를 향해 마침 접시를 내려놓던 아버지가 물었다. 누가 집사 아니랄까 봐 영감은 꼭두새벽부터 일어나 칼같이 옷을 다려 입고 손수 그들의 아침식사를 챙기고 있는 중이었다. 그래 봐야 그다지 맛도 없는 영국식 아침식사지만 말이다. 아침엔 뭐니 뭐니 해도 된장찌개에 열무김치가 딱 좋은데.

한국말만 할 줄 알지 사실은 뭘 모르는 영감이다.

[그걸 먹을 게 아니라면 그만 노려보는 게 좋을 듯싶구나, 아들. 식탁 위에서 딴 짓을 하는 건 품위 없는 짓이라고 오래전에 가르쳐 준 것 같다만?]

[훗, 식탁 아래에서 딴 짓을 하는 것보단 낫지 뭘 그래?]

[끄응. 그럼 그걸 가지고 식탁 아래로 내려가겠다는 소리인 게냐, 지금?]

[미, 미쳤어? 누가 꼬맹이 따위에게 발정을…….]

[흐응?]

[그게 아니라……. 크흠, 그럴 리가 없잖아. 식탁 아래에서 딴 짓을 하려면 여자가 필요한 법이지, 핸드폰이 아니라. 10년째 홀아비 신세인 아부지는 이해하지 못하겠지만.]

당혹감을 감추며 레이몬드는 재빨리 떠들었다.

그는 여직 간밤의 충격적인 꿈에서 벗어나지 못한 상태였다. '나 잡아 봐라~ 오호호호!' 하는 소리가 아직도 귓가에서 울려 퍼지고 있는 것만 같다. 그리고…… 절대 인정할 수 없는 욕망까지도.

'너무 굶은 거야, 그런 거야.'

아무리 생각해 봐도 그것 외에 다른 이유는 생각나지 않았다.

어디를 어떻게 뜯어 보아도 꼬맹이는 그의 취향이 아니었다. 제정신이라면 도저히 발정을 할 수 없을 만큼 심심한 꼬라지에, 지나치게 쪼그맣고, 또 형편없이 밋밋한 몸매와 성격 또한 엄청 멍하고 우유부단해 보이던 초딩이 아닌가. 더구나 지나치게 어린. 13살? 14살? 많이 쳐 줘 봐야 열다섯?

'난 단지 지나치게 오래 굶은 것뿐이야. 그렇지 않고서야 휴일이면 집에 처박혀 유아용 만화나 볼 게 틀림없는 꼬맹이를 상대로 발정을 한다는 것 자체가 이상하잖아?'

고작 고무신 한 짝 찾자고 핸드폰을 덜컥 맡긴 채 다시 찾아오게 한 건, 그냥 아버지 때문에 그날따라 심사가 조금 꼬여서 장난을 친 것에 불과하다. 결국, 아무것도 아니란 말이지.

'데이트를 하자. 어떤 여자라도 좋아. 쭉쭉 빵빵하고 늘씬한 여자와 즐기다 보면 곧 괜찮아질 거야. 난 절대 어린애한테 발정하는 변태 따위가 아니니까.'

사실 그는 엄격한 기준의 취향을 가진 남자였다.

그의 이상향으로 말할 것 같으면, 일단은 시선을 마주할 수 있도록 키가 커야 하고, 허리가 잘록하면서 날씬해야 한다. 가슴은 못해도 C컵 이상. 물론 더 크면 좋지만 G컵 이상은 사양이다. 미련해 보이니까. 그리고 빼어나게 예쁜 얼굴보다 매력적인 선을 가진 얼굴이면 더 좋겠다. 경험해 보니, 그래야 쉽게 질리지 않더라.

거기에 그윽하고 관능적인 목소리와 뛰어난 패션 감각까지 겸비했다면 절대로 사양하는 일이 없을 거다. 뿐만 아니라, 금발이기까지 하다면 쌍수를 들어 환영이다. 봐, 생각만 해도 벌써부터 불끈 달아오르잖아? 달아……오를걸?

[어엉?]

순간, 희미한 당황으로 물든 그의 시선이 급히 아래로 향했다.

[너, 왜 꼼짝을 안 하는 건데?]

새벽녘의 충격적인 사건(?) 때문일까?

평소엔 야한 생각만 해도 벌떡 몸을 일으키던 아랫도리가 오늘따라 지나치게 조용했다. 이런 여자, 저런 여자, 어쨌거나 홀딱 벗고 누운 여자를 상상해 봐도 여전히 꿈쩍을 않는다.

레이몬드는 문득 위기감을 느꼈다. 그리하여 이번엔 기도하는 심정으로 대학 때의 첫사랑, 아니, 두 번째 사랑인 그녀를 떠올려 보았다. 아슬아슬하게 가릴 데만 가린, 수영복 차림의 메이퀸(May Queen), 봄의 여왕.

[……흐응. 응? ……훗!]

눈을 감고 가만히 상상을 하다 그는 만족스럽게 미소 지었다.

다행히 상상 속의 그녀는 건재했다. 물론, 그의 거시기도 안녕한 것 같다. 그런데 그녀가 해바라기 핀을 꽂고 다녔었나? 찬란한 금발머리에 자랑스럽게 꽂혀 있던 해바라기 핀을 떠올리며 그는 고개를 갸웃거렸다. 어째 헷갈리는 것이…… 좀 찝찝하네.

[괜찮아. 어쨌거나 아동 취향은 아니라는 증거니까. 후후후.]

[괜찮은 거냐, 주니어?]

[엉?]

히죽히죽 웃다 멍하니 고개를 쳐드는 아들을 레이몬드 시니어는 참으로 걱정스럽게 바라보았다. 1년 전이나 지금이나 그리 달라진 건 없지만, 전보다는 그래도 조금 편안해 보인다는 생각에 안도했던 것도 잠시. 주니어는 점점 더 뜻 모를 행동으로 그를 불안하게 만들고 있었다.

지극히 멀쩡하던 어제와 달리, 오늘 새벽녘엔 갑자기 괴성을 지르며 발작을 하지 않나, 깨고 나서는 계속 멍하니 앉아 웬 꼬질꼬질한 휴대폰만 노려보고 앉아 있고, 지금은 우울해 하다가 이내 심각해지더니, 또 금방 기분이 좋아져서 히죽 웃기까지 한다. 설마하니, 이건…… 정신병이련가?

[아들아, 대체 뭐가 문제인 거냐?]

맞은편에 앉으며 그는 진지하게 물었다.

아들은 내내 오래전의 유괴 사건으로 인한 트라우마에 시달려 오고 있었다. 그래서 공부를 핑계로 미국 땅으로 건너간 이후, 그 시끄러운 땅에서 10년 이상이나 살면서 고향엔 가뭄에 콩 나듯 들르는 것이 고작이었다. 물론, 그렇게 살아왔음에도 불구하고 녀석은 아직도 악몽에 시달리고 있다.

그런 녀석을 반쯤은 강제로 한국으로 보낸 건, 당시 같이 유괴되었던 이안이 이곳에 있다는 것과 전혀 다른 환경에서 지내다 보면 혹 자연스럽게 치유되지 않을까 하는 기대 때문이었다. 그런데 지금 보니 어째 병이 더 심해진 것만 같은 거다. 대체 이건 또 무슨 부작용일까? 혹시 말 못할 문제라도 생긴 것은 아닐까?

[크흠! 주니어, 오늘은 부자지간에 허심탄회하게 이야기를 해

보자꾸나.]

[앙? 이야기?]

[오냐. 솔직하게 털어놓고 이야기를 하다 보면 어려운 문제도 곧잘 풀리곤 하지 않더냐? 그러니 오늘은…….]

[아! 그러고 보니 아직 자세한 이야기를 못 들었지, 참.]

마지못한 듯 포크를 집어 들다 말고 레이몬드가 고개를 번쩍 치켜들었다. 그리곤 다짜고짜 물었다.

[아부지, 이제 말해 봐. 왜 지금에 와서야 엄마를 한국으로 데려올 생각을 한 거유? 죽은 지 10년이나 지나서.]

[그 사정이야 어제 말했던 것 같다만.]

[아니지. 가만히 생각해 보니까 어영부영 그냥 넘어갔던 거였어. 내 말은, 진짜 속셈을 말하라는 거야. 왜 갑자기 엄마를 김 씨네 선산에 묻고 싶어진 거냐고. 영국에 나란히 사놓은 묘지 자리도 있으면서?]

[으음.]

집요한 물음에 조금은 곤란하다는 듯 영감이 신음과 함께 입을 꾹 다물었다. 동시에 평온하던 얼굴이 약간 흐려지면서 눈가엔 희미한 우수마저 깃들고 있었다. 그 모습을 보자 역시나 정말로 뭔가가 있다는 생각이 뇌리를 스쳤다. 레이몬드는 막 집어 든 포크를 도로 내려놓고 눈썹을 모았다.

[뭔데? 무슨 일이 있어?]

[끄응. 그게 말이다…….]

[……?]

[휴우. 그래, 아무래도 너도 알고 있는 것이 좋겠지. 사실은 말이다, 나는 요즘 네 엄마 꿈을 꾸고 있단다.]

[엉? 무슨?]

[그러니까 꿈에 네 엄마가 나온다. 그리곤…….]

[그리곤?]

[……휴우, 우는구나.]

[헉! 엄마가 울어?]

[그래. 말없이 그저 흐느껴 울기만 한다. 벌써 한 달째 계속.]

어지간히 시달리긴 했는지 영감의 안색이 순식간에 창백해졌다.

덕분에 레이몬드도 덩달아 심각해지고 말았다. 엄마가 울다니. 그건 그것대로 조금 쇼크였다. 엄마는 퍽 강단 있는 사람이었다. 고집이 센 만큼 독한 구석도 있었는지, 레이몬드는 생전 그녀가 우는 모습을 거의 본 적이 없었다.

그가 본 건 단 한 번뿐이었던 것 같다.

그건 아마도, 어릴 적 이안과 함께 유괴 당했다가 2주 만에 간신히 돌아왔을 때였던 것으로 기억한다. 그때 엄마는 아버지 품에 안겨 돌아온 그를 빼앗아 끌어안고 한참이나 엉엉 울었었다. 그런 다음…… 다짜고짜 아버지 뺨을 후려쳤었지.

'가족도 못 지키는 이 무능한 남자! 나가 버려!'

그러고는 엄마는 정말로 아버지를 집에서 내쫓아 버렸다.

그때, 그들 가족은 가르니에 백작가의 후원 별채에서 살고 있었는데, 쫓겨난 후 아버지는 한동안 본채의 집무실에서 지내

야 했다. 퇴근 시간마다 찾아와 싹싹 빌다가 또 쫓겨나기를 반
복하면서.

[난 어린 맘에도 아부지가 참 불쌍하다고 생각했었어.]

[그런 주제에 한 번도 도와주지 않았었지. 고얀 놈.]

[같이 쫓겨나고 싶지 않았거든. 더구나 난 그때 아직 어린애
여서 엄마 품이 필요했잖아. 크크큭.]

레이몬드가 기세 좋게 웃어젖혔다.

이제야 생각하는 건데, 아무래도 엄마는 영감보다 그를 더
사랑했던 게 틀림없는 것 같다. 적어도 그는—제리의 포르쉐를
박살냈을 때조차—집에서 쫓겨난 적이 없었으니까.

[그런데…… 왜 우는 걸까?]

확실히 마음에 턱 걸리는 문제였다.

그냥 꿈에 나타나기만 해도 마음이 아플 판인데, 불난 집에
부채질하듯 울기까지 하니 더더욱 심난해질 수밖에.

[아부지가 생각하기에 엄마가 왜 우는 것 같아?]

[글쎄다, 나는 고향이 그리워 그러는 거라고 생각했다만.]

[그래서 한국으로 데려온 거라고?]

[그렇다. 그 일이 아니고는 달리 우는 이유가 생각나지 않기
도 하고.]

[아부지 바람난 건 아니고?]

[고얀 놈. 10년 동안 줄곧 정조를 지켜 온 아비에게 못하는
소리가 없구나. 네 엄마가 지켜보고 있다.]

[흐응, 아니면 말고.]

하긴, 영감은 언제나 일편단심 민들레였지. 그건 그 또한 인정하는 바였다. 재혼을 해도 몇 번은 하고도 남을 만큼 긴 시간이 지나는 동안, 아버지는 언제나 꿋꿋하게 엄마의 남편이라는 자리를 지켜 왔다. 그녀가 죽었다는 사실 정도는 아무런 문제가 되지 않는 것처럼. 물론, 세상의 모든 여자를 사랑하는 그의 입장에서는 도저히 이해할 수 없는 인내심이긴 했지만 말이다.

[이제 슬슬 다른 사랑을 할 때도 되었지 않나?]

마치 시험하듯 그가 은근슬쩍 물었다.

[뭐, 시간도 이만큼이나 흘렀고, 또 아부지 나이도 있고 하니 이제 다시 사랑을 하고 결혼을 하는 것도 나쁘지 않을 것 같아서 하는 소리야.]

[진심이냐?]

[……응.]

[됐다. 고맙지만 사양하련다.]

[왜?]

[네 엄마가 가만히 있지 않을 것 같아서. 그 사람, 눈 감으면서 나한테 그랬었지. '나 없다고 다른 여자랑 바람나면 복수할 거야.']

[……!]

그랬구나. 불쌍한 아버지.

레이몬드는 진심으로 영감이 불쌍해졌다. 어쩌다가 그리 맹랑한 여자를 만나서 일평생 코가 꿰인 건가. 그런 일이 있었다는 것도 모르고 언제라도 다른 여자 만나 새살림이나 나라고 이제껏 일부러 티격태격 살아온 게 엄청 미안해진다.

[크흠. 어쨌거나 이제 한국으로 왔으니 안 울겠지.]

슬그머니 영감의 의견에 묻어 가며 레이몬드가 모처럼 선선히 고개를 끄덕였다. 그러자 그는 더 어두운 표정을 하더니 또 한숨을 푹 내쉬는 거다.

[어젯밤에도 나타났었다.]

[……울어?]

[울었지.]

[말없이?]

[말없이!]

그 지점에서 두 부자는 나란히 한숨을 내쉬고 말았다.

꿈속에서일망정 엄마랑 대화를 나누지 않는 한 이유 따윈 영영 모를 일이었다. 잠시 무거운 침묵이 흘렀다.

[그나저나 너는 그동안 어떻게 지낸 것이냐?]

잘 넘어가지 않는 베이컨 조각을 깨작거리고 있는 레이몬드에게 영감이 물었다.

[아침부터 안색이 그리 좋아 보이지 않아서 묻는 말이다. 회사 일은 아닐 테고…….]

[뭐, 별로.]

[여자 일이냐?]

흠칫!

저도 모르게 그가 어깨를 떨었다. 여자라니……. 홋! 그건 그냥 초딩일 뿐이야. 이안네 덩어리와 같은 등급의 꼬맹이란 말이지. 그의 문제는 단지…….

[여자 문제구나.]

[아니야! 여자 문제는 아니라고. 난 그냥…….]

[으응?]

[너무 오래 굶어서 그래.]

[굶어? 네가?]

[그렇다니까. 그동안 꽤 바빠서 신경 쓸 겨를이 없었거든. 알다시피 이안네 덩어리가 태어나는 바람에 회사 일이 몽땅 내 차지가 되었잖아. 그래서 한동안 소홀했다고. 난 처음부터 '초딩' 따위는 안중에도 없었어. '아웃 오브 안중!']

발작적으로 소리쳐 놓고 그는 자리에서 벌떡 일어섰다.

가뜩이나 없던 입맛이 '오호호호' 하는 웃음소리를 연상하기가 무섭게 몽땅 달아나고 말았다. 이젠 초딩이라거나, 꼬맹이라는 단어를 생각하기만 해도 저절로 '나 잡아 봐라. 오호호호!' 하는 소리가 귓가에서 울려 퍼진다. 그런 변태를 상대로 그는 지난밤 발정을 했었지. 아아, 비참해.

[출근할 거야.]

누가 잡을세라 그는 맹렬히 돌아섰다. 그리곤 출근 준비를 하는 척하며 바쁘게 움직이기 시작했다. 그러고 보니, 오늘 꼬맹이가 찾아오기로 했었다. 가져간 고무신을 가지고서. 제가 가져간 게 뭔지 통 감도 못 잡는 얼굴이었는데 잘 찾았는지 모르겠다. 언제쯤 오려나? 오전? 점심? 아니면 퇴근 무렵일까?

[으응?]

막 셔츠를 꿰어 입다가 레이몬드는 경악스러운 얼굴로 아래를 내려다보았다. 꼬맹이가 온다는 생각을 하기가 무섭게 기분이 쪼끔 즐거워지더니 뜬금없이 아랫도리가 불끈 몸을 일으키려 하고 있었다. 충격으로 다리가 후들거린다. 정말로 이럴 수는 없는 거였다.

[아악! 이 변태! 죽어, 죽어 버려!]

아침을 알리는 그의 발작적인 비명 소리가 꽤 오래 이어지고 있었다.


불쑥!

그것은 갑자기 나타났다. 기다란 귀, 똥그란 눈, 그리고 쫑긋거리는 코. 토끼. 어디서 한번 본 적이 있는 듯 조금 낯이 익은 토끼가 한 손에 소주병을 들고 서서 그녀를 빤히 노려보고 있었다.

'왜, 왜 그렇게 바라보는 거지?'

부들부들 떨면서 그녀가 물었다. 그러자 토끼가 문득 그 초록빛 눈동자를 번뜩이더니, 도끼 같은 앞 이빨 두 개를 스윽 드러내면서 말했다.

"자장면 먹을래?"

"……엉?"

"자장면!"

"으응?"

"어라? 이 기집애가 아직도 잠이 안 깬 건가? 야, 박승! 너 후딱 눈 안 떠? 박승! 곰순아!"

찢어지는 고함 소리와 함께 눈앞으로 손가락 두 개가 나타났다. 그리고 갑자기 눈꺼풀이 홱 치켜 올려졌다.

"어어어!"

"깨셨세여, 곰순씨?"

손가락 두 개로 승리의 양쪽 눈꺼풀을 확 잡아 올린 영춘이 득의만만하게 웃고 있었다.

"하루 종일 그렇게 처자고도 또 자고 싶으냐?"

"으음, 아냐아. 깨어 있었어."

"오호, 입가에 흘러내린 침이나 닦고 말씀하시죵."

그 말에 승리는 누운 채 멍하니 손을 들어 입가를 훑었다. 그러자 역시나 축축한 물기가 흥건하게 손에 묻어 나온다. 그러니까, 난 대체 왜 낮잠만 자면 침을 흘리는 걸까?

"으음. 어쨌거나 일어났어. 근데 왜?"

"우리 자장면 시킬 건데 너도 먹을래?"

"자장면? 지금 몇 시인데?"

"5시."

"……에엑? 5시!"

갑자기 정신이 확 돌아왔다.

세상에나 만상에나 5시란다, 5시! 오전 5시가 아닌 오후 5시. 혼이 쑤욱 빠져나갔다. 누워 있던 소파 밑이 뻥 뚫리면서 몸이 격하게 아래로 추락하는 기분이 들었다.

지난 밤, 때마다 울어 대는 저 망할 핸드폰 때문에 그녀는 한숨도 자지 못하고 결국 뜬 눈으로 밤을 지새우고 말았다. 아무리 집구석을 뒤져 봐도 '그것'인지 '저것'인지는 나오지 않고, 핸드폰은 무슨 빚 독촉을 하듯 시간마다 울어 대니 살 수가 있나. 참다 참다 그녀는 해가 뜨기가 무섭게 박샘의 작업실로 달려와 한참이나 눈물바람을 일으키다 지쳐서 소파에 누워 잠들었다.

그때가 점심때가 조금 안 되었을 무렵이었던 것 같다.

어찌 되었든, 핸드폰을 돌려주기 위해서라도 그 남자를 찾아가긴 가야 하니 조금만 눈을 붙인 다음 일어나 나가야지 했던 것이다. 그래서 밥도 안 먹고 잠깐 누웠던 것뿐인데, 그런데 어떻게 벌써 5시라는 거야?

"나 어떻게 해. 아악, 아악! 어떻게, 어떻게 해. 흐윽."

"쯧쯧. 곰순아, 곰순아. 아무리 그래 봐야 소용이 없어요. 안달을 해 봐야 시간이 멈추는 것도 아니고, 그 남자를 안 만날 것도 아니잖아?"

"그, 그래서?"

"일단은…… 자장면을 먹자. 나머지는 먹고 나서 생각하는 거야. 배가 부르면 좋은 생각이 떠오를지도 모르니까."

"그럴까?"

"당연하지. 먹을 거지, 자장면?"

"아니. ……난 짬뽕."

"오케이! 자장 둘, 짬뽕 하나. 접수."

태연하게 메뉴를 접수한 영춘이 룰루랄라 콧노래를 부르며 전화기를 잡는다. 그 모습을 멍하니 보다 승리는 힘없이 자리에서 몸을 일으켰다.

"으ㄱㄱㄱ!"

소파에서 잤더니 온몸이 뻐근했다. 그녀는 고양이처럼 길게 기지개를 켠 다음 고개를 길게 빼고 컴퓨터 앞에 앉아 있는 박샘을 바라보았다.

"언니야, 뭐해?"

"으응. 보면 몰라? 컴퓨터로 작업하고 있잖아. 다음 주 연재분. 나도 이제 컴퓨터로만 작업해 보려고."

"하이고, 퍽이나. 시작은 컴퓨터로 하다가 결국 시간에 쫓기면 다시 펜을 드시는 양반이 어디의 누구시더라?"

영춘이 비아냥거리자 박샘은 코웃음을 치며 말했다.

"아니야. 나도 이젠 슬슬 실력이 늘고 있어. 봐봐, 컴퓨터만으로도 잘 나가고 있다니까."

"그러면 뭐 해? 완전히 느려 터졌는걸."

"흥, 어쨌거나 나도 이제 아날로그에서 벗어날겨."

"어어, 언니야. 그러면 나 잘리는 거야?"

승리의 눈이 오목해졌다.

박샘이 컴퓨터로 혼자 작업을 하게 되면 어시인 그녀의 존재는 별다른 필요가 없게 되는 거다. 연필로 그리기만 하지 나머지는 죄다 컴퓨터에게 맡기므로 지우개질이 필요 없게 되고, 먹칠이니 효과, 톤이니 하는 것도 절대 헷갈리는 법이 없는 컴퓨터의 편집질 도움으로 혼자 다 할 수 있을 테니 말이다. 영춘이야 중요한 스토리 담당이니까 잘리는 일은 절대 없는 거고.

"쯧쯧, 곰순아. 그게 또 그렇지가 않단다."

TV 앞에서 얼쩡거리며 영춘이 혀를 찼다.

"그 많은 일을 저 게으른 박샘이 혼자 다 해치울 수 있을 리가 없잖아."

"그럼?"

"너도 컴퓨터로 작업하라는 거지. 포샵질은 배웠지?"

"응. 대강."

"그럼 이제 편집질이나 연습하면 되겠네. 효과 내는 법도 배우고. 그리고 너도 이제 슬슬 그림을 그려 볼 때도 되었잖아? 타블렛도 있겠다."

"그거야 그렇지만."

사실 승리는 영어 선생님에서 만화가로 장래소망을 바꾼 지 이미 오래되었다. 부모님이나 할아버지가 알면 기겁을 할 일이지만, 이 일이 좋은 걸 어쩌란 말인가. 처음부터 의도하거나, 계획적으로 준비한 일은 결코 아니었다.

늦게 배운 도둑질에 날 새는 줄 모른다는 말이 정말로 딱 들어맞게 될 줄을 그녀도 미처 예상치 못했던 것뿐이다. 그저 하다 보니 좋아진 것. 그 이상도 이하도 아니라는 뜻이다. 물론, 제법 소질이 있다는 사실을 깨달은 게 더 먼저였지만.

"하아, 내 팔자야."

"킥킥, 심란하냐?"

"응. 어쩐지 점점 더 큰 도둑이 되어 가는 기분이랄까."

"괜찮아, 괜찮아. 니가 만화 좀 그린다고 세상이 망할 것도 아니고, 경찰에서 연락이 오는 것도 아니니까. 부모님이야 좀 실망을 하실지도 모르지만."

"그게 진짜 문제거든요. 들키면 나뿐만 아니라 박샘까지도 불려가 같이 죽는 거야."

승리의 말에 컴퓨터에 얼굴을 박고 있던 박샘이 흠칫 어깨를 떨었다. 해 놓은 일이 있다 보니, 책임 추궁에서 절대 피해 갈 수 없는 스스로의 처지가 새삼 깨달아진 모양이다.

"할아버님, 아직도 회초리 드시나?"

"가끔. 지난해에 당숙 아저씨께서 벌초 행사에 안 오셨다가 설날에 불려 내려와 흠씬 맞고 가셨잖아. 어찌나 기운이 좋으신 지 회초리가 세 개나 부러져 나가더라."

"커헉! 승리야! 너, 절대로 들키면 안 된다. 들키더라도 그냥 영어 선생님 한다고 해야 돼. 알았지?"

"흥! 난 몰라. 다만, 난 절대로 혼자 죽지는 않을 거야."

승리의 물귀신 선언에 박샘은 결국 울상을 짓고 말았다.

"하아, 다 이 몸이 부덕한 탓이련가?"

"킥, 이왕 부덕한 김에 배 째라고 아예 성교육까지 시켜 주는 건 어때?"

TV 앞에서 얼쩡대던 영춘이 두툼한 CD 다발을 흔들며 말했다.

어제 박샘이 다인의 집에서 구워 온 문제의 CD들이었다. 그 굉장히 엄하다는 그거.

"야, 너는 월요일 초저녁부터 꼭 그런 걸 봐야겠냐? 이런…… 에리뜨(엘리트) 같으니!"

"히히, 이래 봬도 내가 쫌 영민하지. 자자, 이리 온, 곰순아."

"아니, 난 별로……."

"그래그래. 보고 싶다는 거 다 알아. 괜찮아. 호기심은 죄가 아니야. 본능일 뿐."

아니, 본능이고 자시고 간에 지금은 그걸 보고 있을 때가 아닌 것 같은데? 당장 도끼눈을 뜨고 기다리고 있을 남자 때문에 점점 더 속이 타는 승리였다. 그러니 아무리 야한 동영상이라고 한들 그게 제대로 눈에 들어올 리가…….

―아아! 예스! 예스! 오우, 예! 하악…….

"헉!"

……있었다. 그것도 너무 잘.

영춘이 당당하게 플레이어에 삽입한 CD가 맹렬하게 회전을 하자 지난번에 새로 바꾼 커다란 TV 화면 위로 생생한 살색 향연이 펼쳐지기 시작했다. 비록 중고이긴 하지만 그래도 당당한 40인치 LCD TV다.

"어, 어, 엄청 선명하다."

승리는 방금 전까지 고민하던 것도 있고 슬금슬금 영춘의 옆으로 가 앉았다. 홀딱 벗은 금발머리 여자가 아래위로 흔들리며 연방 '예스!'를 외치고 있는 장면이 꾸준히 이어지고 있었다.

털 한 올부터 땀구멍까지 다 보일 듯 선명한 화면이 참으로 적나라했다.

"억!"

순간, 승리의 눈이 똥그래졌다.

'예스'를 외치는 여자의 얼굴에서 화면이 좀 더 아래로 내려가자 출렁이는 가슴과 불룩거리는 복부가 드러난 것이다. 그리고, 그리고…….

"털이…… 없네?"

"바보야, 깎은 거잖아."

"왜?"

"좀 더 잘 보이라고."

정말? 잘 보이기는 엄청 잘 보인다. 적나라하다 못해 구석구석 노골적으로 잘 보이고 있었다. 털이 없어서가 아니라 거기에 얼굴을 박고 있는 남자 때문에. 남자는 털 한 올 없는 여자의 허벅지 사이에 얼굴을 박은 채 열심히 쩝쩝거리고 있었다.

그건, 그러니까 승리의 입장에서는, 상당히 충격적인 장면이었다.

설마하니 남자가 그런 짓을 할 거라고는 상상도 해 본 적이 없었다. 뭔가를 넣는다는 소리는 들어 봤지만 거길 핥는다는 소리는 아직 못 들어 본 것이다.

"꿀꺽."

공연히 입술이 말라 오고 있었다.

그때, 간을 다 봤는지 남자가 여자의 다리 사이에서 마침내 얼굴을 들었다. 그는 꼭 누군가처럼 턱이 갈라진, 제법 잘생긴 청년이었다.

"갑자기 우리의 제임스 씨가 궁금해지네."

같은 사람을 떠올린 박샘이 여자의 가슴을 터뜨릴 듯 움켜쥐는 남자에게 시선을 고정한 채 영춘에게 물었다.

"그래, 어제 얘기는 잘 했고?"

—아아, 예스! 오우~

"당연하지. 바에서 가볍게 한잔 하면서 진지하게 인생관을 교환했다고나 할까."

—아악, 예! 플리스, 깁 미······.

"흐응, 인생관은 안 궁금한데 그 남자의 매장은 궁금하더라."

두 사람이 거기까지 얘기했을 때, 승리는 생전 처음으로 남자의 '거시기'를 목격한 충격으로 굳어 가고 있었다. 그것은 그녀의 상상보다 훨씬 더 컸다. 그리고 생각보다 더 엄청난 짓을 하고 있는 중이었다.

"사실 그 매장은 영국에서 준비하고 있는 거야. 제임스는 영국 국적 소지자거든."

—아아아아~

"어, 그랬냐?"

—오우, 갓!

"응. 가족들도 다 그곳에 있대."

"그럼 여기는 왜 온 건데?"

"그야 한국시장조사차 온 거겠지. 여기에서도 매장을 열 거라니까."

박자까지 척척 맞아 들어가는 규칙적인 진퇴.

남자의 큼직한 물건이 벌어진 여자의 비소를 착실하게 유린하는 모습을 보면서도 두 사람은 태연하게 대화를 나누었다. 충격으로 굳어 버린 승리로서는 꿈도 못 꿀 경지였다. 그때, 박샘이 입고 있는 티셔츠를 내려다보면서 다시 말했다.

"근데 이거 정말 명품 맞나?"

—예에스!

"명품 맞아. 제임스가 파리에서 주문해 가져온 거라고 했잖아. 왜?"

—오우, 크레이지. 갓!

"아니, 어째 좀 밋밋해 보여서. 그림도 촌스럽고."

"원래 명품이란 건 그런 거야. 명품치고 눈에 띄게 화려한 거 봤어? 비쌀수록 오히려 수수하고 단순한 거지."

"천도 좀 후줄근한 게 벌써 밑단 실밥이 풀리려고 그래."

"언니가 명품을 안 입어 봐서 그래. 막 입으면 다 그러는 거지 뭐. 하여간에 촌티를 내요. 언니는 살부터 빼야 돼. 거기서 더 찌면 맞는 옷도 없을걸?"

—예스, 예스, 예에! 꺄악!

한껏 달아오른 여자가 이상한 표정으로 비명을 내지르며 몸을 뻣뻣하게 굳히더니 이윽고 털썩 고개를 떨어뜨린다. 그런 여자의 몸 위로 희뿌연 액체가 뿌려지고 있었다. 그 충격적인 장면 앞에서 승리의 입은 점점 더 크게 벌어졌다 닫히기를 반복하는 중이었다.

'성관계' 라는 말의 의미를 이제야 확실히 알아 버렸다.

중, 고등학교 가정시간에 자궁이 어떻고, 고환이 어쩌고, 혹은 정자가 이동을 어쩌고 하던 소리를 들었을 때엔 전혀 상상도 안 가던 내용이 단 한 번의 시청으로 갑자기 확 깨달아진 것이다. 확실히, 이런 것이 섹스였다.

충격 속에서 곧 다른 동영상이 이어지기 시작했다.

이번엔 서양 남자랑 아시아 여자가 시작부터 뜨겁게 뒤엉켜 있었다. 어찌나 격렬하게 움직이는지 열정적이다 못해 전투적으로까지 보이는 장면이 연출되는 중이었다.

"브랜드 이름이 멜랑꼴리?"

"프랑스어라서 그래. 그래도 뜻은 좋을 거야."

박샘과 영춘의 대화도 다시 시작되었다.

"그런가? 다인이한테 자랑해야지. 히~."

―으음, 아! 예에~

"아, 그리고 보니 다인이 언니 생각을 못했네. 제임스한테 한 벌 더 구해 달라고 부탁을 해 볼까?"

―오빠, 오빠! 나 죽어.

어라, 한국말? 귀가 번쩍 뜨였다.

여자가 한국 사람이었나 보다. 그리하여 바야흐로 보다 더 적나라한 신음성이 울려 퍼지기 시작했다. 승리의 눈이 조금 더 동그래졌다.

—아아, 아! 빨리, 더 빨리!

—오케이.

순간, 서로를 잡아먹을 듯이 핥아 대던 남녀가 갑자기 위치를 바꾸었다. 여자가 남자의 몸 위로 올라탄 것이다. 그것도 연결된 부위가 활짝 개방이 되도록 정면을 향해 다리를 벌린 채. 그 노골적인 모습이 드러나자 승리는 또 다른 충격에 몸을 떨었다.

그때였다.

띵동!

벨이 울렸다.

"어, 자장면 왔나 보다. 오늘따라 빠르네."

띵동띵동띵동! 쿵쾅쾅쾅!

"아니, 왜 문을 두드리고 그래. 그냥 들어오면 되는구먼. 장사 한두 번 하나."

"문 열려 있어요!"

박샘이 버럭 소리쳤다. 그리고 곧 문이 열렸다. 워낙 갑작스러운 상황이라 세 여자는 화면을 꺼야 한다는 생각조차 하지 못하고 있었다. 그런 때에 마침내 문이 벌컥 열리고 누군가가 안으로 들어섰다.

"얼마예……요?"

"어?"

"헉!"

막 지갑을 꺼내 들던 영춘, 무심히 돌아보던 박샘, 그리고 충격 받은 눈으로 화면을 응시하다 마지못해 슬쩍 고개를 돌린 승리가 한꺼번에 동작을 멈췄다. 그럴 만큼 의외의 인물이 나타난 것이다.

그 이름, 레이몬드 아처 테넌트 주니어. 줄여서 레이. 아, '그것'을 돌려주지 못했으므로 아직은 그냥 레이몬드 씨. 도둑이 제발 저리다는 말 때문일까? 그를 발견하자마자 승리는 저도 모르게 움찔 어깨를 떨었다. 그제야 잠시 잊고 있던 '그것'과 그 남자의 핸드폰이 떠오른 것이다.

'어, 어, 어떻게 해. 난 죽었어!'

암흑가의 보스처럼 검은색 정장을 차려입고 보무도 당당하게 나타난 남자의 차가운 시선이 그녀들의 얼굴을 차례차례 훑고 지나갔다. 대체 여긴 어떻게 찾아온 것일까? 승리는 그것이 궁금했다. 그리고 보니, 어제 그녀의 집은 또 어떻게 알아낸 거지?

필연적으로 두 사람의 시선이 공중에서 부딪쳤다. 바로 그 순간이었다.

─아아아아! 나 죽어. 오빠, 끝내 줘. 짱 멋져어~ 아악, 대따 커어어어!

대따 커…… 커어…… 커어어어!

당장이라도 숨이 넘어갈 듯 울부짖는 신음 소리가 열린 문을 넘어 복도까지 쩌렁쩌렁 울려 퍼졌다. 레이몬드 씨의 시선이 잠깐 승리의 머리 뒤로 향하는 듯했다. 그리고 다음 순간, 그의 고개가 옆으로 기우뚱하니 기울어졌다.

"……크네."

"헉!"

"꺅!"

"엄마야!"

그제야 상황을 깨달은 여자들이 꺅꺅거리며 동면에서 풀려난 개구리들처럼 마구 튀어 올랐다. 하늘도 무심하시지, 어째서 이런 일이! 화면을 끌 생각도 못하고 바보처럼 온몸으로 TV 화면을 가로막고 선 승리는 정말이지 울고 싶었다. 물론, 다른 두 여자도 마찬가지 심정이겠지만.

그 사이 뚜벅뚜벅 안으로 걸어 들어온 남자가 책상 위에서 아무렇게나 뒹굴고 있는 리모콘을 주워 들었다.

띠익!

간단한 손가락질 한번으로 화면이 꺼지고 소리가 사라졌다. 그리곤…… 피식! 남자가 웃었다. 소리 없이 웃는 그는 마치 먹이를 눈앞에 둔 한 마리 핸섬한 악마처럼 보이고 있었다.

"꼬맹이."

까딱까딱.

레이몬드는 승리를 향해 몇 번인가 손을 까딱였다. '이리 오너라.' 하고 부르는 신호다. 그러자 그걸 본 세 여자가 서로 눈치를 살피더니 동시에 슬금슬금 다가와 그 앞에 나란히 서는 거다.

'어이, 왜 죄다 몰려오는 거냐. 니들이 한 몸이야?'

그의 미간이 팍 일그러졌다.

이래 봬도 그는 지금 적잖이 화가 나 있는 중이었다. 이른 아침부터 생전 안 매던 넥타이까지 제대로 매고 사무실에 나가 일을 했다. 꼬맹이가 언제 올지 몰라 이제나저제나 기다리면서.

점심때 오면 밥이나 같이 먹을까, 오후 즈음 오면 애프터 눈 티를 마시자, 그보다 더 늦으면 까짓 퇴근하고 저녁을 먹지. 온갖 궁리와 계획을 준비했더랬다. 꼬맹이가 보고 싶었다거나 예뻐서 그런 건 절대로 아니다.

그저 고무신 한 짝으로 꼬맹이를 번거롭게 만든 일에 대해 보상을 해 줘야겠다고 생각한 것뿐이다. 물론, 쪼끔 심심하기도 했다. 아버지가 제리와 함께 이안의 집에서 며칠 지낸다고 가 버리는 바람에 같이 밥 먹을 사람이 없어지기도 했고(언제부터 같이 먹었다고?). 어쨌거나, 마침 온다고 했으니 기다리기로 한 것인데, 아무리 기다려도 이 망할 꼬맹이가 오지를 않는 거다.

'버텨 보겠다는 거냐, 초딩?'

너무 화가 나서 그는 오후 3시를 넘긴 이후, 매 시간이 지날 때마다 허공을 향해 골프채를 휘둘러야 했다. 총을 쏘고 싶었지만 쏠 공간이 없어서 참았다. 그러나 그렇게 해서라도 애써 가라앉혔던 그의 분노는 시계가 5시의 고개를 넘자마자 확 터져 버렸다. 한겨울이라 그 시간에 벌써 뉘엿뉘엿 해가 지고 있었던 것이다.

결국 그는 자신의 핸드폰을 위성추적 해 꼬맹이가 있는 장소를 알아내는 데 성공했다. 그리고 미친 듯이 차를 달려 도착해 보니, 어이없게도 꼬맹이는 언니들과 함께 컴컴한 반지하 골방에서 포르노를 보고 있는 게 아닌가. 무슨 꼬맹이가 벌써 포르노를? 그 모습을 보자 문득 허탈감과 함께 또 다른 분노가 찾아왔다.

이제야 고백하지만, 이 지하방까지 내려오는 일이 그에겐 얼마나 힘든 일이었는지 모른다.

'위성에서는 분명히 1층이라고 했는데!'

반지하와 1층의 차이가 이토록이나 막심할 줄은 그도 미처 몰랐다. 비록 분노로 눈이 돌아가 뵈는 게 없어지는 바람에 어찌어찌 여기까지 내려오긴 했지만, 이 방의 문 앞에 서기가 무섭게 그는 자신이 서 있는 장소에 대해 자각하고 말았다.

지하 특유의 어둠과 음습함. 그리고 저쪽 복도 끝 천장 즈음에 트여 있는 작은 창문. 그 사이로 오후의 석양빛이 희미하게 새어 들어오고 있었다. 그 위로 길게 늘어지는 누군가의 그림자. 어린 시절의 기억을 자극하는, 아주 낯이 익으면서도 공포스러운 장면이었다. 문득, 등골을 타고 식은땀이 주르륵 흘러내렸다. 주먹이 자꾸만 안으로 오그라든다.

복도 양쪽으로 창이 트여 있는데다 바로 등 뒤의 계단 너머에 현관문이 있다는 사실 때문에 간신히 맨 정신을 유지할 수 있었다. 그러나 정신을 차렸을 땐, 그는 이미 미친 듯이 문을 두드리고 있었다. 비참하게도. 스스로에 대한 분노와 이딴 곳에 처박혀 있는 꼬맹이에 대한 분노가 아슬아슬하게 교차하는 순간이었다.

"휴우."

가까스로 평정심을 찾은 그는 긴 한숨을 내쉬며 가까운 곳에 있는 의자를 끌어다 놓고 그 자리에 앉았다. 그리고 죄인처럼 나란히 서 있는 세 처자를 향해 말했다.

"앉아."

말하기가 무섭게 세 여자가 근처에 자리를 잡고 또 나란히 앉았다. 바닥에 무릎을 꿇은 자세로. 그는 의자에, 그녀들은 무릎을 꿇고 바닥에. 그래, 니들이 지은 죄를 안다 이거지? 그러게 왜 직접 오게 만들었어?

"그래서 내 '그것' 은 어떻게 됐지?"

그가 눈을 번뜩이며 승리를 향해 물었다.

"찾았나?"

"그, 그, 그게요오……."

"못 찾았군."

"정말 죄송해요. 그치만 저도 할 말이 있어요."

"흐응?"

"그러니까, 그게…… 그게 뭔지 안 가르쳐 줘서 얼마나 힘들었는지 알아요? 엄청 고민을 했다고요. 게다가 집 안을 아무리 찾아봐도 내 것이 아닌 물건은 안 나왔단 말이죠."

"그래서?"

"그래서, 그렇다기보다는, 아니 그러니까…… 잘못했어요.

정말 죄송합니다. 그게 뭔지는 모르겠지만 물어 드릴게요. 흑,
제가 비록 가난한 고학생이지만 어떻게 해서든 돈을 마련
해……."

승리는 두 손 모아 싹싹 빌었다.

처음 그의 앞에 섰을 때만 해도 그녀는 지난밤의 고난과 억
울함에 대해 상기하며 강단 있게 따질 건 따지면서 소신껏 나
가자고 작심했었다. 그런데 막상 드라이아이스처럼 싸늘하게
가라앉은 그의 눈을 마주하자 갑자기 온몸에서 힘이 쑥 빠지는
거다.

그는 엄청 화가 난 것처럼 보였다.

물론 어제도 화가 나 있었긴 했지만 그래도 그때는 약간이나
마 이가 들어갈 구석 정도는 있었던 게 사실이었다. 떼를 쓰면
살짝 먹힐 수 있을 만큼. 그러나 오늘의 그는 달랐다. 아주 다
르다.

그는 오늘 아주 무서웠다. 얼굴에서는 표정이 사라졌고, 입
매는 단단하게 다물려 있었다. 부글부글 끓어오르는 화를 간신
히 참고 있는지 이마엔 퍼런 힘줄까지 서 있다. 까닭 없이 오싹
소름이 돋았다.

"물어 주겠다?"

여전히 서늘한 낯짝으로 레이몬드가 물었다.

"네."

"그게 얼마짜리인지는 알아?"

"……아, 아뇨."

"흐음, 그런데도 물어 주시겠다? 그렇단 말이지?"

그때였다. 기가 조금 죽은 듯한 꼬맹이를 흐뭇하게 바라보는
데 문득 빼빼 마른 여자가 조그맣게 손을 들었다.

"저, 저기요오."

"……?"

"얼마인지는 모르겠지만 저도 조금 보탤게요. 아, 혹시 카드
도 되나요?"

"아니. 카드로 살 수 있는 물건이 아니야."

고작 5천 원짜리를 사면서 카드 내밀랴? 더구나 살 때 2천
원이나 깎은 건데! 고무신 파는 영감은 카드 따위 받을 줄도 몰
라.

"그곳은 현금만 취급해."

"아! 미안하다, 곰순아."

"저, 저기요!"

마른 여자의 옆에서 이번엔 뚱땡이가 손을 들었다.

"저, 저기…… 죄송하지만, 저 좀 일어서면 안 될까요?"

"……?"

"제가요, 몸이 이래 놔서 혈액순환이 좀 안 좋거든요. 바, 발
이 저려서 죽을 것 같…… 아윽!"

요상한 신음과 함께 뚱땡이가 춤추는 북극곰처럼 과장스럽게
몸을 뒤틀었다. 그러더니 갑자기 혀를 내밀어 손가락에 침을 묻
힌 다음 콧잔등에다 마구 찍어 대는 게 아닌가. 저리다는 발을
바르르 떨면서.

"어, 언니야, 괜찮아?"

"아, 안 괜찮아. 아악, 내 발."

"하여간에, 골고루 한다. 그러게 내가 운동 좀 하라고 했지?"

언제 긴장했었냐는 듯 두 여자는 뚱땡이를 잡고 수선을 피우기 시작했다. 그때였다.

"자장면 왔어요!"

긴 소리와 함께 열려 있던 문으로 번쩍이는 철가방이 등장했다.

"자장면 두 개, 짬뽕 하나 맞죠?"

"응. 단무지 많이 가져왔지?"

"물론이죠. 제가 이래 봬도 누님의 팬인데요. 이번 호도 기다리고 있어요. 히히. 맛있게 드세요."

저린 발을 끌어안고 끙끙대면서도 뚱땡이는 단무지까지 착실하게 챙겨 받아 들었다. 그리곤 무언가 바라는 듯한 간절한 시선으로 그를 빤히 바라보는 거다.

"아무리 그래도 일단 저녁은 먹어야……."

"크흠. 이만 갈게."

"아니, 그냥 여기서 말씀하셔도 되는데."

"됐어. 냄새 나."

이쯤 되자 그도 더 이상은 주저앉아 있을 수 없었다.

"이 일과 별로 관계없는 당신들까지 우리의 얘기를 들을 필요는 없지."

어차피 오래 있을 생각도 없던 차였다. 더 있으라고 해도 싫은 곳이 바로 이런 곳이었다. 더 생각할 것도 없이 그는 자리에서 일어나 문밖으로 척척 걸음을 옮겼다. 그때까지도 꼬맹이는 멍하니 주저앉아 애틋한 시선으로 짬뽕을 바라보고 있었다. 너, 진짜 이러기냐?

"안 나오냐, 초딩?"

"히익! 가, 가요."

그가 그냥 갈 리 없다는 사실을 잘 알면서도 승리는 잠시 기대를 품어 보았었다. 하지만 역시나 냉정한 목소리로 그가 부르고 있었다. 제 입으로 물어 주겠다고 했으니, 이제 따라가서 판결을 받아야 하는 것이다.

'아아, 짬뽕이 운다. 저 맛있는 걸 포기해야 하다니. 아까워. 아까워 디져.'

보다 만 야동은 둘째 치고, 그녀는 짬뽕이 너무도 아까웠다.

생각해 보니 자느라 하루 종일 굶는 바람에 그녀는 무지무지 배가 고픈 상태였던 것이다.

"얼른 갔다 와. 다시 시켜 줄게."

영춘이 대차게 인심을 썼다.

"진짜?"

"응. 멀리 가지 말고 근처 커피숍으로 가. 뭘 들고 날랐는지는 모르겠지만 가능하면 저렴하게 합의를 보도록 해. 세상에 에누리 없는 장사 없다고 하잖아?"

"그래, 설마하니 벼룩의 간덩이를 내먹기야 하겠냐? 아, 내가 따라가 줄까?"

"자장면은 어쩌고? 그리고 언니는 따라가 봐야 도움이 안 돼요. 나라면 모를까."

주저주저 가방을 찾아 메고 나서는 승리를 따라가며 영춘이 혀를 찼다. 정말로 따라나서 봤자 별로 도움이 안 되는 건 마찬가지라는 사실을 그녀도 잘 알고 있었다. 더구나 행동으로 보아 남자는 그녀들이 같이 나서는 걸 원하지 않는 것 같았다.

"아마 우리까지 가면 기분이 나쁘다고 합의금을 두 배로 부를지도 모르지."

"에이, 설마."

"그럼 같이 가도 되냐고 물어볼까?"

결국 그녀들이 나무젓가락을 든 채 밖까지 따라 나왔다.

레이몬드는 이미 계단 위, 활짝 열린 건물의 현관문 앞에 서 있었다. 영춘이 보고 손을 흔들며 소리쳤다.

"저기요! 이 맹한 애를 혼자 보내자니 걱정이 되어서 그러는데요, 우리도 같이 가면……."

"안 돼."

"왜요?"

"차가 2인승이야. 트렁크에라도 넣어 줘?"

"……안녕히 가세요. 우리 곰순이는 무사히 돌려보내 주셨으면 좋겠네요. 혹시 몸으로 갚으라거나, 손가락 하나라도 댔다는 소리가 들리면 당장 고소할 거여욧!"

웬 치한 취급? 제 맘대로 다다다 떠들고 휑하니 사라지는 여자의 뒤꽁무니를 보다 레이몬드는 쯧쯧 혀를 찼다.

"누가 누굴 건드린다는 거야? 기가 막혀서."

"저기, 정말로 몸으로 갚으라는 말은 안 하실 거죠?"

언제 나왔는지 꼬맹이가 두 팔로 제 몸을 잔뜩 끌어안고는 매우 의심스러운 얼굴로 묻고 있었다. 꼬맹아, 모쪼록 네 주제를 알면 안 되겠니?

"몸에 자신이 있나 보다?"

"아, 아니요."

"근데 뭘 믿고 그런 행운을 바래? 꿈 깨시지."

가차 없이 희망을 꺾어 준 다음 레이몬드는 먼저 성큼 현관문을 나섰다. 꼬맹이가 종종 걸음으로 따라오는 게 느껴진다. 그가 걷고 꼬맹이가 따라온다. 이상하게도 마음에 드는 상황. 지하를 벗어난 덕분인지 마음에 여유가 생기면서 잔뜩 구겨졌던 기분이 조금씩 풀리고 있었다.

"타!"

인심 써서 차 문까지 열어 주자 주저주저하면서도 꼬맹이는 냉큼 보조석에 올라탔다. 흡사 말 잘 듣는 착한 어린이 같다. 좋아, 아주 좋아. 계속 그렇게만 해다오, 초딩. 더더욱 흡족해진 그는 팔을 뻗어 손수 안전벨트까지 매 주는 친절을 베풀었다. 그의 팔이 어깨를 스칠 때 꼬맹이가 흠칫 긴장하는 것을 모른 척하면서.

"갈까?"

끄덕.

두려움 반, 호기심 반. 그리고 약간의 기대.

어지러운 빛으로 가득한 눈동자가·착실하게 그의 움직임을 뒤쫓고 있었다. 들들 끓어오르던 분노는 이미 어디론가 사라지고 없었다. 레이몬드는 희미하게 웃으며 엑셀을 밟았다. 차는 언제나처럼 부드럽게 내달리기 시작했다.

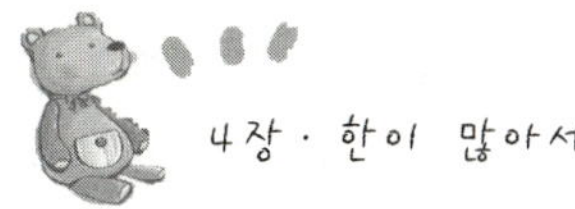


　솔직히 고백하자면, 승리는 이제껏 3층 이상의 건물 위에서 지내 본 적이 거의 없었다. 나고 자란 시골집은 한옥이라 의심의 여지없는 단층이고, 다닌 초중고는 가로로 기다란 2층 건물이었으며, 다니고 있는 대학의 강의실도 대부분 2, 3층에 위치해 있는데다, 결정적으로 지금 살고 있는 오피스텔도 간신히 1층을 면한 2층이었다. 주로 뒹구는 박샘의 작업실이야 지상도 아닌 무려 지하고.

　가장 높은 건물에 올랐던 추억을 말하라면, 처음 서울로 올라와 큰 맘 먹고 관광하러 갔던 63빌딩 정도가 고작이다. 그것도 겨우 두 번밖에 경험해 보지 못했다. 그런 그녀가 지금 무려 52층 건물 꼭대기에서 아래를 내려다보고 있었다.

　"우와아!"

　전면 유리창에 코를 박은 채 그녀는 감탄을 토해 냈다.

높은 곳에서 내려다보면 사람이 개미만 하게 보인다더니 정말로 그랬다. 자동차조차도 개미보다 더 작은 깨알처럼 보인다. 그 까마득한 높이와 어느새 울긋불긋 불이 켜진 도시의 야경은 그녀의 혼을 단박에 쏙 빼놓기에 충분했다.

"멋지다. 이래서 높을 곳들을 좋아하는 건가?"

말로만 듣던 펜트하우스에 올라와 있다는 사실에 그녀는 적잖이 감동하고 있었다. 살아생전 구경이나 한번 해 볼 수 있을까 생각했던 곳을 마침내 두 발로 직접 밟아 보다니, 이거야말로 일신의 경사가 아니던가.

"집으로 데려올 줄은 몰랐는데. 아, 카메라 가져올걸."

그래, 갑자기 만화쟁이 근성이 불타오르는구나.

감격을 하기가 무섭게 언젠가 작품을 그릴 때 자료로 이용하면 얼마나 좋을까 생각하는 스스로가 그녀는 조금 대견했다. 의욕이 이리도 넘치니 그녀는 머잖아 대성을 할지도 모른다. 오늘 생겨날 빚이 과연 얼마나 되느냐에 따라서 사정이 쪼끔 달라지긴 하겠지만.

"완소 훈남, 하나님, 부처님, 공자, 맹자, 산타할아버지. 착한 여자가 될게요. 오늘만이라도 부디 이 어린 소녀의 간을 탱탱 부어 있게 해 주세요. 배짱까지도 태평양 바다처럼 크게 부풀려 주시면 진심으로 땡큐 베리 감사."

정성들여 기도까지 하며 그녀는 천천히 돌아섰다. 그러자 확 뚫린, 운동장처럼 넓은 거실이 눈에 들어온다. 선을 그어 놓고 오래달리기를 해도 될 만큼 넓은 거실이었다. 더구나 바닥은 대리석. 천장에 매달린 샹들리에는 언젠가 인터넷에서 본 유명한 크리스털 브랜드의 특수 제작품이랑 닮았다.

일단, 위아래를 확인한 승리는 발꿈치를 들고 조용조용히 걸어가 방금 전까지 앉아 있던 소파 위에 조심스럽게 주저앉았다. 검은색 가죽 소파가 탄력 있게 엉덩이를 받쳐 준다. 바닥에 깔린 푹신한 러그. 한쪽에 자리 잡은 벽난로에선 장작이 활활 타고 있고, 전면에선 사이즈를 알 수 없는 대형 벽걸이 TV가 품위 있게 번뜩이고 있었다.

그녀의 시선이 벽에 걸린 그림, 운치 있게 세워 놓은 도자기 장식품, 전통 고가구 따위를 지나 식당으로 짐작되는 곳을 향해 움직였다. 그녀를 이곳에 앉혀 놓은 남자가 옷을 갈아입자마자 사라진 곳이다.

“혼자 밥이라도 먹고 있나?”

배고픈 건 둘째 치고, 뭘 하는지 궁금해서라도 한번 슬쩍 들여다보고 싶었지만 차마 움직일 수가 없었다. 너무 엄청난 곳이라 가난뱅이인 그녀로서는 황송해서 돌아다니기가 겁이 날 정도였다. 안 그래도 부주의하고 덜렁대는 성격인데, 여차 잘못해 비싼 장식품이라도 건드려 깨뜨리면 그걸 어떻게 물어 주느냔 말이지.

“그래, 가만히 있는 것만이 살길이야. 돌아다녀 봤자 사고만 칠 게 틀림없어. 호기심이 고양이를 죽인다는데, 이 호기심은 더 키워 봤자 내 인생만 죽이겠지.”

그저 진득하니 기다리고 있으면 어련히 알아서 나올까.

이왕이면 좀 더 천천히 나와 주었으면 하는 바람이다. 바깥 구경을 하느라 아직 마음의 준비가 덜 되었다.

"얼마나 하려나?"

궁전처럼 으리으리한 집구석을 보자 그녀가 들고튀었다는 '그것'의 가격이 새삼 걱정되기 시작했다. 백만 원? 천만 원? 1억? 설마, 10억? 헉! 만화 그리면서 그거 다 갚으려면 30년도 더 걸릴 텐데!

"아, 어떻게 해. 평생 벌어도 못 갚을 금액이면 어떻게 되는 거지? 기억 못하는 일은 무효라고 우겨 볼까? 어차피 증거도 없잖아."

솔직히, 그 남자를 만난 기억 자체가 없는데 뭘 들고튀었는지 말았는지 알 게 뭔가. 아니, 애초에 왜 그냥 들고튀게 만들어서 이 고생을 한담? 덩치로 보나, 다리 길이로 보나 그쪽이 훨씬 월등해서 그녀가 아무리 힘차게 달렸어도 못 잡을 이유가 없었을 텐데 말이다.

"이럴 줄 알았으면 처음부터 죽어도 아니니 배 째라고 막 우겨 놓을걸."

"혼자서 뭘 그리 중얼거리는 거지?"

"헛! 까, 깜짝이야!"

언제 나온 건지 남자가 어느새 소파 끝에 서서 그녀를 빤히 바라보고 있었다.

"아, 놀랐잖아요. 소리 좀 내고 다니면 안 돼요?"

"……옆에서 세 번이나 불렀거든?"

“……!”

“그런데도 고개를 푹 숙이고 앉아 열심히 뭔가를 중얼중얼거리더라?”

그려요, 나 혼자 떠드는 병 있어요. 가끔은 거울 속의 나하고도 대화를 나눈답니다. 혼자만의 유익한 시간이지요.

조금 민망하긴 했지만 상황이 상황이라 그녀는 나름 반항기를 담아 그를 지그시 노려봐 주었다. 그러자 스윽 다가온 그가 갑자기 코앞으로 얼굴을 불쑥 들이미는 거다.

“왜, 왜요?”

“솔직히 말해 봐.”

“뭘요?”

“너, 지금 나 저주했지? 뭔가 주문 같은 걸 외우는 것 같던데.”

레이몬드는 진심으로 그렇게 생각하고 있었다.

짧은 사이, 웃었다가 울상을 했다가 또 뭔가를 정신없이 중얼거리는 폼이 아무래도 예사롭게 보이지 않았던 것이다. 한순간이지만, 꼬맹이는 마치 그를 향해 마법을 걸고 있는 것처럼 보였다. 그렇지 않고서야 그 심심한 꼬라지가 갑자기 예뻐 보일 리가 없는 거다.

‘지쟈스! 초딩이 예뻐 보이다니. 미쳤구나, 레이몬드.’

고분고분 따라오는 폼이 아무리 귀여워 보였다고 해도 그렇지, 어쩌자고 저 어린 걸 집으로까지 데려온 걸까. 확실히 그는 제정신이 아니었다. 무언가가 잘못된 게 틀림없다. 그러니 이렇게 말도 안 되는 행동을 자꾸만 반복하고 있는 것이다. 아, 제발. 변태가 되면 안 돼, 레이몬드!

"그, 그럴 리가 없잖아요. 내가 뭐 무당이라도 되나?"

"하긴, 넌 무당이라기보단 그냥 평범하게 병원에 갇히는 쪽일 것 같긴 해."

"……그게 무슨 뜻이죠?"

"밥 먹자."

보셔요, 지금 대답을 피하는 건가요?

'설마, 내가 혼자 중얼거리다 억압복을 입고 정신병원에 갇힐 거라는 말? 기가 막혀서! 나보다 댁이 더 문제 많아 보이거든!'

성큼성큼 걸어가는 그를 종종 걸음으로 따라가며 승리는 집요하게 그의 뒤통수를 노려보았다. 조금 효과가 있었는지 막 식당으로 들어서던 그가 손으로 뒤통수를 벅벅 긁는다. 그래, 뚫려 죽을 때까지 노려봐 주마.

"눈깔 튀어나올라."

"헛!"

"공연히 눈에 힘주고 그러지 마라. 주름 생겨. 아무튼 초딩 주제에 멋있는 건 알아 가지고. 혹시나 해서 하는 말인데, 너 절대로 나한테 반하면 안 된다. 난 어린이는 딱 질색이거든."

님, 그게 아니거든요?

개도 안 물어 갈 말을 너무나 진지하게 하는 바람에 승리는 저도 모르게 '훗' 하고 콧방귀를 뀌고 말았다. 그의 표정이 조금 찌그러졌다. 어매, 고소한 거.

"밥 먹죠."

인상 쓰는 걸 무시하고 그녀는 애써 태연하게 식탁 앞에 앉았다. 그래도 밥은 준다니 다행이었다.

직접 차린 건지 제법 폼 나는 무언가가 식탁 위에 그득하게 놓여 있었다. 반짝이는 크리스털 잔들과 어쩐지 비쌀 거 같은 와인에, 꽃도 있고. 역시 고기를 썰게 되는 걸까? 그래, 짬뽕을 포기한 보람이 있구나. 안 그래도 심히 시장했었노라. 기대감에 부풀어 그녀는 반짝반짝 눈을 빛냈다.

그 사이 남자가 우아한 동작으로 그녀 앞에 준비한 음식을 내려놓았다. 앙증맞은 사이즈의 크리스털 볼이었다. 볼? 칼질을 하는 게 아닌가?

"어라? 이건……."

콩나물, 김치, 고사리, 숙주를 비롯한 갖가지 나물을 넣고 벌겋게 비빈…… 밥? 앙증맞은 사이즈의 1인용 볼에 담기긴 했지만 그것은 어느 모로 보아도 고추장 넣고 양푼에 비빈 밥처럼 보였다.

"자, 이것도."

남자가 다시 그녀의 앞에 제법 비싸 보이는 작은 스프 그릇을 내려놓았다. 그 안에서는 노란 된장이 끓고 있었다. 그리고 이어 내놓은 크리스털 유리 그릇엔 잘 익은 계란찜이 들어 있다. 식기는 외제인데 음식은 순수 토종이다. 차라리 칼과 고기를 줄 것이지. 외국인이라서 칼질을 기대했는데 어째서어!

"먹어. 먹고 나서 이야기하자고."

퐁! 그 말을 하면서 남자가 와인을 땄다. 그리곤 그녀를 싹 무시하고 자기 잔에만 따르는 거다. 아니 아니, 뭐 이런 경우가 다 있나. 아직 맥주 말고는 마셔 본 적이 없지만, 그녀의 입도 입이었다. 문제 있는 주둥이가 아닌 이상 못 마실 이유가 없단 말이지. 비록, 양푼에 비빈 밥에 와인은 좀 어울리지 않는 것 같긴 하지만.

"나는 왜 안 줘요?"

숟가락을 든 채 그녀가 따져 물었다.

"넌 안 돼."

"왜요? 나도 술 마실 줄 알아요."

"하! 포르노까지는 이해를 했는데, 초딩 주제에 벌써 술까지 배웠단 말이야?"

그래, 포르노 보다가 들켰었지. 승리의 볼이 희미하게 붉어졌다.

"크흠, 나 초딩 아니라니까요? 나이가 몇 갠데."

"몇 갠데?"

기대감 따윈 전혀 없이 그가 물었다.

"16살은 됐어?"

"그건 7년 전이고요."

"뭐?"

"23살이에요."

그녀가 당당하게 대답했다. 레이몬드의 눈이 조금 커졌다.

23살? 정말? 이렇게 쪼그만데? 그의 시선이 아직은 앳된 그녀의 얼굴을 샅샅이 훑고 지나갔다.

"……거짓말."

"거짓말 아니에요! 설 지났으니까 이제 23살이라고요. 생일은 아직 멀었지만."

"정말이라고?"

"그렇다니까요? 민증 깔까요?"

똥그란 안경을 치켜 올리며 그녀가 당돌하게 물었다.

어찌나 당당한지 순간 믿고 싶어졌을 정도였다. 23살? 그건 여자다. 초딩이 아니라. 그렇게 생각하자 어쩐지 목이 마르는 듯해 레이몬드는 와인잔을 움켜쥐고 벌컥벌컥 들이켰다. 그리고 말했다.

"까."

"흥! 그러면 누가 못 깔 줄 알고? 기다려 봐요."

승리는 자리에서 벌떡 일어나 재빨리 가방을 찾았다.

몇 번 안 본 사이지만, 때마다 따박따박 초딩이라고 부르며 무시했었지. 이 기회에 진실을 가르쳐 주마. 회심의 미소마저 지으며 그녀는 자랑스럽게 주민등록증을 꺼내 들었다. 그리곤 그 앞으로 당당하게 내밀면서 소리쳤다.

"자, 봐요. 여기 있죠? 86년생!"

정말이었다. 그녀의 번호는 분명히 86으로 시작하고 있었다. 96이 아니다. 초딩이 아니야? 레이몬드의 눈동자가 문득 복잡한 빛으로 물들었다.

"이래 봬도 대학 졸업반이거든요?"

"……."

"또 초딩이라고 부르기만 해 봐요. 가만 안 있을 거예욧."

"말도…… 안 돼."

"에? 뭐가요?"

"이게 어떻게 23살이라는 거야? 22살이지."

한국 사람들이 모종의 이유로 항상 1살씩 더 붙여 계산한다
는 사실을 잘 알면서도 레이몬드는 생떼를 쓰기 시작했다. 그러
지 않고서는 도저히 참을 수가 없을 것만 같았다. 자꾸만 터져
나오려고 하는 웃음을. 이상하다. 왜 갑자기 이렇게 즐거워지는
건가.

"너, 산수도 못해?"

"헉! 하, 한국에서는 23살이에요! 원래 그렇게 계산하는 거
라고요. 뭐 알지도 못하면서."

"생일도 안 지났다면서? 그러면 아직 21살인 거지. 2살이나
올렸잖아?"

"그, 그게 아니라까요?"

억울했는지 꼬맹이는 안 그래도 벌건 얼굴을 더 진하게 붉히
고 바락바락 소리쳤다. 그러거나 말거나 레이몬드는 가볍게 웃
으며 그녀의 주민등록증을 손가락으로 틱 튕겨 버렸다. 날아가
는 그것을 꼬맹이가 손을 뻗어 냉큼 잡아챈다.

"아무튼 초딩 아니라고요, 난!"

"뭐 굳이 그렇게 주장하고 싶다면야……."

"글쎄, 아니라니까요! 방금 숫자 봤잖아요?"

"밥 먹자. 그 얘긴 먹고 나서 다시 하는 게 좋을 것 같아."

그는 손수 숟가락을 집어 그녀의 손에 쥐어 주었다.

"맛있게 먹어라."

"……."

"입은 왜 그렇게 내밀고 있어? 뽀뽀라도 해 주리?"

"아, 아니에욧!"

뽀, 뽀, 뽀, 뽀뽀는 무슨!

첫 키스는 사랑하는 사람하고 할 거거든요? 댁이야말로 꿈도 꾸지 마시지. 여전히 벌건 얼굴로 승리는 애써 입술을 꾸욱 말아 넣었다.

쿵덕쿵덕쿵덕!

철딱서니 없는 심장이 분위기도 모르고 또 미친 듯이 방아를 찧어 대고 있었다. 속도로만 치면 떡이 벌써 한 말은 나오고도 남을 것 같았다. 그나저나 이 남자, 원래 이렇게 능글맞은 사람이었나?

주저주저 숟가락을 놀리며 승리는 고개를 갸웃거렸다. 아무리 봐도 그는 도통 분위기를 종잡을 수가 없는 사람이었다. 처음 봤을 땐 상당히 제멋대로였다가, 아까는 너무 무서워 말도 못 꺼내도록 화를 내고, 그리고 지금은 갑자기 표정까지 확 풀어진 채 능글거린다.

'어떻게 해. 까칠하기만 한 줄 알았더니 변덕도 심한가 봐.'

히죽 웃는 걸 보고 있자니 문득 가슴이 답답해졌다.

아까 나름 계산해 보았던 '그것'의 예상 가격이 떠오른 탓이다. 아무래도 기분에 따라 가격이 달라지는 거겠지? 그러면 이제부터라도 비위를 콱 맞추어 주어야 하는 거 아녀?

'한 푼이라도 깎아야 돼. 개강하면 돈 쓸 일도 많아지는데 용돈을 몽땅 쏟아 부을 순 없어.'

인내는 쓰고 열매는 달다.

꾸역꾸역 밥을 삼키며 승리는 작심했다. 아무리 억울해도 흥정이 끝나는 순간까지 이 한 몸 희생해 꽃처럼 웃어 주마.

"헤헤."

입가에 밥알을 묻힌 채 승리는 배시시 웃었다. 그러자 레이몬드 씨도 히죽 웃더니 그녀의 잔에 와인을 조금 따라 주었다.

"마셔."

"감사합니다."

예정대로 꽃처럼 웃으며 그녀는 수줍게 와인잔을 받아 들었다.

안 그래도 꾸역꾸역 밀어 넣은 밥 때문에 목이 조금 멨다. 원샷! 음주의 기본은 원샷이라고 누군가가 그랬었지. 두 번, 세 번은 없는 거다. 무조건 한 번에 비워야 사랑 받으리…… 라고 말한 건 어디의 누구였더라? 박샘이었던가? 아니, 다인이 언니였나? 어쨌거나, 가르침 받은 대로 그녀는 가뿐하게 잔을 비워 버렸다.

"아, 맛있다!"

달달한 액체가 밥과 함께 부드럽게 목구멍을 넘었다.

처음 마셔 보는 거지만, 맥주와는 달리 향기도 좋고 제법 달콤한 것이 입에 착착 달라붙는다. 와인이 원래 이렇게 맛있는 거였나? 달랑 두 모금밖에 안 되는 게 불만스러울 정도였다. 그리하여 염치불구하고 다시 와인병에 눈길을 주자 그가 인심 좋게 다시 잔을 채워 주었다.

"천천히 마셔."

"헤헤, 네."

밥이 입으로 들어간 덕분인지 꼬맹이는 갑자기 방실방실 웃기 시작했다. 입가에 밥알까지 붙이고 씩씩하게 잘도 먹는다. 그러더니 용감하게도 와인잔을 한 번에 비우기까지 한다. 혼자 마실 생각으로 도수가 제법 있는 것을 골랐는데, 전혀 부담을 느끼지 않는 듯한 태도였다. 정말로 23살(아까 깎아 낸 2살을 다시 붙였다.)이 맞는 모양이다. 아아, 이 얼마나 다행인가.

'그러면 그렇지. 내가 변태일 리가 없잖아. 그냥 여자에 대해 정상적으로 반응한 것뿐이었어.'

진한 안도감 속에서 레이몬드는 모처럼 속 편하게 웃었다.

더 이상 고민이 있을 리가 없었다. 그동안 너무 굶어 여자에게 반응을 보인 것뿐이니 이제 취향대로 여자를 찾기만 하면 되는 거다. 그리하여 그동안 쌓인 욕구 불만을 해소하고 나면 모든 것은 원래대로 돌아올 것이다.

'여자가 필요했던 것뿐인데 꼬맹이에게 발정하는 변태가 되었다고 착각을 하다니. 정말이지 바보 같은 행동이었어. 그래, 어차피 이렇게 된 것 내일 당장 미팅을 하자.'

작심하고 나니 마음이 저절로 푸근해졌다.

순전히 우연이지만, 어쨌거나 꼬맹이 덕분에 진실을 알게 되었으니 다행이라면 다행이었다. 어이구, 예쁘기도 하지. 그래, 많이 먹어라~앙. 빈 잔을 다시 채워 주며 그는 허허 웃었다. 밥이 코로 들어가도 막 즐거울 것만 같은 기분이었다.

"캬아~ 죽인다."

달달한 액체가 다시 목구멍을 넘었다.

처음임에도 불구하고 결코 처음 같지 않은 이 익숙함. 술에도 궁합이 있다더니 그것은 예상외로 그녀에게 퍽 잘 맞았다. 달콤하고 시원한 것이 물처럼 술술 잘도 넘어간다. 그리고 바로 온몸으로 촉촉하게 스며드는 이 느낌. 믿기지 않게도 고추장의 약간 텁텁한 맛을 탁한 맛 하나 없는 와인이 깨끗하게 씻어 주고 있었다. 설마, 와인이 고추장으로 비빈 밥이랑 잘 맞는 건가?

"웬일이야, 찰떡궁합이구나아~."

승리는 기쁜 마음으로 밥 한 숟갈에 와인 한 잔을 비우기 시작했다. 처음 두세 잔은 그가 따라 주었지만 그 이후로는 그녀가 알아서 따라 마셨다. 덕분에 볼을 다 비웠을 때엔 와인도 거의 바닥이 나 있었다. 그때까지도 승리는 얼굴색 하나 변하지 않고 멀쩡했다. 몸이 조금 따뜻해지고 그냥 기분이 슬쩍 좋아진 것뿐이었다. 게다가 없던 용기도 약간이나마 생긴 것 같았다. 아까 한 기도가 먹혔나?

"헤헤헤헤."

처음의 계획대로 그녀는 계속 꽃처럼 웃었다.

"그럼 이제 본격적으로 이야기를 해 볼까?"

"네에."

암만, 얘기를 해야지. 내 인생이 걸린 문제인데.

밥을 다 먹고 후식으로 케이크와 커피를 준비한 그와 함께 승리는 다시 거실로 나섰다. 아까까지는 모르겠더니 방 안이 매우 훈훈했다. 후끈후끈한 것이 딱 여름 날씨 같다. 벽난로 때문인가?

"어이구, 장작이 참 잘 타네. 힘 좋고 오래가는 장작이군요. 백만 스물둘, 백만 스물셋?"

"장작이 힘이 좋아? 하하, 뭐야 그게."

"앗, 웃었다!"

환한 얼굴로 소리 내어 웃는 그를 보고 문득 승리가 눈을 치떴다.

그가 웃는 모습은 처음 봤다. 만날 죽상이더니 웃을 줄도 아는 사람이었나 보다. 더구나 그는 정말로 눈이 부실 정도로 멋지게 웃고 있었다. 남자의 웃음이 그렇게 아름다울 수 있다는 것을 그녀는 처음 알았다.

"우와, 우와!"

"왜?"

"어떻게 그렇게 웃어요?"

"……이상해?"

한 손으로 얼굴을 쓸어내리며 그가 물었다.

"아니요! 디게 디게 멋있어요. 얼굴에서 막 빛이 나요."

승리는 진심으로 감동해 마구 고개를 끄덕였다.

그래, 얼굴에서 자르르 광택이 흐르는 게 아무래도 예사롭지 않구려. 이유가 뭘까. 그녀는 곰곰이 생각했다. 그러다 문득 얼마 전 박샘 언니의 얼굴에서 비슷한 광택을 목격했던 일이 떠올랐다. 그리하여 그녀는 확신을 갖고 자신만만하게 속삭였던 것이다.

"변비탈출 하셨군요? 축하드려요. 오호호호. 시원하시겠어용."

"……!"

"사실, 저는 이틀째 소식이 없어서 묵직하거든요. 흑, 요즘 스트레스를 많이 받아서 좀 힘들어요."

으응? 어째 핀트가 좀 어긋난 듯한 느낌!

그의 웃는 얼굴에서 빛이 나는 것과 변비 사이엔 무슨 연관성이 있는 건가.

묵은 게 해결됐다는 점에서는 어딘가 조금 맞는 듯도 한 말이었지만, 그대로 인정을 하자면 또 엄청 억울해질 말을 꼬맹이는 눈 하나 깜빡 않고 해치우고 있었다. 갸웃! 레이몬드의 고개가 한쪽으로 삐딱하게 기울었다. 그때였다.

"아, 더워. 한겨울인데도 요즘은 날이 참 더운 것 같아요. 지구온난화 때문인가 봐요. 그죠?"

"하아?"

"아, 답답해. 옷 좀 벗을게요."

"푸읍!"

뭐라?

마시던 커피를 도로 뱉어 내고 레이몬드는 눈을 둥그렇게 떴다. 원래 들어오면서 목도리와 외투를 벗어 놓은 터라 꼬맹이는 그저 단출한 청바지와 티셔츠 차림이었다. 그런데 여기서 뭘 더 벗겠다고?

놀라서 바라보는 사이, 굼실굼실 자리에서 일어난 꼬맹이가 '웃차웃차' 소리까지 내면서 정말로 티셔츠를 밀어올리고 있었다. 레이몬드의 눈이 조금 더 커졌다. 갑자기 왜 이러는 거냐, 꼬맹아. 지금 네가 감히 이 몸을 유혹해 보겠다는 거냐?

이제 또 무슨 꼴을 보게 되는 걸까. 여기서 말려야 하는 건 아닐까. 레이몬드는 고민하기 시작했다. 그러나 또 무슨 말 못 할 심사인지 순간 뇌리를 스쳐 가는 한 가지 호기심이 있었으니…….

'그러고 보니 꼬맹이답지 않게 가슴이 제법 있었던 것 같은데. B컵? 아니면 C?'

뜻밖의 사고를 맞이하여 본능에서 우러난 약간의 두려움과 기대감이 악마의 오라처럼 뭉클뭉클 피어오른다. 이러면 안 되는데. 그러나 기대와 달리 도톰한 목 폴라 티셔츠 아래에서는 뽀얀 맨살 대신 빨간 옷자락이 새로 등장했다. 날이 춥다고 아래에 다른 옷을 덧입고 있었던 모양이다.

"지쟈스!"

가슴께에 레이스가 촘촘히 달린 총 천연 빨강색…… 내복.

방한에 좋다는 그 옷을 꼬맹이가 입고 있었다. 이상하다. 다른 여자들은 안 입고 다녔던 것 같은데(내복을 안 입는 대신 그녀들은 모피를 두르고 다닌다.)!

윗도리를 벗어 던진 꼬맹이는 이어 용감하게 바지도 벗기 시작했다. 그 부분에서 레이몬드는 차마 말릴 생각도 못하고 그저 입만 뻐끔거리고 있었을 뿐이다. 그럴 수밖에 없었다. 심각한 욕구 불만으로 아직 몸이 정상이 아니다 보니 그 와중에도 그는 홀로 후끈 달아오르고 있었으므로.

사실, 아래위 착실하게 세트로 구성된 내복은 절대 섹시한 옷이 아니었다. 비록 7부이긴 하지만 맨살이 그다지 많이 드러나는 옷도 아니요, 색깔이 매혹적이라고 하기엔 빨강색도 촌스러울 수 있다는 사실을 극명하게 증명해 주고 있는데다, 몸에 타이트하게 붙는 대신 신축성이 너무 좋아 관절 부위는 이미 볼록하니 늘어져 있는 옷을 두고 섹시라니. 가당치도 않음이다.

그런데! 그 별 볼 것 없는 옷차림 앞에서 레이몬드는 얼굴까지 벌겋게 물들인 채 완벽하게 흥분하고 말았다. 쭉쭉 빵빵 금발미녀의 완벽한 나체를 쓰다듬고 있을 때처럼 가슴이 사정없이 두근거리면서 온몸에서 열기가 확 솟구친다. 어찌나 뜨거운 열기인지 당장이라도 코피가 터져 나올 듯 씩씩 뜨거운 콧김까지 쏟아질 지경이었다.

그런 것도 모르고 꼬맹이는 아주 침착한 태도로 벗은 옷을 착착 접어 소파 한쪽에 곱게 진열해 놓고 있었다. 마치 유혹하듯 작고 오동통한 엉덩이를 실룩거리면서.

"아, 편하다."

"커헉!"

양말까지 착실하게 벗어 놓은 꼬맹이가 다소곳이 소파 위에 앉았다.

어디에서 배웠는지 정확하기 이를 데 없는 양반다리, 가부좌를 튼 자세로. 이쯤 되자 레이몬드는 마침내 식은땀까지 흘리기 시작했다. 그리곤 뻣뻣해진 다리 사이를 애써 누르며 어렵사리 물었다.

"꼬맹아, 한 가지만 묻자."

"넹? 아, 물어보세요."

"너, 너 혹시 취한 거냐?"

"오호호호호! 그럴 리가. 저 술 세요. 맥주 두 잔도 끄떡없는 걸요. 초딩 아니라니깐."

맥주 두 잔!

눈앞이 아찔했다. 꼬맹이는 취한 게 맞았다. 비록 겉으로 보기엔 지나치게 말짱해 보이고 있었지만 평소 주량을 아슬아슬하게 넘긴 속은 이미 술에 푹 절어 있는 것이다.

"맙소사."

얼굴색도 평온하고, 술 냄새도 거의 안 나는데다, 몸을 비틀거리지도 않지만 어쨌거나 꼬맹이는 취했다. 세상엔, 주는 대로 척척 받아 마시다 소리 소문 없이 취하는 사람들도 있었다. 언제 취했는지 알 길 없지만, 아무튼지 간에 그렇게 취하는 사람들은 종종 전혀 상식 밖의 행동을 하곤 한다. 아까부터 방실방실 웃고 있는 저 꼬맹이처럼 말이다.

"정말로 취했다는 거냐? 고작 와인 반병에?"

아무리 인상이 좋다지만, 낯선 남자 앞에서 옷을 벗고 촌스런 내복을 보여 주질 않나, 민망하기 이를 데 없는 양반다리를 하고 앉아 발가락을 꼬물거리기나 하고.

'아, 발이 참 작네.'

놀라다 못해 경악스러워하는 와중에도 보일 건 다 보였다.

겨우 손바닥만 할까? 꼬맹이가 조물거리고 있는 하얀 발이 자꾸만 그의 시선을 잡아끌고 있었다. 더구나 눈에 뭐가 씌었는지 '헤헤' 거리며 꽃처럼 웃는 똥그란 얼굴이 예뻐 보이기까지 한다. 취한 건 그가 아니라 꼬맹이인데 어째서?

"꿀꺽."

갑자기 열이 더 올랐다. 꼬맹이 말처럼 요즘 지구온난화가 제법 심각한지 한겨울에도 등골을 따라 스멀스멀 땀이 다 흐를 지경이다.

"근데요오……."

꼬맹이가 뽀얀 발가락을 꼬물거리며 수줍게 입을 열었다.

"왜, 왜?"

"얘기 안 해요?"

"얘기?"

"네에. 잃어버린 거 물어 달라면서요. 근데요오, 전부터 진짜 궁금했는데요, '그것'이 뭔가요? 얼마예요? 많이 비싼가요? 혹, 나 돈 없는데……."

말을 꺼내고 보니 승리는 갑자기 설움이 북받쳐 올라왔다.

채무로 인해 향후 30년 인생이 막장으로 치달을 수도 있다는 생각 때문인지, 그동안은 있는지도 몰랐던 온갖 감정이 드글드글 끓어오른다. 그리하여 제 감정에 취한 채 그녀는 저도 모르게 눈물을 글썽이기 시작했던 것이다.

처음의 계획대로라면 한 대 처맞는 한이 있어도 굴하지 않고 꽃처럼 방글방글 웃어야 하는데, 그놈의 돈이 뭔지 합의금을 떠올리기가 무섭게 억장이 무너져 내렸다.

"으흑, 나는 기억도 안 나는데……. 웃으면서 푸른 들판 한 번 달린 죄밖에 없는데에……."

그놈의 '나 잡아 봐라.' 한 번에 인생이 이렇게나 급 돌변할 줄은 정말이지 꿈에도 몰랐던 일이었다. 오지게 재수도 없지. 손도 큰 승리 씨는 지하골방에서 목숨 걸고 지우개질을 해 번 그 소중한 돈을 단 한 방에 날려먹고 만 것이다. 올인, 그리고 개털.

"으흑, 하고 싶은 일도 많았는데."

개강하면 그 돈으로 책도 사고, 지하철 교통카드도 끊고, 옷도 몇 벌 사고, 밥도 사 먹다가…….

"엄마한테 밍크코트를 사 주고, 지상 10층짜리 빌딩으로 이사도 가고, 여름이 되면 지중해로 가는 비행기 표도 끊으려고 했는데!"

그 엄청난 돈을 다 날리게 생겼다니!

"으흑, 내 돈 60만 원."

승리는 아예 안경까지 벗어 놓고 철철 울기 시작했다. 생각할수록 너무 억울했다. 아, 가슴에 한이 차곡차곡 쌓이는 것 같아. 때마침, 레이몬드 씨가 휴지를 뽑아 건네주었다. 그것을 받아 들고 코를 팽 푼 다음 승리는 또 말했다.

"제가요, 원래 이런 애가 아니거든요? 이렇게 울어 본 적이 없다고요. 어흑, 하지만 그동안 쌓인 한이 많아서……."

입 밖으로 내뱉고 나자 서러움의 크기가 불쑥 커졌다.

그러고 보니 그 일 말고도 서러운 건 또 있었지. 울리고, 울리고, 또 울리던 저 남자의 망할 핸드폰. 온 세계의 언어로 떠들어 대던 낯모르는 발신자들. 언제 벨이 울릴지 모른다는 그 공포 속에서 뜬 눈으로 긴긴 겨울밤을 지새울 때 찾아오는 그 더러운 기분을 알아? 새삼 치미는 분노에 승리는 부르르 몸을 떨었다. 그리고 외쳤다.

"나는 땡벌이 싫어욧!"

그뿐만이 아니었다. 준재벌에다 명품 매장을 준비한다는 제임스 유. 프랑스어도 잘한다고 했던 사람. 아니아니, 이래 봬도 나도 영문학을 전공하는 학생이거든요? 그리고 한때는 독일어도 참 잘했었어요. 수업시간에 선생님이 잘한다고 칭찬까지 해 주셨다고요.

"그 말을 꼭 했어야 했는데!"

무슨 한이 그리 많다는 건지, 코가 빨개지도록 펑펑 울던 꼬맹이가 문득 주먹을 불끈 쥐고 소리쳤다. 다시 휴지 한 장을 더 뽑아 주면서 레이몬드가 물었다.

“무슨 말을?”

“그러니까 그 사실을 알려 줬어야 했다고요. 말해 주지 않으면 그 사람은 계속 모르고 있을 거잖아요. 아, 억울해.”

“흐응?”

“있잖아요. 이건 레이몬드 씨에게만 말하는 건데요.”

“그냥 레이라고 불러.”

“네, 레이몬드 씨. 나요, 사실은…….”

울다 소리치다 또 분개를 금치 못하며 또랑또랑하게 떠들던 꼬맹이가 갑자기 은근하게 목소리를 낮췄다. 그러더니 맞은편에 앉아 있는 그에게로 엉금엉금 기어와서는 팔을 뻗어 그의 두 손을 턱 마주 잡는 거다. 갑작스러운 접촉에 놀란 레이몬드가 헉 하고 급한 숨을 들이켰다. 믿어지지 않게도 잡힌 손에서 찌르르 전기가 흘렀다.

“사실은요…….”

까맣게 빛나는 동그란 눈동자가 코앞으로 바짝 다가왔다. 후욱. 달짝지근한 냄새가 밴 가녀린 숨결이 입술을 간질이고 있었다.

“꿀꺽. 사, 사실은 뭐?”

“사실은 나요…….”

“……?”

“나아…… 독일어 잘한다?”

“쿨럭!”

뭐, 뭐, 뭐라고라?

생뚱맞기 이를 데 없는 말에 정신이 다 멍해졌다. 너무 의외라 그는 차마 무슨 말을 할 수가 없었다.

"들어봐 봐요오."

허탈해 하는 그를 앞에 두고 꼬맹이가 배시시 웃으며 손을 놓더니 갑자기 홱 몸을 돌렸다. 그리고 외쳤다.

"이~히(Ich, 나는)!"

"하!"

"리이~베에(Liebe, 사랑한다)!"

독일어를 잘한다고 수줍게 고백한 꼬맹이가 독일어인지 신음 소리인지 구분이 가지 않는 말을 외치면서 몸을 이리저리 뒤틀고 있었다. 그러면서 하필이면 한 발 한 발 벽난로를 향해 다가가는 거다. 아직도 장작이 활활 잘만 타고 있는 그 벽난로를 향해!

"디이~히(Dich, 당신을)!"

"어어어! 위험해!"

벽난로 앞까지 다가가 꼬맹이가 그제야 술기운이 치솟는 듯 크게 휘청거리고 있었다. 설마하니 벽난로 안에 발을 집어넣지는 않겠지 하는 마음으로 가만히 지켜보고 있던 레이몬드가 반사적으로 벌떡 몸을 일으켰다. 그리곤 날듯이 달려가 내복 바람으로 몸을 배배 꼬는 꼬맹이를 덥석 잡아챘다. 그 바람에 막 다시 한 발을 더 내딛으려던 꼬맹이의 몸이 반 바퀴나 빙글 돌았다.

레이몬드는 한 팔로 꼬맹이의 허리를 잡아채고 나서야 그녀

의 허리가 생각보다 더 가늘며, 계속 궁금해 하던 가슴 사이즈
는 가까스로 C컵 즈음 된다는 사실을 깨달았다. 꿀꺽. 다시 마
른 침이 목구멍을 넘는다.

그때였다.

그 아찔한 깨달음의 순간에 꼬맹이가 문득 팔을 쭈욱 뻗더니
예의 고사리 같은 두 손으로 그의 양 볼을 꽉 움켜쥐었다. 안경
을 벗은 탓인지, 아니면 취한 탓인지, 확 풀어진 몽롱한 눈이
그를 똑바로 바라보고 있었다.

"왜, 왜, 왜?"

"제에~어(Sehr, 많이)!"

"……!"

가슴이 철렁 내려앉았다.

배터리가 다한 듯 꼬맹이가 두 팔을 찍 뻗으며 고개를 뒤로
홱 꺾었지만, 그것조차 느끼지 못하고 레이몬드는 뻣뻣하게 굳
어 버리고 말았다.

당신을 사랑한다. 많이…… 많이…… 많이!

그 의미가 뒤통수를 치는 순간, 가슴이 거칠게 뛰기 시작했
다. 너 진짜 왜 이러는 거냐, 꼬맹아. 여기서 나보고 어쩌라고
이래?

[너 진짜 이러면 안 되는 거거든?]

빨갛게 달아오른 작은 얼굴에 시선을 고정한 채 그는 입술을
깨물었다. 이런 유혹 같지도 않은 유혹을 받고 가슴 떨려 하는
스스로가 도무지 믿어지지가 않았다. 더구나 당사자는 유혹을

했다는 자각조차 하지 못하고 있는 게 분명한 마당에.

"음냐음냐. 쿠울……. 이히히히."

어느새 푹 잠든 꼬맹이가 요상하게 웃으며 그의 품에 코를 박았다. 그냥 확 덮쳐?

[지쟈스! 안 돼, 레이몬드. 아무리 굶주렸어도 이 꼬맹이는 절대로 네 취향이 아니야. 호랑이는 굶어죽어도 풀을 뜯지 않는 거다. 이 꼬맹이는 풀이야. 양배추라고. 정신 차려!]

레이몬드는 이를 악물었다. 그리곤 시선을 천장에 둔 채 꼬맹이를 번쩍 들어 안았다. 호랑이의 품속인 줄도 모르고 세상모르게 잠든 그녀를 들어다 도로 소파 위에 내려놓았다. 내려놓기가 무섭게 빨간 내복을 입은 꼬맹이가 번데기처럼 소파에 착 달라붙는다.

그런 그녀를 잠시 바라보다 레이몬드는 긴 한숨을 내쉬었다.

아무리 들여다봐도 그녀는 이제까지 만나 왔던 여자들과 아주 달랐다. 외모부터 생각, 행동까지 거의 모든 면에서 다르다. 미국 여자와도 또 한국 여자와도 다르다. 그녀는 꾸밀 줄도 모르고, 거짓도 모르고, 남자에 대해서도 모른다. 세상의 때가 묻지 않았다는 사실을 한눈에 알아볼 수 있을 만큼 순수한 여자였다. 그래서 위험한…… 지극히 위험한.

[23살. ……너무 어려.]

23살. 아직 생일이 지나지 않았으니 22살. 레이몬드는 32살이다. 한국 나이로. 그리고 곧 생일이 돌아온다. 그렇게 되면 그녀와는 꼭 10살이나 차이가 나는 셈이다. 아무리 대책 없는

바람둥이인 그라도 죄책감이 느껴지지 않을 수 없는 대목이었
다. 바람둥이와 놀기엔 지나치게 어리고 순수한 아가씨가 아닌
가 말이다.

[아무리 눈에 보이는 게 없었다고 해도 여기까지 데리고 오
는 게 아니었는데.]

그 죽일 놈의 욕구 불만 때문에…….

그는 다시 긴 한숨을 내쉬었다. 그리곤 침실로 들어가 모포
를 가지고 나온 다음 웅크리고 누운 그녀의 몸을 꼼꼼히 덮어
주었다. 모포를 덮은 꼬맹이가 잠결에도 히죽 웃는다. 그 태평
스러운 모습을 보니 저도 모르게 피식 웃음이 새어 나왔다.

[쿡! 어이없어. 쿡쿡, 엉뚱하게스리…… 독일어를 잘한대. 크
크크, 크하하하하…… 아하하하……!]

레이몬드는 미친 듯이 웃었다.

한계에 다다른 욕구 불만 때문에 미처 신경 쓰지 못했던 꼬
맹이의 행동이 그제야 선명하게 떠오른 탓이다.

눈을 벌겋게 뜬 채 포르노를 보다 왕방울만 해진 눈으로 그
를 돌아보던 모습부터, 되지도 않는 독일어를 외치며 벽난로를
향해 행진하는 모습까지. 이제 와 생각하니 행동 하나하나가 미
칠 듯이 우습다. 이렇게 웃긴 여자는 살다 살다 처음이었다. 세
상에 그를 이렇게 웃게 만드는 여자가 있을 줄이야!

[너 왜 이렇게 재미있는 거냐, 초딩? 너 같은 여자는 아직 한
번도 본 적이……. 응?]

퍼뜩 웃음이 멎었다. 한 번도?

사실을 자각하는 순간 기다렸다는 듯 오싹 소름이 돋았다. 이런 종류의 여자는 아직 한 번도 만나 본 적이 없었다. 그래서 낯설고 신기하고 재미있다. 문득 문득, 두려운 마음이 새어들 만큼. 레이몬드는 조금 난감한 시선으로 곤히 잠든 꼬맹이를 내려다보았다.

[모르는 사람은 따라가지 말라고 배우지 않은 거냐, 초딩?]

많은 여자를 만나고 사랑했지만 한 번도 두렵다는 생각은 해 본 적이 없는 그였다. 만남도, 사랑도, 심지어는 이별을 앞에 두고도 그는 결코 망설여 본 적이 없었다. 두려웠던 적은 더더욱 없다. 그런데 갑자기 이 무슨 같지도 않은 감정이란 말인가.

"으음, 나아…… 잡아 바라아……으응……."

엎어져 있던 꼬맹이가 희미하게 잠꼬대를 하며 돌아누웠다.

모포 바깥으로 동그란 얼굴이 쏙 나타났다. 짧은 앞머리가 달라붙어 있는 이마와 조금 낮은 듯한 코, 그리고 빨간 입술. 못난 건 아니지만 그렇다고 아주 예쁜 얼굴도 아닌……. 지극히 평범한 꼬마일 뿐인데 왜 이렇게…….

[꿀꺽.]

"에취! 으음."

어쩐지 먹음직스러워 보이는 입술을 삼켜 버릴 듯 뚫어지게 바라보다 레이몬드는 허겁지겁 시선을 돌렸다. 꼬맹이가 기침을 하지 않았다면 아슬아슬하게 다가갔던 입술이 마주 닿았을지도 모른다.

[미쳤어!]

짧은 순간이지만 흔들렸다는 생각에 죄책감과 위기감이 동시에 밀려오고 있었다. 이런 생각은 하고 싶지 않지만 설마, 설마…….

[정말로 반해 버린 거냐, 레이몬드? 이 밋밋하고 유치한 꼬맹이에게?]

갑자기 지구가 자전을 멈춘 듯 쿵 소리를 내며 진동을 일으키고 있었다. 설마하니, 그럴 리가! 충격 속에서 레이몬드는 맹렬하게 생각했다. 지금까지의 생각이 갑자기 마구 헷갈리고 있었다.

[욕구 불만이라서 여자가 필요한 건가, 아니면…… 꼬맹이를 원하고 있는 것인가.]

이름 하여 기타 등등의, 딱히 누구라고 할 것 없는 생물학적인 여성이 필요한 것인지, 아니면 콕 집어 꼬맹이가 필요한 것인지에 대해 그는 심각하게 고찰을 하기 시작했다. 욕구 불만 상태인 것만은 의심의 여지없이 확실한데 그 대상이 문제인 거다.

믿어지지 않지만, 지난 석 달 간 그는 여자 없이 지냈다.

사실, 한국에 온 이후 그는 생각보다 훨씬 더 많은 여자를 만날 수 있었다. 처음엔 아주 어려울 줄 알았다. '손목 한 번 잡힌 죄로'라던 엄마의 말이 뇌리에 콱 박혀 있었던 것이다. 그러나 '남녀칠세부동석'이라던 드라마 속의 말이 이미 백 년 전에나 유행하던 것이었다는 사실을 깨닫는 데엔 그리 긴 시간이 걸리지 않았다.

　그는 현무와 함께 거리로 나서기가 무섭게 수많은 유혹을 한 몸에 받았던 일을 떠올렸다. 지나가던 여자들의 대부분이 그에게 한번쯤 시선을 던지고, 클럽에서는 그에게 말을 걸기 위해 줄까지 섰다. 그녀들과 자는 건 더 쉬웠다. 그냥 그녀들이 이끄는 대로 따라가기만 하면 되었으니까.

　그런 일을 한 석 달쯤 신나게 겪고 났을 땐, 마침내 손목 한 번 잡힌 죄로 아버지에게 코가 꿰인 엄마가 불쌍해지기까지 했었다. 손목 잡히고 입술 뺏기면 정조를 잃은 거나 마찬가지라고 가르친 외할아버지를 원망하면서.

　어쨌거나, 그는 오는 여자 막지 않고 한동안 신나게 즐겼다.

　안타까운 일이라면 그 일이 금방 질려 버렸다는 것. 이제 와 하는 말이지만, 그녀들과 노는 일은 그다지 재미있지 않았다. 의욕이 생기지 않을 뿐만 아니라 때때로 비참하기까지 했다. 너무 쉬워서, 그리고 다들 너무 똑같아서 점점 더 끔찍해지기 시작한 것이다. 동물원 우리에 갇혀 아무런 노력 없이 날마다 똑같은 냉동고기를 받아먹는 사자의 심정이 아마 이런 것이리라.

　여자들을 만나는 일이 더 이상 재미있지 않게 되자, 그는 그 길로 클럽에 발길을 끊었다. 애써 소개팅을 하고, 누군가를 만나는 일도 줄였다. 거리나 회사에서 적극적으로 다가오는 여자들도 피하기 일쑤였다. 그는 어느새 이안이나 석준처럼 운명 같은 여자를 만나 제대로 된 사랑에 빠지는 꿈을 꾸기 시작한 것이다. 그게 벌써 석 달 전의 일이었다. 그리고 그는 지금 큰 혼란에 빠져 있었다.

[여자냐, 아니면 운명이냐?]

그냥 여자가 필요한 것인가, 아니면 반드시 꼬맹이이어야만 하는 것인가. 바로 그것이 문제였다. 전자라면 그냥 지나가는 욕구 불만일 것이고, 후자라면…… 그건 운명이다.

[말도 안 돼. 운명이라면 첫눈에 반했다는 뜻인데, 수준이 있고 자존심이 있지, 어떻게 저런 밋밋한 꼬맹이에게 반할 수가 있다는 거야?]

꼬맹이가 잠들어 있는 소파에서 후다닥 떨어지면서 그는 빠드득 이를 갈았다. 생각할수록 말이 안 되는 일이었다.

[절대로 아니야. 나는 그냥 욕구 불만일 뿐. 저런 쪼그맣고, 밋밋한데다, 내복이나 입는 심심한 꼬라지에, 유치한 만화나 보는 꼬맹이에게 반했을 리가 없어. 정신 차려, 레이몬드!]

그는 맹렬하게 고개를 저었다.

절대로, 절대로 반했을 리가 없다. 기다리고 기다리던 그의 운명이 이토록이나 볼품없는 꼬맹이라는 건 애초에 말이 안 되는 일이었다. 확신하건대, 단지 조금쯤 신기한 생물을 만나 호기심이 동한 것뿐이리라.

[그래, 당장 나가 여자를 찾자. 욕구 불만을 완전히 날려 버린 다음 다시 생각해 보는 거야. 보나마나 정상으로 돌아오겠지? 그러면 꼬맹이를 돌려보내고 깨끗하게 잊는 거다.]

확실히, 그는 위기감을 느끼고 있었다.

이대로 운명이라는 사실을 인정했다가 꼬맹이에게 낚이게 될까 봐 그는 무서웠다. 호기심이 아닌 사랑이라면 그때부터 그에겐 정말로 큰 문제가 생기는 거였다. 다른 문제를 다 떠나 사랑이 뭔지, 남자가 어떤 동물인지에 대해서조차 무지한 이 여자를 대체 어디에서부터, 어떻게 설득을 해야 한단 말인가.

다시 말하지만, 그는 심각한 욕구 불만 상태였다. 그런데 아무리 봐도—비록 포르노를 보고 있긴 했지만—섹스를 경험한 것처럼 보이지 않는 이 꼬맹이를 어느 천 년에 여자로 만들어 즐길 수 있을까.

[안아 보기도 전에 욕구 불만으로 말라 죽을 거야.]

아무리 생각해 보아도 꼬맹이는 절대로 그의 취향이 아니었다.

이런 여자는 가능한 멀리 피하고 보는 것이 나았다. 결심을 굳힌 레이몬드는 도망치듯 허겁지겁 돌아섰다. 그리곤 꼬맹이의 가방에서 제 핸드폰을 찾아 귀에 댄 채 당장 외투를 찾아 걸쳤다.

"필!"

—끊어, 이 자식아. 당분간 놀지 말자고 했지?

한참 만에야 전화를 받은 현무가 신경질적으로 투덜거렸다.

주위에서 시끄러운 소리가 쿵쿵 울리는 것으로 보아 또 어딘가의 클럽 안인 모양이다. 가는 날이 장날이라더니 마침 잘된 일이었다.

"시끄러워, 필립 강 웨스턴! 지금 이 부탁을 안 들어주면 죽을 때까지 다시는 너랑 안 놀 거야."

—하아?

단호한 그의 말에 현무는 조금 긴장하는 것 같았다. 아니나 다를까, 그가 조심스러운 목소리로 다시 물었다.

―부, 부탁이 뭔데?

"필, 나 지금 여자가 필요해."

그 말을 끝으로 그는 전화를 끊어 버렸다. 그리곤 마지막으로 꼬맹이가 누워 있는 소파 쪽을 한번 바라본 다음 미친 듯이 집을 뛰쳐나갔다. 오늘밤 그는, 정열에 흠뻑 취한 한 마리 불나방이 되어 볼 작정이었다. 그리하여 뭐라 표현할 수 없는 이 미묘한 마음을 떨쳐 버리리라. 반드시.


'아, 묵직해.'

잠결에도 승리는 똥이 마려웠다.

요 며칠간, 전혀 예상치 못했던 방향으로 스트레스를 좀 받은 탓에 그녀는 벌써 2박 3일째 시원하지 못한 나날을 보내고 있는 중이었다. 이를테면, 생리적인 문제 전체에 걸친 욕구 불만이다. 한 마디로, 못 먹고 못 자고 못 쌌단 말이지.

그러던 차에 제대로 된 밥 좀 먹었다고 마침내 아랫배에서부터 열렬한 신호가 오고 있었다. 그녀 입장에서 이것은 대단히 환영할 만한 일이었다. 그런데 잠에 취해 푹 늘어진 몸이 너무 무거워 당최 일어날 수가 없는 거다.

'아, 일어나야 되는데…… 끄응, 화장실……'

일어나려고 몇 번이나 안간힘을 써 봤지만 밑에서 누가 잡아끌고 있는 것처럼 옴짝달싹할 수 없다. 아랫배는 점점 더 거세

게 통증을 호소해 오고 있는데…… 이대로 가다간 누운 채 똥을 쌀지도 몰랐다. 위기감마저 느끼며 승리는 누운 채 애벌레처럼 바르작거렸다.

무언가가 배를 묵직하게 누르고 있었다.

게다가 어찌 된 일인지 머리는 깨질 듯이 아프고 다리엔 힘이 들어가지 않는다. 속은 마구 울렁거리고 정신이 돌아올수록 점점 더 숨까지 막혀 오고 있었다.

'어떻게 해. 이러다 죽는 거 아녀?'

아닌 게 아니라 정말로 위기감이 솟구친다.

이대로 죽으면 처녀귀신이 되고 만다는 사실보다 똥이 마려운 채로 죽는다는 사실이 더 무서웠다. 안 그래도 자꾸만 아랫배에 힘이 들어가고 있는데, 이러다 똥 싼 시체로 발견되면 죽어서도 얼마나 쪽팔릴까 생각하니 벌써부터 눈물이 앞을 가렸다.

'끄응. 일어나야 돼. 화장실…… 하악하악, 배 아파.'

컥컥 숨까지 몰아쉬며 승리는 있는 힘을 다해 눈을 부릅떴다.

기어서라도 화장실을 가기 위해 아직 제대로 힘이 들어가지 않는 팔다리를 몇 번인가 어렵사리 허우적거렸다. 근데 정신이 돌아올수록 어쩐 일인지 팔다리가 마구 시리는 거다. 아니, 팔은 뻐근하고 다리는 시리다. 그 와중에 정전기가 일었는지 엉덩이 부근이 따끔거렸다. 그 희미한 전기신호가 비몽사몽 중을 헤매는 그녀의 몸을 서서히 현실로 건져 올리고 있었다.

"으음. 발 시려어."

승리는 부스스 눈을 떴다.

제일 먼저 보인 것은, 매끈한 대리석 바닥에 비친 자신의 새빨간 얼굴과 흥건한 침이었다. 그녀는 토마토처럼 벌겋게 익은 얼굴을 따뜻한 온기가 도는 거실 바닥에 딱 붙이고 있었던 것이다. 데구르르 영문을 모르는 눈동자가 위를 향해 굴렀다.

그러자 역시나 매끈한 천장 위로 벌건 그림자 하나가 비치는 것이 보였다. 그 그림자는 내복만 껴입은 채 사지를 짝 펴고 엎드려 있었는데, 상반신은 거실 바닥에, 하반신은 검은 소파 위에 비딱하게 걸쳐져 있었다. 소파 모서리에 배를 쿡 처박고 허리를 90도로 꺾는 바람에 볼록한 엉덩이가 정확히 천장을 노려보고 있는 이상한 꼬라지였다. 잠결이라 긴가민가해서 가만히 바라보자 문득 엉덩이가 움찔거렸다.

뽀옹~

"아!"

시원하다. 냄새까지 정겨운 걸 보니 역시나 제 엉덩이가 맞나 보다. 현실을 깨닫고 나자 잠이 조금 더 물러났다. 그리고 동시에 소파 위에 아슬아슬하게 걸려 있던 몸이 주르륵 바닥으로 흘러내렸다. 어지간한 상황이면 눈 크게 뜨고 주위부터 살폈겠지만 승리에겐 아직 그럴 만한 정신이 없었다. 조금 덜 깬 잠이라거나 주위의 상황을 떠나 일단은 화장실이 너무 급했던 것이다.

"아윽, 화장실, 화장실……."

소파 모서리에 오래 눌려 있었던 탓인지 벗어나자마자 갑자기 극심한 변의가 찾아왔다. 아랫배에 힘이 들어가면서 온몸의 신경이 자연스럽게 엉덩이 쪽으로 옮겨 간다. 식은땀마저 흘리며 승리는 잠시 주위를 두리번거리다 습관처럼 화장실을 향해 엉금엉금 기어갔다.

기면서도 그녀는 오늘따라 이 코딱지만 한 15평짜리 집구석이 무척 넓게 느껴진다고 생각했다. 남의 집이라는 생각 따위는 할 새도 없었다. 어차피 눈에 뵈는 게 없었으므로. 승리는 무르팍이 아프도록 한참을 기어 평소 즐겨 찾던, 침대 바로 옆에 있는 화장실 문을 떠올리고 제가 누워 있던 자리에서 가장 가까운 곳에 있는 문을 홱 열어젖혔다.

"응? 뭐야, 화장실에 웬 책이?"

방향을 잘못 잡았나?

나타난 건 좁아터진 샤워실과 앙증맞은 변기가 아닌, 사방 가득 책장이 들어선 넓은 서재였다. 지나치게 호화스러운. 조금 이상했지만 더 생각할 것도 없이 그녀는 급히 돌아섰다. 점점 더 극심해지는 변의 때문에 그녀는 더 이상 제정신이 아니었다. 허겁지겁 돌아선 그녀는 뒤뚱거리며 다른 문으로 다가가 문을 열고 안을 확인한 다음 다시 다른 문을 향해 뛰었다. 그러다 마침내 세 번째 시도에서 화장실을 발견하는 데 성공한 것이다.

"변기닷!"

변기를 발견하기가 무섭게 그녀는 냅다 뛰어들어 옷을 내리고 주저앉았다. 뽀옹 하는 맑고 고운 소리와 함께 곧 굵직한 것이 한꺼번에 쏟아져 내린다. 순간, 배설의 격한 쾌감에 오싹 소름이 돋았다. 현실감이 돌아오기도 전에 안도감이 먼저 찾아왔다.

"휴우, 살았다."

뭐가 어찌 되었든 마침내 급한 일은 해결했노라.

잠시 후, 승리는 한 손으로 이마의 식은땀을 닦으며 변기 물을 내렸다. 그때였다.

딩동!

밖에서부터 흡사 에밀레 종소리 같은 묵직한 벨소리가 울려 퍼졌다. 그리고 마침내 찾아든 쪼매난 의문 하나.

'어째서 앙증맞은 '띵똥'이 아닌 거지?'

그녀의 오피스텔 벨소리는 여운 따윈 없이 아주 짧게 '띵똥'으로 끝난다. 박샘네 원룸 작업실의 벨소리는 그보단 약간 더 긴 딩동이다. 그런데 묵직한 에밀레 종소리라니? 이건 레벨이 아주 다른 소리였다.

"자, 잘못 들었나?"

벌써 잠은 홀딱 깼고, 정신도 점점 더 말짱하게 돌아오고 있는 상태라 절대로 잘못 들었을 리 없다는 사실을 인지하면서도 승리는 애써 현실을 부정해 보았다. 정신이 돌아오기가 무섭게 레이몬드 씨와 함께 52층에 있는 그의 펜트하우스로 와 양푼에 비빈 밥을 우아한 그릇에 담아 먹은 일을 떠올렸으면서도 말이다.

딩동!

다시 벨이 울렸다. 숨까지 죽이고 가만히 귀를 기울여 봤지만 그때까지도 밖에선 인기척이 전혀 느껴지지 않고 있었다.

"어떻게 된 거지? 이 사람, 나만 놔두고 어디 갔나?"

불안한 시선으로 그녀는 재빨리 넓디넓은 화장실 안을 두리번거렸다. 혹시나 탈출구가 따로 있을까 싶어서 저도 모르게 그만……. 근데 무슨 놈의 화장실이 그녀의 15평짜리 집보다 더 넓은 건가. 무려 수십 평은 족히 되어 보인다.

"화려하기도 하지."

이제 보니 바닥엔 두툼한 카펫까지 깔려 있고, 대리석 세면대 위엔 누런 금색 대야까지 놓여 있었다.

"아, 수도꼭지도 크리스털이야."

화장실에까지 돈 칠을 해 놓은 걸 확인하자 다시 현기증이 몰려왔다. 역시 '그것'은 무지무지 비싼 물건인 게야. 하지만 이렇게 돈이 많은 사람이니 말만 잘하면 합의금을 좀 깎아 주지 않을까?

"5천만 원만 깎아 줬음 좋겠다. 휴우."

진한 한숨과 함께 승리는 조심스러운 동작으로 크리스털 수도꼭지를 꾹 누른 다음 열심히 손을 닦았다. 조금 떨어진 곳에 유리 칸막이가 있는 샤워부스가 서 있었다. 그리고 그 맞은편으론…… 밖이 훤히 내다보이는 전면창이 있고, 그 창 아래에 커다란 대리석 욕조가 놓여 있다.

"우와, 저기서 거품목욕 한번 해 봤음 소원이 없겠다."

꿈에서나 볼까 싶은 호사스러운 욕조 앞에서 잠시 다급한 현실도 잊고 그녀는 탄성을 내질렀다. 그동안 오피스텔의 좁은 화장실에서 샤워만 하고 살아 그런지 몸을 푹 담글 수 있는 욕조를 발견하자 물도 틀어 보고 싶고, 어쩐지 몸이 좀 가려운 것도 같았다.

한겨울이라 추워서 요즘엔 샤워도 제대로 못하고 줄곧 동네 대중목욕탕만 다녔으니 당연한 일이었다. 부러움을 가득 담은 승리의 시선이 큼직한 욕조 주위를 뱅뱅 맴돌았다. 그러다 뒤늦게야 맞은편 유리창에 비친 제 꼴을 보고 만 거다. 눈을 휘둥그렇게 뜨고 있는, 붉으죽죽한 내복 바람의 상 촌것.

"아악, 이게 뭐야? 내가 왜……."

너무 놀라 그녀는 두 팔로 몸을 끌어안고 눈을 부릅떴다.

"왜 벗고 있는 거지? 설마 그 남자가 벗긴 거 아냐?"

시커먼 의심과 포르노 비디오에서 보았던 이런저런 야한 장면들이 눈앞을 홱 스치고 있었다. 그러나 아무것도 기억나지 않는 지난날의 사건과는 다르게 이번엔 제법 기억이 확실했다. 입에 착착 감겨들던 와인, 기겁을 하고 놀라 커피를 내뿜던 그 남자, 그리고 헤죽헤죽 웃으며 옷을 벗어 던지던 스스로의 모습이 참으로 선명하게도 떠오른 것이다.

"웬일이야. 미쳤나 봐. 어쩌자고 그런 짓을……. 아악, 쪽팔려."

얼굴이 순식간에 새빨갛게 달아오르고 있었다.

아부지, 이제 전 그 남자를 어찌 보아야 하나요. 정말이지 쥐구멍이 있다면 당장 들어가고 싶을 정도로 쪽팔렸다. 그런 때에

밖에서는 또 이상한 소리가 들려오기 시작했다.

띠띠띠띠…… 딩동댕. 덜컥!

"어라?"

초인종을 누르던 사람이 아예 문을 열고 들어온 모양이다.

화들짝 놀란 승리는 더 당황해 저도 모르게 다시 변기 위에 주저앉았다.

―……레몬!

"레몬?"

혹시나 그 사람이 돌아온 것인가 싶어 가만히 귀를 기울이자 익숙한 남자 목소리 대신 또랑또랑하게 울려 퍼지는 웬 여자의 목소리가 들려왔다. 더구나 레몬이라니? 그건 또 누구니?

"레이몬드 씨 동생인가?"

레이몬드 씨의 애칭은 '레이'라고 했으니 어쩌면 여자가 찾는 레몬 씨는 전혀 다른 사람일지도 몰랐다.

―레몬! 레이몬드 아처 테넌트 주니어!

"헉!"

부정을 하기가 무섭게 밖의 여자에게서 레몬 씨의 풀 네임이 터져 나왔다. 레몬 씨가 바로 문제의 레이몬드 씨이고 그는 곧 레이 씨이기도 하다는 뜻이었다. 그렇다는 것은, 혹시나 그녀는 간도 크고 배짱도 태평양 같다는 레이몬드 씨의 임자가 아닐까? 하긴, 이 밤중에 찾아오는 여자라면 뻔한 거겠지?

"아, 진짜로 임자가 있었구나."

갑자기 물이 스며들듯 심장 한구석으로 묘한 서운함이 스며

들었다. 처음부터 짐작하고 있었던 일임에도 불구하고 진짜로
여자가 나타나자 이상하게 마음이 묵직하게 가라앉는다.

"크흠, 이상하네. 왜 이러지?"

점점 더 답답해지는 명치끝을 한 손으로 툭툭 두드리며 승리
는 작게 고개를 저었다. 아무래도 밥을 먹고 바로 잠들어 버린
탓에 체한 건가 보다. 그나저나, 이제 어떻게 나가야 한다지?
밖으로 나가긴 나가야 하는데 어쩐지 선뜻 문을 열 수가 없었
다.

아닌 게 아니라, 후줄근하게 늘어진 내복 차림으로 나서기엔
사뭇 민망한 상황이었다. 더구나 상대는 레이몬드 씨의 임자가
아닌가. 이런 차림으로 갑자기 등장하면 혹시 오해를 할지도 모
르는 일이었다. 바람이라거나, 내연의 관계, 혹은 양다리 따위
의…….

"아이, 뭐라고 해명을 해야 되지? 어떻게 만났는지 기억도
안 나는데……. 그냥 얼떨결에 따라왔다고 하면 믿어 줄라나?
이 남자는 대체 어딜 간 거야?"

그때였다.

'레몬'을 부르는 목소리와 함께 넓은 실내를 헤매던 작은 발
소리가 갑자기 점점 더 가까워지기 시작했다. 그리고 다음 순
간, 예고도 없이 벌컥 문이 열렸다.

"레몬!"

"악!"

"엄마야!"

무언가 마음의 준비를 할 새도 없이 벌컥 문이 열려 버리는 바람에 승리는 그야말로 기겁을 하고 놀랐다. 얼마나 놀랐는지 그녀는 눈을 휘둥그렇게 뜬 채 문 사이로 쏙 나타난 여자의 얼굴을 빤히 바라보며 저도 모르게 아까 내린 변기 물을 또 내리고 말았다.

쿠르르르.

물은 이번에도 시원하게 잘 내려갔다. 잠시 침묵이 흘렀다. 그리고 한참 뒤에야 정신을 수습한 여자가 물었다.

"너, 너 누구니?"

"바, 박승리인데요."

멍하니 대답하자 인형처럼 꽤 오목조목 예쁜 여자가 살짝 미간을 찌푸렸다. 그리곤 다시 물었다.

"여기서 뭘 하는 건데?"

"그야, 볼일 봤죠."

정말로 몰라서 묻느냐는 듯 승리는 태연하게 대답했다.

아닌 게 아니라, 변기 위에 앉아서 할 수 있는 일이 그것 말고 달리 또 뭐가 있단 말인가. 밥이라도 먹으랴?

"그 꼴로?"

여자의 시선이 승리의 요상한 꼬라지를 주욱 훑어 내리고 있었다.

빨간 내복을 잘 챙겨 입고 변기 위에 앉아 있는 모양이 아무래도 이상하게 보이는 모양이었다. 조금 민망해서 승리는 슬그머니 두 손으로 가슴께를 가렸다. 문득 여자가 말했다.

“냄새난다.”

“……죄, 죄송해요. 너무 급해서 그만.”

지은 죄도 없이 승리는 고개를 푹 숙였다.

마음 같아서는 그녀도 언제나 냄새 안 나는 똥을 싸고 싶었다. 그러나 세상에 마음대로 되는 일이 어디 있던?

“손 닦고 나와.”

손을 홰홰 젓던 여자의 얼굴이 문 너머로 쏙 사라졌다.

작정을 하고 불러내는 걸 보니, 이제 일은 그녀의 예상대로 돌아가려는 모양이다. 여기서 나가면 그녀는 또 묻겠지? 레이몬드 씨와는 무슨 관계냐, 언제부터 만난 거냐, 어디까지 간 거냐, 기타 등등. 대체 뭐라고 대답을 해야 하는 거지?

아까 닦은 손을 또 닦으며 승리는 이리저리 궁리를 해 보았다.

어차피 일은 벌어졌다. 본의는 아니지만 어쨌거나 숨어 있다 들킨 상황이라 그녀가 어떤 오해를 한다고 해도 충분히 이해할 수 있었다. 하지만 승리도 억울했다. 오고 싶어서 온 길도 아닌데다, 레이몬드 씨와는 정말로 아무 관계도 아닌데 고작 밥 먹고 화장실 한번 이용한 죄로 그 모든 덤터기를 쓴다면 무지무지 화가 날 것 같았다.

“그래, 당당하게 나가는 거야.”

뽀송뽀송한 수건에 손을 꾹꾹 눌러 닦으며 승리는 결심했다. 그리곤 보무도 당당하게 화장실 문을 벌컥 열고 밖으로 나섰던 것이다. 나서자마자 그녀는 재빨리 소파 한쪽에 벗어 놓은 옷가지를 향해 몸을 던졌다.

"이쪽으로 와 봐."

부엌 냉장고 앞에 서 있던 여자가 그런 그녀를 발견하고 손을 흔들고 있었다. 아니, 옷 좀 챙겨 입거든 부르면 안 되나? 아직 내복 바람인 게 쪼끔 민망해 그녀는 잠시 주춤거렸다. 그러나 여자의 시선이 집요하게 이어지는 바람에 아무렇게나 돌아다니고 있는 안경만 주워 쓴 다음 옷가지를 든 채 하는 수 없이 부엌으로 와야 했다.

화려한 식탁 의자 위에 그녀의 것으로 보이는 새하얗고 풍성한 모피 코트가 걸려 있었다. 그리고 식탁 위에 놓인 건 영춘이 들고 다니는 것보다 백 배쯤 더 비싸 보이는 명품 백이다. 승리의 시선이 냉장고를 열심히 뒤지고 있는 여자에게로 향했다.

키는 그리 크지 않지만 완벽한 비율 덕분인지 여자는 굉장히 늘씬해 보였다. 자연산이 틀림없는, 찰랑거리는 갈색머리가 허리께까지 부드럽게 웨이브를 그리고 있었고, 고급스러워 보이는 핑크빛 원피스 아래의 쭉 뻗은 다리도 굉장히 예뻤다. 얼굴도 얼마나 작고 예쁜지 이렇게 보니 마치 곱게 자란 공주, 혹은 영화배우나 탤런트처럼 보인다. 확실히 레이몬드 씨와 잘 어울려 보이는 사람이었다.

그래도 쫄지 말자, 박승리. 당당하게, 최대한 당당하게 구는 거야. 근데 오늘따라 이놈의 내복이 왜 이리 촌스럽게 보이는 거지? 승리는 조금 후회했다. 내복 따윈 벗어 두고 오는 건데 그랬다.

“미안, 내가 시간이 없어서 그래. 밑에서 차가 기다리고 있거든.”

죄인처럼 고개를 푹 숙인 채 몸을 배배꼬며 마지못해 다가와서는 승리를 향해 그녀가 냉장고 안을 가리키며 말했다.

“음식은 전부 다 냉장고 안에 넣었어. 여기 이건 떡갈비고, 저쪽 것은 잡채야. 그리고 이건 모듬전. 전은 전자렌지로 데우는 것보다 팬에 기름 살짝 두르고 데우는 게 더 맛있으니까 혹시 찾거든 그렇게 해 줘.”

“에?”

“말하지 않아도 음식을 보면 누가 다녀갔는지 알 거야. 레몬이 돌아오거든 주말 저녁에 모임이 있다고 알려 주고, 이안이 특제 치즈케이크를 주문했다고도 전해 줘.”

“치즈케이크?”

“응. 아, 절대로 이물질은 넣지 말아 달라는 말도 꼭 전해 주고.”

빠른 속도로 다다다 떠든 다음 여자는 용건은 그게 전부라는 듯 곧 냉장고 문을 닫고 코트를 걸쳤다. 묻지 않아도 승리를 어떻게 여기고 있는지 빤히 보이는 상황이었다. 이게 아닌데? 아무리 별 볼 거 없는 꼬라지라지만 어째서 오해도 전혀 하지 않는 거지? 손 닦으면서 나름대로 준비한 대답도 있는데!

“저어, 전 이제 집에 가 봐야 하는데요?”

어쩐지 억울해 승리는 돌아서는 여자를 향해 툭 말했다.

“가정부가 아니라서요.”

"어머, 아니야?"

"아니에요."

"그럼 뭔데?"

당황하는 빛도 없이 여자가 눈을 동그랗게 뜨고 물었다. 덕분에 방심하다 허를 찔린 듯 이번엔 승리가 더 당황하고 말았다. 오해에 대한 대답은 준비했지만 그런 질문에 대한 대답은 미처 준비하지 못한 것이다.

"그, 그게 그러니까⋯⋯."

"여긴 어떻게 들어왔니?"

지나치게 맑은 여자의 눈동자 위로 마침내 희미한 불신의 빛이 어리기 시작했다.

"아, 그건 레이몬드 씨가⋯⋯."

"레몬은 어디 갔는데?"

"그게⋯⋯ 잘 모르겠는데요."

"몰라?"

"네. 자고 일어나 보니 없던데요? 아, 잠들기 전에는 분명히 옆에 있었어요."

그러니까 그녀가 옷을 벗어 던질 때만 해도 분명히 곁에 있었다는 뜻이다. 아마, 커피를 내뿜고 있었더랬지? 멍하니 마지막 기억을 더듬으며 그녀는 몇 번인가 고개를 주억거렸다. 여자의 표정이 미묘하게 변하고 있다는 사실도 모른 채.

"잠들기 전엔 옆에 있었다고?"

"네. 틀림없이 있었어요."

"그러니까 잤단 말이지?"

"그게…… 네."

어쩐지 어감이 조금 이상했지만 잠든 건 사실이라 승리는 또 조심스럽게 고개를 끄덕였다. 술에 취해 곯아떨어졌다는 말은 굳이 할 필요가 없었으므로 당연히 자체 생략해 주었다.

"여기서 잤다고?"

끄덕끄덕.

"레몬이 데리고 왔고?"

이어지는 미심쩍은 질문에 승리는 다시 조심스럽게 고개를 끄덕였다. 고양이의 그것처럼 끝이 살짝 올라간 매혹적인 눈에 불신 대신 약간이나마 경악의 빛이 어린다는 사실에 쾌감마저 느끼며. 아, 이건 절대로 질투가 아니다.

"그렇단 말이지? 아, 너 이름이 뭐라고?"

"바, 박승리요."

"그래? 몇 살?"

"인제 스물셋 될 건데요. 대학 졸업반이고요. 근데 그건 왜……."

"난 은하경이라고 해."

뭐라 더 묻기도 전에 여자가 조금 굳은 듯한 얼굴로 제 이름을 가르쳐 주었다. 그러더니 한 걸음 더 바짝 다가와 서서는 그녀의 손을 꼭 잡고 다시 말했다.

"네 잘못이 아니야. 걱정 마. 그 바람둥이 자식의 못된 버릇을 이번엔 꼭 고쳐 놓고 말겠어. 양심도 없지. 어떻게 이렇게 어린 애를……. 후우, 조만간에 우리 다시 만나자. 그래, 꼭 다시 만났으면 좋겠어."

아니, 그러니까 왜?

갑자기 오싹 소름이 돋았다. 모양 좋고 예쁜 그녀의 입술이 어느새 뜻 모를 진한 미소를 그리고 있었다. 그것도 제대로 된 건수를 잡았을 때나 나올 법한 사악한 미소. 그런 하경의 모습은 승리에게 근거 없는 두려움을 가져다주기에 충분했다. 무슨 생각을 하고 있는 건지 눈동자가 어둠의 대마왕처럼 스산하게 빛나고 있었다.

이런 생각은 하고 싶지 않지만, 당신 설마 레이몬드 씨를 죽이려는 건 아니겠지요? 어째 살인청부를 한 듯 기분이 쪼끔 거시기해지고 있었다. 짧은 순간, 차라리 처음처럼 그녀가 자신을 팍 무시해 주었으면 좋겠다는 생각마저 들었을 정도다.

'내가 무슨 실수를 했기에 이러는 거지? 대체 뭘 빼먹은 거야?'

점점 더 커지는 불안감 앞에서 승리는 맹렬히 머리를 굴려 보았다. 돌아가는 상황으로 보아 아무래도 무언가 오해를 한 게 틀림없는 것 같았다. 그것도 그녀가 원하던 방향이 아닌 제법 엉뚱한 방향으로. 뭘까, 도대체 무슨 건더기를 빼먹은 거지?

"오늘은 그만 가 볼게. 그럼 난 이만."

"에? 아니, 저기, 그게 아니라……."

미처 잡을 새도 없이 하경은 손을 팔랑팔랑 흔들어 주고 사라졌다. 워낙 순식간에 벌어진 일이라 승리는 제 옷가지를 끌어안은 채 한참이나 멍하니 식탁 앞에 서 있었다. 아까 전에 쏙 빼먹은 건더기가 그제야 머리를 스치고 있었다.

"같이 잔 겨 아닌데. 그게 아닌데……."

뒤늦은 깨달음과 함께 희미한 죄책감과 공포가 찾아왔다.

아주 짧은 만남이었지만, 그녀는 레이몬드 씨의 예쁜 애인이 보기보다 굉장히 무서운 사람이라는 사실을 한눈에 알아보았다. 조만간에 레이몬드 씨의 신상에 지대한 문제가 생기면 어찌해야 하는 건가. 어허, 이걸 어쩐다? 미안해요, 레이몬드 씨. 제가 아무래도 큰 실수를 한 것 같군요. 튀세요.


"세상에, 기가 막혀서!"

엘리베이터에서 내려 지하 주차장으로 들어서며 하경은 으드득 이를 갈았다. 레이몬드 이 나쁜 자식, 바람돌이 계의 쓰레기. 대책 없는 바람둥이라는 건 알고 있었지만, 설마하니 저렇게 어리고 순진한 애까지 건드리고 다닐 줄이야.

"이번에야말로 뼛속까지 물들어 버린 바람돌이 근성을 확 뜯어고치고야 말겠어."

주먹까지 불끈 쥐고 그녀는 단단히 작심했다.

레이몬드의 미래를 위해서라도 이쯤에서 오는 여자 안 막는다는, 그 뭣 같은 바람돌이 철학에 심각한 태클을 걸어 줄 필요가 있었다. 여기서 제동을 걸지 않는다면, 모르긴 해도 그는 말년까지 이 여자, 저 여자 전전하다가 결국엔 병들어 혼자 늙어 죽고 말 거다.

"바보, 멍청이, 이 유통기간 지난 해물 같은 자식."

궁시렁거리며 그녀는 종종걸음으로 차를 찾았다.

밖에서 기다리고 있던 기사가 그녀를 발견하고 냉큼 뒷문을 열어 준다. 친정에서 엄마와 오라버니들과 함께 저녁을 먹고 이야기를 하다 조금 늦게 집으로 돌아가는 길이었다.

"늦었어."

막 올라타는 그녀를 잡아당기며 석준이 퉁명스럽게 말했다.

기다리기가 어지간히 지루했던지 그는 벌써 미간에 굵은 주름을 잡고 있었다.

"으음, 미안. 조금 뜻밖의 일이 생겨서 늦었어요. 많이 지루했어요?"

"음."

짧은 대답과 함께 그녀를 깊숙이 끌어안으며 그가 목덜미에 이를 박았다. 잠시 떨어져 있었던 것조차 못마땅하다고 말하듯 그는 조금 심통을 부리고 있었다. 밥 먹다가도 엎어진다는 신혼이 아닌가 말이다.

"뜻밖의 일이라니?"

차가 출발하자 석준이 한 손으로 하경의 허벅지를 쓰다듬으며 대수롭지 않게 물었다. 무덤덤해 보여도 대학 동창이자 친구인 레이몬드에겐 적잖이 신경을 써 주고 있는 그였다.

"있잖아요, 내내 생각한 거지만 레몬은 정말 구제불능의 바람둥이예요."

이제야 들어 줄 사람을 만난 하경이 당장 불을 뿜었다.

“이 여자 저 여자 안 가리는데다, 그런 여자들조차 하루가 멀다 하고 갈아치운다는 건 알고 있었지만 말이죠, 설마하니 그렇게 어린 애까지 건드리고 다니는 줄은 몰랐어요.”

“어린 애?”

“올라갔더니 웬 조그맣고 촌스런 애가 있잖아요. 세상물정이라곤 하나도 모를 것처럼 생긴데다, 어리바리해 보여서 잠깐 도와주러 온 도우미인 줄 알았는데, 알고 봤더니 레몬한테 낚인 애였어요. 아직 스물세 살도 안 된 애더라고요. 믿어져요?”

석준은 조용히 입을 다물었다.

사실, 미국에 있을 때 레이몬드는 그보다 더 어린애랑 사귄 적도 있었다. 아마 열여덟 살이었던가? 물론, 절대로 그 나이처럼 보이지 않을 정도로 성숙한 애이긴 했지만.

“그보다 집으로 데려왔다고?”

“그렇다니까요. 그렇게 여자들을 만나고 다녀도 집엔 절대 안 데려오더니, 무슨 생각인지 이번엔 아예 집에서 일을 벌였더라고요. 되게 순진해 보이는 애던데 레몬의 정체를 알고 나면 얼마나 충격을 받을까?”

“조그맣고 촌스럽다고?”

“응, 그랬어요. 빈말로라도 세련됐다고는 못하지. 푸훗, 그러고 보니 그 애 빨간 내복을 입고 있었잖아?”

“흐음.”

“어머, 표정이 왜 그래요?”

웃는 듯 마는 듯 묘하게 일그러지는, 석준의 얼굴을 본 하경이 눈을 동그랗게 떴다.

"왜요? 뭐가 이상해요?"

"조금."

"뭐가요?"

"……레이는 취향이 제법 확실한 녀석이지."

"그런데요?"

"굶어죽어도 취향이 아닌 쪽엔 절대로 손을 내밀지 않기로 유명한 녀석이 스스로 정한 룰까지 어겨 가며, 촌스럽고 조그만 애를 집에 들였다니 신기해서."

"……?"

"이봐, 남자가 취향과 룰을 한꺼번에 바꾸는 건 단 두 가지 경우뿐이야. 미쳤거나, 사랑에 빠졌거나."

"아!"

그 부분에서 뭔가를 깨달은 하경이 그제야 눈을 번뜩였다. 그리곤 또 조심스럽게 물었다.

"그러니까…… 사랑이라고요?"

"아마도."

"엄청 촌스러운 애던데?"

"쿡, 적어도 신선하긴 했겠군."

"세상에, 정말 사랑이라고요? 저 레몬이?"

대답 대신 석준은 그녀의 입술위에 진한 키스를 남겼다.

완벽하게 취향인데다, 또 궁합까지 완벽한 하경을 선택한 그로서는 조금 이해가 가지 않는 일이었지만, 레이몬드가 하는 일치고 어디 쉽게 이해가 되는 일이 있던가 말이다.

"그나저나 이제야 조금쯤 통쾌한 일이 생기겠군."

사실이었다.

정말로 사랑에 빠진 거라면, 이제 레이몬드는 어린애 하나 때문에 전전긍긍할 일만 남았다. 무엇 하나 제 뜻대로 되지 않는 상황을 맞이하여 피가 쪽쪽 마르는 날들을 보내게 되겠지. 그리고 어찌어찌 잘 되어 결혼이라도 하게 된다면?

"당한 건 갚아 주는 게 좋겠지?"

"……?"

의아한 얼굴로 바라보는 하경에게 씨익 웃어 주고 석준은 남 몰래 이를 갈았다. 감히 내 결혼식에서 새타령이 울려 퍼지게 만들었겠다. 그놈의 구성진 까투리 때문에 하객들이 웃다가 죄다 뒤로 넘어갔었지.

'모쪼록 그 어린 것을 잘 꼬여서 결혼식장까지 갔으면 좋겠군.'

눈에는 눈, 이에는 이로다. 그나저나 이 소식을 저 얄미운 가르니에가 듣는다면 어떤 표정을 지을까? 문득 그것이 궁금한 석준이었다.


"어머! 어머, 어머……. 정말? 정말로 레이몬드가 집에다 여자애를 감추어 두고 있었단 말이야? 웬일이니."

전화기를 붙잡고 있는 희수의 목소리가 점점 더 높아지고 있었다.

상대야 말하지 않아도 누군지 뻔하다. 만날 보고도 또 궁금한 배꼽친구, 하경이겠지. 그래도 오늘따라 유독 얼굴이 환해지는 걸 보니 무언가 재미있는 일이 생긴 모양이다.

"허니, 무슨 일?"

그녀를 뒤에서 끌어안으며 이안이 짧은 한국말로 물었다.

"나도 궁금합니다?"

"아, 하경아, 잠깐만. ……재미있는 일에요. 글쎄, 레이몬드가 집에다 웬 여자애를 감추어 두었대요. 하경이가 집에 가는 길에 들렀다가 목격했다는 거 있죠. 아직 스물세 살도 안 된 어린애라는데, 믿어져요?"

"하아?"

"레이몬드의 취향이랑은 아주 거리가 먼 애래요. 당신은 어떻게 생각해요? 석준 오빠 말처럼 레이몬드가 정말로 사랑에 빠진 걸까?"

눈을 반짝반짝 빛내며 묻는 그녀의 말에 이안은 한 대 맞은 사람처럼 조금 멍한 표정을 짓고 말았다. 뭐라, 레이몬드가 사랑에 빠져? 그냥 여자를 바꾼 게 아니고?

'아, 저번의 그 일이 그럼!'

'그럴 리가' 라고 생각하다 그는 문득 지난번 레이몬드의 이상한 행동을 떠올리고 즉시 마음을 바꾸어 먹었다. 술병이 나쓰러진 일로 걱정이 되어서 불렀더니, 일단은 집사인 주제에 꿍한 얼굴로 마지못해 찾아와서는 내내 웬 구닥다리 핸드폰만 노려보고 있었더랬지. 그러더니 통화를 끝낸 후엔 또 얼굴빛이 날아갈 듯 가벼워지더라.

[고무신을 잃어버렸다는 말은 들은 것 같은데…….]

신나서 또 통화에 열중하는 아내를 안고 그는 혼잣말처럼 중얼거렸다. 재석이 말하길, 술병이 나던 날 레이몬드는 소주에 고춧가루를 타 마신 다음, 작년에 하경이 사 준 토끼 옷을 입고 나갔다고 했다. 그리곤 아끼던 고무신 한 짝을 잃어버린 채 돌아온 이후 갑자기 이상 행동을 보이기 시작한 것이다.

[그리고 마침내 취향이 전혀 아닌 여자의 등장이라…….]

그의 시선이 품안의 아내에게로 향했다.

이제 와 하는 말이지만, 처음엔 그도 그녀가 전혀 취향이 아니라고 생각했었다. 그만큼 희수는 그때까지 그가 만나 온 다른 모든 여자들과 달랐으니까. 그러나 그 혼란의 와중에서도 그는 절대로 그녀를 포기할 수 없었다.

워낙 절박했던 까닭일까?

그녀를 놓은 채로 살 수 없다는 사실을 깨달았을 때, 그는 과감하게 그것이 사랑임을 인정해 버리고 말았다. 물론, 그러고도 한참이나 돌아온 길이지만, 지금 그는 세상의 어떤 남자보다 행복하다고 자신할 수 있었다. 사랑하는 아내와 그런 그녀와 똑닮은 딸까지 얻은 지금이 바로 그의 전성기였다.

'확실히 의심스러운 일이긴 한데……. 레이가 순순히 인정을 하려 들까?'

겉보기엔 순하고 부드러울 것 같지만 사실은 그보다도 더 성격이 거친 녀석이라 아무래도 조금 걱정이 됐다. 더구나 그 녀

석은 그 이기적인 성격에도 불구하고 상당한 겁쟁이가 아니던
가.

"어머, 어리바리하고 순진해? 어떻게? 빨간 내복? 호호호,
웬일이니. 재미있는 애잖아."

순진하고 어린 여자애라.

확실히 레이몬드의 취향과는 거리가 먼 아가씨다. 그는 언제
나 세상 물정에 빠삭한데다 육감적인 몸매를 가진, 제대로 즐길
줄 아는 여우들과 놀곤 했었지.

[제대로 걸렸군.]

허탈한 미소와 함께 이안은 절래절래 고개를 젓고 말았다.

어쩔 거냐, 레이. 상대는 어리고 순진한데다 자그마치 의지
의 한국 여자이기까지 한데, 그 난관들을 모두 어떻게 극복할
거지?

이제 레이몬드의 앞에는 고생길만 훤히 뚫리게 생겼다. 걸리
는 것 하나 없는 직선 8차선 도로가 쫙 뚫렸다고 해도 과언이
아니게 된 것이다. 불쌍한 녀석, 그동안 온갖 잘난 척을 하며
여자란 여자는 다 만나고 다니더니 결국엔 이렇게 되고 마는구
나.

[훗, 거 참 고소하게 됐군. 어디 한번 당해 봐라, 레이몬드
아처 테넌트 주니어. 당하고 나서 철 좀 들어.]

생각하고 보니 벌써부터 슬슬 통쾌해지는 기분이다.

더구나 모처럼 레이몬드의 아버지 즉, 그의 대부까지 와 있
는 마당이라 버릇을 고치기엔 더없이 좋은 기회가 아니던가.

[좋아. 아주 좋아.]

이안은 대차게 고개를 끄덕였다.

멀리서 레이몬드의 비명 소리가 들리는 듯했지만 그는 기꺼이 무시해 주기로 했다. 이런 종류의 고통은 결코 분담할 수 있는 게 아니니까. 그나저나 이 재미있는 일을 또 누구에게 알려야 할까? 재석은 알고 있으려나?

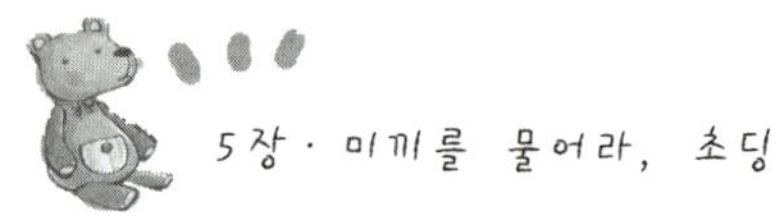



"쯧쯧, 조상 중에 한이 많은 분이 계셔서 그래. 굿을 한판 하면 단박에 나아지는데."

아직 잠이 덜 깼는지 한 손으로 방울채를 설렁설렁 흔들던 처녀보살이 말했다. 처녀보살. 말이 처녀보살이지, 늘어진 주름살, 눈 밑의 다크 서클, 그리고 머리숱이 적어 간간이 하얗게 드러난 두피 때문에 그녀는 아무리 잘 봐줘도 40대의 아줌마로 보인다.

그나마도 오늘은 너무 이른 시간에 찾아오는 바람에 화장도 제대로 못해서 잘못 보면 거의 50대 즈음으로 보일 정도였다. 근데 어쩌자고 만날 스무 살 언니들이나 입는 꽃분홍색 한복에 댕기를 매고 있는 걸까?

"아~함. 크흠, 그래서 뭐가 문제라고?"

어지간히도 잠이 모자란 건지, 그녀는 이제 입이 찢어져라

하품까지 한 다음 건성으로 물었다.

"오늘은 또 뭐가 문제이기에 새벽부터 찾아와 그런 요상한 꼬라지로 앉아 있는 게냐?"

"……아무것도 아냐."

조금 뜸을 들이다 레이몬드는 멍하니 대답했다.

"아무 문제 없어. 진짜야."

"문제가 없는 게 아닌 것 같은데?"

당장 하고 있는 꼬라지만 해도 그는 퍽 문제 많은 인생처럼 보이고 있었다. 약간 긴 검은 머리는 사정없이 헝클어져 있고, 눈은 빨갛게 핏줄이 선데다, 눈 밑엔 꺼먼 다크 서클까지 자리 잡고 있다. 게다가 대체 어디에서 뭘 하고 왔는지 언제나 반듯하던 옷도 대강 걸친 것처럼 사정없이 흐트러져 있었다.

그런 몰골로 구석에 콱 처박혀 방바닥만 노려보고 있는 주제에 문제가 없어? 가만히 있으면 백배 양보해서 그의 말처럼 그저 아무 일 없었겠거니 여겨 줄 수도 있지만, 극구 아니라고 우기니 역시나 수상하다는 거다.

"너, 어디 가서 사고치고 왔더냐?"

처녀보살이 물었다.

"술 마시고 운전하다 사람을 치었다거나."

"……아니."

"그럼 누구랑 싸우기라도 했나?"

"별로."

"아, 무슨 일인데?"

짜증이 나 버럭 소리치자 그제야 그녀의 외국인 단골이 슬그머니 고개를 들고 바라본다. 그러더니 입을 댓발이나 내밀고 말했다.

"아줌마, 그래도 무당이라면서 그거 하나 못 맞춰? 내가 왜 이런지 궁금하면 내가 아니라 아줌마의 처녀 신한테 물어봐야지. 나도 내가 왜 이러는지 궁금해 죽겠어."

"허어!"

"대체, 대체 내가 왜 이러냐고. 아, 신경질 나. 새해 벽두부터 뭐 되는 일이 없어."

머리를 마구 헝클어뜨리며 레이몬드는 발작적으로 소리쳤다.

새해가 시작되기가 무섭게 이안은 딸내미를 낳고, 그는 술병이 난데다, 곧바로 아버지가 찾아오더니, 이젠 웬 꼬맹이까지 등장해서 그를 이렇게나 괴롭히고 있었다. 어쩌면 일이 안 되도 이렇게 안 될 수가 있는 건가. 아무리 생각해 봐도 누군가에게 남몰래 저주를 받은 게 틀림없는 것 같다.

지난 저녁, 그는 와인 반병에 흠뻑 취해 잠들어 버린 꼬맹이를 내팽개치고 무작정 클럽으로 나갔었다. 밤하늘을 활공하는 한 마리 불나방처럼 크게 삐뚤어져 보기로 작심까지 하고 나가서, 어렵지 않게 들어갈 데 들어가고 나올 데 착실하게 나온 언니들을 낚아 신나게 놀았다. 그런 다음, 정말로 진지하게 놀기 위해 손잡고 호텔 방으로 들어갔는데…….

"……안 서?"

흡사 고해성사를 하듯 진지하게 털어놓자 처녀보살이 불쌍하기 이를 데 없다는 얼굴로 슬그머니 말했다.

"원기회복엔 보신탕이 최곤데."

"그런 거 아니거든? 섰어. 난 완벽했다고. 단지…….”

"단지, 뭐?”

"아악, 짜증나.”

대답 대신 레이몬드는 발작적으로 발버둥을 쳐 버렸다.

딱 취향인 여자 앞에서 못 세운 것보다 더 짜증나는 상황이 그에게 벌어졌다. 첫사랑, 아니, 두 번째 사랑인 대학 때의 그녀, 메이퀸이 그 화려한 금발머리에 해바라기 핀을 꽂고 등장했을 때부터 알아봤어야 했던 일이었다.

지난 밤, 그는 딱 취향인 그녀를 빨간 내복 입은 꼬맹이로 착각하고 발정하는 치명적인 우를 범하고 말았다. 홀딱 벗고 누운 그녀를 향해 하필이면 다른 말도 아니고 '꼬맹아, 독일어 좀 해봐.' 라고 말했던 것이다.

"저주받은 게 틀림없어. 아줌마, 지난 번 내 새해운세 제대로 본 거 맞아?”

이제 그는 죄 없는 처녀보살을 향해 애먼 트집을 잡기 시작했다.

"꽃이 피고 열매가 맺고 어쩌고 하더니, 그거 다 사기 아냐?”

"이놈, 말 다했냐? 신께서 노하신다!”

"노하거나 말거나, 난 외국인이라 괜찮아. 어쨌거나 그거 아무래도 이상해. 다시 봐.”

순 억지 생떼에 처녀보살이 인상을 콱 쓰면서 노려봤지만 그는 눈 하나 깜빡하지 않고 버텼다. 그만큼 그는 절박했다. 지금 나보다 더 환장하게 답답한 놈 있으면 나와 보라고 그래.

그가 지지 않고 마주 노려보자 처녀보살이 문득 긴 한숨을 내쉬었다. 그러더니 내려놓은 방울채를 다시 집어 들고 달달 흔들기 시작한다. 침묵 속에서 잠시 시간이 흘렀다. 그리고 얼마나 지났을까. 맹렬하게 방울을 흔들던 손이 기묘한 궤적을 그리며 부르르 떨더니 갑자기 뚝 움직임을 멈췄다.

"후우, 한 가지에 도화가 만발하니 기다리던 사랑이 마침내 결실을 맺겠구나. 천생의 인연이로다. 금세 열매를 얻겠다. 육친의 도움이 있을 것이니 도도한 발걸음 막을 자가 어디 있을까."

"뭐야, 지난번이랑 하나도 다르지 않은 말이잖아?"

"이놈아, 말이라고 어디 내 마음대로 지껄이는 것이든? 우리 몸주께서 하시는 말씀이시다. 네놈은 이미 인연과 만났어. 피하려야 피할 수가 없구나."

"하아?"

"이름도 얻고, 사랑도 얻고, 다 얻을 팔자다. 그러나 만남이 있으면 헤어짐도 있는 법. 슬픔을 마땅히 받아들여야 기쁨도 즐길 수 있다. 벗어 던질 것이 있다면 망설이지 말고 던져 버려라. 그래야 떠난 양반이 울지 않는다."

이미 외워 둔 말 읊조리듯이 눈까지 감고 주절주절 떠들더니 그녀가 갑자기 눈을 번쩍 떴다. 그리고 옆으로 찍 찢어진 가자

미눈을 한 채 눈앞에 놓인 작은 쌀 단지에서 쌀을 한주먹 쥐고는 그를 향해 홱 뿌렸다. 그녀가 말했다.

"그게 다다. 그러니 고만 꺼지렴."

─난 이제 지쳤어요. 땡벌! 기다리다 지쳤어요. 땡벌! 혼자서는 이 밤이 너무너무 추워요~

짜증이 골수까지 치민 처녀보살이 '꺼지렴.' 이라고 외치기가 무섭게 마치 기다렸다는 듯 핸드폰이 울었다. 기가 막힌 타이밍이 아닌가. 기묘한 예감에 사로잡힌 채 레이몬드가 반사적으로 핸드폰을 귀로 가져갔다.

"여보세요?"

─주니어!

"뭐야, 아부지잖아?"

뭔가 대단한 일이 벌어질 줄 알았는데 고작 아버지의 태평하기 그지없는 목소리가 들려오자 김이 쏙 빠졌다. 아니, 영감은 왜 꼭두새벽부터 전화질을 하고 난리람.

─주니어, 어디에 있는 거냐? 당장 들어와야겠구나.

"왜? 무슨 일이라도 생겼어? 출근 시간까지는 아직 여유가 조금 있는데……."

─그게 아니다. 오늘 은종과 만나 함께 장인어른을 찾아뵙기로 했단다. ……어제 저녁에 쓰러지셨다는구나. 너도 같이 가자.

"……나 일해야 돼. 이안이 휴가 중이잖아."

하루쯤 시간을 내는 일이 뭐 어려울까마는, 그럼에도 불구하고 레이몬드는 슬그머니 발을 빼고 싶었다. 아무리 쓰러졌다지만 사람의 성격이 어디 하루아침에 변하던가. 외조부는 원래 괄괄하고 난폭한 사람이었다. 오죽하면 결혼을 청하러 갔을 때 영감이 흠씬 맞고 돌아왔을까.

이대로 영감과 함께 찾아갔다가 쓰러진 사람에게 세트로 나란히 처맞고 와 제리에게 위로를 받고 싶지 않았다. 더구나 엄마의 소식도 전해야 하는 마당이니 맞을 가능성은 더더욱 커지는 거 아닌가 말이다.

—주니어, 이것은 중요한 일이다. 네가 그토록 사랑하는 엄마의 아버지께서 병석에 누우셨단 말이다. 네 일은 재석 군이 대신 해 줄 게다. 다행히 작은 주인님께서 그렇게 배려해 주셨다. 준비하거라.

"아니, 난 별로……."

뚝! 띠띠띠띠…….

무슨 말을 더 하기도 전에 전화는 이미 콱 끊어졌다.

영감은 항상 이랬다. 어쩌다 통화라도 할라치면 자기 할 말만 하고 금방 뚝 끊어 주는 센스가 이미 수준급이었다. 차마 화를 낼 기운도 없어, 레이몬드는 코 빠진 얼굴로 주저앉아 한동안 전화기만 맹렬하게 노려보다 결국 한숨을 푹 내쉬고 말았다.

"아줌마, 이래도 꽃이 피는 거 맞아?"

꽃은커녕 인생이 암초에 부딪쳐 좌초될 위기가 찾아오는 건 아니고? 날이 갈수록 점점 더 되는 일이 없으니 정말로 부적이라도 한 장 써서 품고 다녀야 하는 것은 아닌지 진지하게 고민이 되는 순간이었다. 그러나 부적 소리를 꺼내기도 전에 다시 쌀이 홱 날아왔다.

"어여 안 가냐!"

결국 '아' 소리도 못해 보고 레이몬드는 처녀보살의 손에 얌전히 쫓겨나고 말았다. 점집이 다닥다닥 붙은 좁은 골목 위로 쌀쌀한 한겨울의 바람이 불고 있었다.

[춥다. 가슴에 바람구멍이 났나. 후우, 누가 내 가슴에 총을 쏜 건가.]

그는 우울한 얼굴을 하고 터덜터덜 걸어 골목 입구에 세워 놓은 차에 올라탔다. 집으로 가긴 가야겠지? 가긴 가야 한다. 그러나 이대로 기어 들어가자니 가슴 한구석이 간질간질한 것이, 마치 허파 한쪽에 작은 혹이 하나 돋아난 듯한 느낌이 먼저 찾아왔다.

[……꼬맹이가 아직 집에 있으려나?]

그래, 바로 그게 문제였다.

그가 바로 집으로 들어가지 못하고 공연히 처녀보살 아줌마를 방문하게 된 이유. 보나마나 꼬맹이는 아직도 떡이 된 채 거실 소파 위에 잠들어 있을 거였다. 그런데 그는 아직 그녀와 다시 마주할 만한 마음의 준비가 되어 있지 않았다. 왜냐면…….

[난 빨간 내복에 발정한 변태야.]

그냥 기타 등등의 여자가 아닌, 바로 빨간 내복 입은 꼬맹이에게 발정했다는 사실을 확실하게 깨달은 상태이기 때문이다. 당연히 그는 아직도 심각한 욕구 불만 상태이기도 했다. 세우긴

세웠는데, 사실을 깨닫고 충격을 받아 더 진행을 하지 못한 까닭이다. 그러니 이대로 돌아가면 모르긴 해도 자고 있는 꼬맹이를 덮치게 되지 않을까?

[어떻게 해야 하나. 꼬맹아, 너를 어떻게 하면 좋을까?]

눈 딱 감고 그냥 돌려보낸 다음 잊을까, 아니면 주구장창 곁을 맴돌면서 그 어린 것이 사랑에 눈 뜨기를 기다려? 왜 하필이면 눈도장을 찍어도 그런 밋밋하고 철없는 꼬맹이를 찍은 걸까. 아니, 이 미묘한 감정이 사랑인 거는 맞아?

[네가 진짜 운명은 맞는 거냐, 꼬맹아?]

멍하니 중얼거리다 그는 이내 눈을 질끈 감고 시동을 걸었다. 모르겠다. 뭘 어찌해야 할지 모르겠으니까 일단은 그냥 부딪쳐 보는 거다. 고민이나 생각은 그 다음에.

[고민을 하더라도 일단은 얼굴을 보면서 하자.]

점점 더 속도를 내면서 그는 그렇게 스스로를 설득했다.

꼬맹이가 보고 싶어서 그런 건 절대 아니다. 그냥 그 어린 것이 자다가 깨 혼자 울고 있을까 봐 그런 거다. 또 되지도 않는 독일어를 외치며 벽난로를 향해 행진이라도 하면 어떻게 해.

[설마, 벌써 사고를 친 거 아니야?]

얼마 겪진 않았지만, 그는 이미 꼬맹이가 어디로 튈지 알 수 없는 엉뚱한 녀석이라는 사실을 파악하고 있었다. 잠들었다고 해도 도무지 안심이 되지 않을 만큼 생뚱맞은 구석이 있는 것이다.

근데, 지금 이 순간 왜 하필이면 오동통한 녀석의 엉덩이가 눈앞을 스치는 거지? 딱 잡기 좋을 듯한 사이즈의 가슴이라거나, 뽀얗고 귀여운 발가락, 그리고 땡글땡글 굴러가던 까만 눈동자와…… 허벅지, 허벅지, 허벅지!

[쿨룩! 젠장, 왜 양반다리를 해서는…….]

빨간 내복 따위로 멀쩡한 남자의 욕구 불만을 콱 자극하고도 모르는 바보. 내복의 가랑이가 터지기를 바랐던 이 한심한 바람과 모자이크 처리된 중요 장면을 본 듯 찝찝하고도 더 감질 나는 이 더러운 기분을 네가 아느냐, 초딩?

[알 리가 없지. 그걸 알면 네가 초딩이 아니겠지.]

미친 듯이 달려 회사 지하 주차장에 차를 세우면서 그는 또 긴 한숨을 내쉬었다. 막상 꼬맹이를 마주할 생각을 하니 공연히 목이 타고 있었다. 이 추운 겨울에, 이 무슨 타는 듯한 열기인지 입 안이 바짝 마를 지경이다.

그럼에도 불구하고, 그는 또 아무렇지도 않은 척 말짱한 얼굴로 차에서 내렸다. 어디까지나 외출 준비를 해야 한다는 이유를 되새기며 허겁지겁 전용 엘리베이터를 타고 위로 올라갔다. 자, 꼬맹아, 오빠가 돌아왔다.

"이제 돌아오십니까?"

"재석?"

현관으로 들어서기가 무섭게 거실 즈음에서 재석이 삐죽 얼굴을 내밀었다. 아니, 꼬맹이는 어디로 가고 하필이면 지금 이 순간 가장 만나고 싶지 않은 재석이 나타나는 거지? 꼬맹이는? 내복 입고 잠든 내 꼬맹이는 어디에?

허겁지겁 고개를 길게 빼 보았지만, 꼬맹이가 잠들었던 소파는 벌써 텅 비어 있었다. 그에 레이몬드의 시선이 부산스럽게 거실을 헤매기 시작했다. 애가 또 어딜 간 건가. 설마 벌써 깨어 제 발로 돌아간 건 아니겠지?

"뭘 찾으십니까?"

그의 행동이 조금 수상쩍었는지 재석이 나직한 목소리로 물었다.

"뭐 잃어버린 거라도 있으십니까?"

"아니, 그런 것 아니야."

"아아, 예."

"……재석."

"예, 이사님?"

"크흠, 혹시 여기 누가 있지 않았…… 아니, 그러니까 내 말은…….."

대체 뭐라 물어야 하는 건가.

그 부분에서 레이몬드는 잠시 숨을 골랐다. 사실대로 말했다가는 앞뒤 이야기를 다 털어놓을 때까지 취조를 당할 게 분명한데다, 당장 오늘 중으로 회사 전체에 이상한 소문이 날지도 모른다. 재석은 정말로 보기보다 입이 퍽 가벼운 남자인 것이다.

"끄응. 아무것도 아니야."

"아아, 예. 저어, 그런데…… 혹시, 아직 스물세 살도 되지 않은 어린 아가씨를 찾으시는 거 아닙니까?"

"헉! 재석이 그걸 어떻게 알아? 봤어?"

화들짝 놀라 돌아보자 재석은 어느새 얼굴 가득 회심의 미소를 머금고 있었다. 얼마나 통쾌해 보이는지, 순간 팔등을 타고 오소소 소름이 돋았을 만큼 섬뜩한 기운을 머금은 미소였다. 정녕 봤단 말인가? 여기서 빨간 내복을 입고 자는 그 앨 봤어? C컵쯤 되는 그 애 가슴이라거나, 통통한 엉덩이의 윤곽도? 아니, 허락도 없이 누구 맘대로!

"……봤지?"

아드득 이를 깨물면서 레이몬드가 물었다.

"다 본 거지?"

"뭘 말입니까?"

"알면서 왜 물어?"

이거 저거 다 보고 너 또한 나처럼 꼬맹이를 향해 발정한 것은 아니더냐. 눈도장 찍어 놓고 이제 겨우 침이나 발라 놓으려는 순간에 네가 감히 흙발을 들이민 것이렷다? 거기까지 생각한 레이몬드는 마침내 분노해서 외쳤다.

[누구 마음대로!]

"……?"

[누구 마음대로 보래? 왜 봐! 설마, 내복에 반한 건 아니겠지? 이 변태! 너의 그 두 눈을 저주하고 말겠어. 덤벼, 결투다!]

그가 외투를 홱 벗어 던지면서 갑자기 영어로 소리치자 재석은 더 참지 못하고 얼굴을 기묘하게 실룩거리기 시작했다. 그러다 결국 어깨까지 떨면서 쿡쿡 웃고 말았다. 그나마도 한껏 참는 중이서 얼굴에 경련이 일 정도였지만 상관없었다.

그는 지금 올해 들어(고작 한 달 반밖에 안 지났지만) 가장 유쾌한 경험을 하고 있는 중이었으니까. 상상을 해 본 적이 있긴 하지만, 레이몬드를 놀려먹는 일이 이렇게나 재미있을 줄은 정말 몰랐다. 그동안 그에게 당해 온 일이 워낙 많다 보니 덕분에 통쾌함이 열 배쯤은 더 커진 모양이다. 아아, 이 얼마나 바람직한 일이란 말인가. 좋아, 아주 좋아.

[후후후, 진심이십니까?]

[내가 지금 장난하게 생겼어? 덤비라니까!]

[죄송합니다만, 전 육체적인 싸움엔 소질이 없습니다. 그리고 싸워야 할 이유도 없고요.]

[난 있어! 꼬맹이의 명예를 위해서라도 널 살려 둘 수 없다.]

[쿡쿡쿡. 죄송합니다만, 전 빼 주십시오. 전 저보다 열 살이나 어린 여자에게 수작을 걸 만큼 양심 없는 남자가 아닙니다. 그리고 내복도 별로 안 좋아하고요. 한마디로, 제 취향이 아닙니다.]

뭐라?

여유만만한 재석의 대사가 문득 관자놀이 한쪽을 치고 지나갔다. '열 살이나 어린' 어쩌고 하는 말보다 '취향이 아닙니다.' 라는 말이 더 귀에 쏙 들어왔지만, 어쨌거나 묘하게 기분이 나쁜 건 마찬가지였다. 더구나 '양심 없는 남자' 라는 말보다 '내복도 별로 안 좋아하고요.' 라는 말이 더 걸리는 이유는 뭐지? 설마, 꼬맹이의 매력이 모자라다는 뜻인가?

[걔가 어디가 어때서? 걔 엉덩이가 얼마나 이쁜데……. 오, 볼 거 다 봤으니 이제 발을 빼겠다는 뜻이야?]

[그럴 리가요. 솔직히 말씀드리자면, 전 애초에 그분을 본 적도 없습니다.]

[하! 거짓말!]

[뭐, 믿지 않으셔도 상관없습니다만, 확실히 제가 왔을 땐 이미 떠나고 안 계시더군요. 일부러 서둘러 온 길인데, 아쉽게도……. 후후후.]

유들유들 떠들면서 재석이 다시 얄밉게 웃었다.

[뭐, 어렵지 않게 곧 보게 될 날이 오겠지요. 자, 그럼 전 이제 일을 하러 내려가 보겠습니다. 외출 준비하십시오, 이사님.]

[잠깐!]

막 돌아서는 재석을 레이몬드가 냉큼 붙잡았다.

[못 봤다고? 그러면 어떻게 안 거지? 재석, 걔가 여기에 있었다는 걸 어떻게 알았어?]

[글쎄요, 어떻게 알았을까요? 으음…… 비밀입니다.]

[뭐, 뭐라고?]

[걱정 마십시오. 곧 아시게 될 테니까요. 그럼 이만.]

[알게 될 거라니? 그게 대체 무슨……. 재석, 재서어억!]

목 놓아 부르며 팔을 뻗었지만, 재석은 냉정하게 뿌리치고 미친 듯이 뛰쳐나가 버렸다. 저러고 나가 틀림없이 회사 구석구석에 소문을 퍼뜨릴 거라고 생각하니 레이몬드는 벌써부터 현기증이 몰려오는 것 같았다. 대체, 어떻게 알게 된 걸까? 어떻게?

[그나저나 얘는 언제 돌아간 거지? 집으로 갔나? 조금만 기다리지. 무슨 꼬맹이가 이렇게 인내심도 없어?]

혹시나 싶어 다시 한 번 더 거실을 둘러보다 그는 머리칼을 쥐어뜯었다. 아무리 생각해 봐도 역시 꼬맹이는 새벽이 아니라 밤바람을 맞으며 혼자 돌아간 모양이다. 그 사실이 못 견디게 안타깝고 미안하고, 그래서 더 짜증이 나 미칠 것만 같았다.

[쪼그만 것이 겁도 없지. 그 밤에 혼자 나갔단 말이야? 나한테 전화라도 했어야지.]

투덜대면서 옷을 벗어 놓고 보니, 꼬맹이의 핸드폰이 그의 주머니 안에서 나온다. 제 핸드폰은 잽싸게 챙겨 놓고 꼬맹이의 것은 아직 돌려주지 않은 것이다. 그 사이 꼬맹이가 그의 전화번호를 외웠을 것 같지도 않다. 빈말로라도 그렇게 똑똑해 보이지 않았었다. 정말이지, 어쩌다가 그런 꼬맹이에게 반한 걸까?

"레이몬드 바보. 미치겠어. 내가 못 살아!"

팔자타령까지 하며 그는 어깨를 늘어뜨리고 비틀비틀 욕실로 들어갔다. 비를 맞듯 물을 맞으면서 꼬맹이를 생각했다. 점잖은 양복을 빼입을 때도, 아침 대신 대강 주스를 한 잔 들이켤 때도, 그리고 한 짝뿐인 고무신 대신 윤기 자르르 흐르는 구두를 꿰어 신을 때도 그는 꼬맹이 때문에 한숨이 나왔다.

"휴우, 내 팔자야."

소음 하나 없는 차를 타고 가면서 그는 또 긴 한숨을 내쉬었다. 요즘 들어 그는 종종 사는 게 재미없어지고 있었다.

"에에취! 훌쩍."

기침을 호되게 한 다음 승리는 뒤집어쓴 이불을 머리 위로 더 추어올렸다. 지하철 막차에서 내린 뒤, 시린 밤바람을 맞으면서 좀 걸었더니 감기라도 걸린 듯 으슬으슬 추웠다.

"그래서 밥 먹은 다음에 본격적으로 얘기를 해 봤어?"

"얼마나 달라디?"

박샘과 영춘이 눈을 둥그렇게 뜨고 물었다.

금방 돌아와야 했던 애가 외간 남자의 집에서 저녁을 보낸 것으로도 모자라 혼자 밤바람을 맞고 돌아왔다는데도 전혀 이상할 게 없다는 듯, 그녀들은 오로지 물어 줘야 할 돈 얘기만 하고 있었다. 이른 아침부터 작업실로 나오는 게 아닌데 그랬다.

"음, 그게…… 막 그 얘기를 할 참이었는데…… 중간에 내가 그만 잠이 들어 버렸지 뭐야."

"잠이 들어? 혼자?"

"왜 잠이 들었는데?"

그 부분에서도 그녀들은 전혀 놀라지 않았다.

어디까지나 덤덤한 것이, 무언가 불미스러운 일이 있었을 거라는 생각 따윈 아예 하지 않는 게 분명했다. 어째 슬슬 기분이 나빠지려 하고 있었다.

"너무 먹어서 배가 막 부르고 그러면 수저 놓기가 무섭게 금방 잠이 오긴 하더라."

박샘이 시큰둥한 얼굴로 중얼거리며 동의를 구하듯 승리를 바라보았다. 아니, 날 뭘로 보고. 그런 게 아니거든!

"와인이 생각보다 독한 술이더라고. 술이 원수였지 뭐."

"어? 술! 너, 술 마셨어?"

"박승, 너 설마…… 취하도록 마신 거야?"

승리는 말없이 고개를 끄덕였다.

아주 옴팍 취해서 인사불성이 된 건 아니지만, 분명히 주량을 슬쩍 넘긴 했었던 것 같다. 그래서 알딸딸하니 기분도 막 좋아지고 팔다리가 제멋대로 돌아갔었다. 특히 주둥이가.

'미쳤어. 거기서 독일어는 왜 지껄여 가지고.'

아주 팍 취해서 기억이나 해 내지 못했으면 덜 쪽팔렸을 텐데, 안타깝게도 기억 회로엔 전혀 문제가 없었다. 그래서 그 남자가 돌아오기 전에 후다닥 튄 거다. 너무 쪽팔려서 당분간은 안 보고 싶었다. 그것 말고도 그의 애인에게 오해의 실마리를 제공한 죄도 있어서 가능하면 앞으로도 주욱 안 보고 싶은 심정이었다.

"곰순아, 너 또 무슨 짓을 한 거니?"

"설마, '오호호호' 웃으면서 만화 주제가를 불렀다거나, 테이블 위로 올라가 춤을 춘 건 아니겠지?"

"아니면 또 한이 많다고 엉엉 울었다거나……."

흠칫!

"영어로 술주정을 했다거나."

"콜록콜록. 아, 갑자기 열이 나는 것 같아."

전생에 족집게였었나?

그녀들은 마치 본 것처럼 콕콕 잘도 찍고 있었다. 그 바람에 자꾸 제 발이 저려 승리는 열을 핑계로 이불을 홱 뒤집어쓰고 발랑 드러누워 버렸다.

"야야, 말을 해 봐. 너 또 그런 짓 한 거 맞지?"

"물어 뭐해. 뻔하지 뭐. 틀림없이 캔디 주제가를 부르면서 춤을 추다가, 반주 부분에서 한이 많다고 엉엉 울었을 거야. 그런 다음 영어로 주정을 했겠지."

"아, 그런가? 내가 미친다, 아주. 왜 재한테 술을 가르쳐서 이런 후환거리를 만들었을까?"

한 맺힌 두 사람의 잔소리를 들으면서도 승리는 누운 채 꼼짝을 하지 않았다. 노래하면서 춤추는 것보다 더한 짓을 했다고는 차마 고백할 수 없었다. 되지도 않는 독일어에 옷까지 벗어던졌다는 사실을 알게 된다면 죽는 날까지 두고두고 구박을 할 게 틀림없었다.

"어쨌거나, 그건 그거고……. 그 남자는 대체 무슨 생각으로 재를 집까지 데려간 거지?"

그제야 궁금해졌는지 영춘이 박샘을 돌아보면서 대수롭지 않게 물었다.

"설마 맹하게 생겼다고 어찌해 볼 생각이었다거나, 가능성은 아주 희박하지만 반한 건 아닐까?"

"에이, 그럴 리가. 척 보기에도 그 남자는 눈이 꽤 높아 보이던걸. 그리고 반해도 소용이 없네요. 승리는 종갓집 맏딸이라

할아버님이 찾아 주시는 뼈대 있는 집안으로 시집가야 하거든. 외국인은 대문간 안으로 들어서지도 못할걸."

"아, 안타깝다. 잘하면 순정만화 한편 나오는 거였는데……. 그냥 야반도주하는 걸로 만들면 이야기가 너무 구식이 되려나?"

"아이참! 언냐들아, 나 잠 좀 자자, 잠 좀!"

자는 척하고 가만히 듣고 있다가 승리는 더 참지 못하고 소리쳤다. 누가 만화가 아니랄까 봐, 남의 처절한 사연을 가지고 그새 스토리를 만들고 있다니. 너무한 거 아녀?

"순정만화는 무슨……. 그 남자 애인 있거든? 어젯밤에 내가 봤는데 엄청 이쁘고, 몸매도 끝내 주는데다, 돈도 무지 많아 보이는 언니더라."

"어? 진짜?"

"그렇다니까. 얼굴은 탤런트고, 옷은 밍크코트, 거기다 무지 비싼 가방도 들고 다녀."

"아, 이래서 현실이란 잔인한 거야. 재미없게."

승리의 폭로에 두 여자는 실망이 역력한 얼굴로 돌아섰다. 그러더니 또 둘이 머리를 맞대고 무어라 열심히 소곤거리는 거다.

"정말 가망이 없나?"

"아니야. 더 흥미진진해졌어. 부자 까칠녀와 순수 서민녀의 대결. 이거야말로 로맨스의 정석이잖아. 이참에 아예 삼각관계를 만들면……."

“언니야!”

“아, 네 얘기 아니니까 신경 꺼. 그냥 우리끼리 시뮬 하나 만드는 거야. 진짜라니까.”

영춘의 얌체 같은 변명에 승리는 더 울상을 짓고 말았다.

가뜩이나 되는 일도 없고, 가슴까지 공연히 휑한데 아무도 위로해 주는 사람이 없다니. 진짜 너무한 거 아녀? 이제 애인에게 한 대 처맞은 그 남자가 날 죽이러 올지도 모르는데?

“하아, 내 팔자야.”

정말 살 맛이 안 나는 날이었다.


“안녕, 처남!”

레이몬드가 여전히 우울한 얼굴을 하고 팔랑 손을 흔들었다.

딱!

“악! 왜 때려?”

인사를 하기가 무섭게 손이 날아와 그의 이마를 후려치는 바람에 내내 멍하던 정신이 번쩍 돌아왔다. 눈앞엔 제법 서글서글해 보이는 50대 초반의 중년인이 서서 히죽 웃고 있었다. 지방 대학에서 학생들을 가르치는 엄마의 하나뿐인 남동생, 은종이었다.

“처남, 삐쳤어?”

“이 자식이 그래도! 내가 왜 네 처남이냐, 이놈아. 외숙부라고 가르쳐 줬잖아? 그리고 어째 넌 하는 말마다 죄다 반 토막이야?”

"처남도 반 토막이잖아. 말도 반 토막, 키도 반 토막. 언제 커? 흥!"

"저, 저, 저 자식이!"

아픈 구석을 콱 찔린 은종이 얼굴을 벌겋게 물들이며 팔팔 날뛰었지만 레이몬드는 눈 하나 깜빡하지 않았다. 그는 그저— 아침 내내 그랬듯—구닥다리 핸드폰을 만지작거리며 연거푸 한숨만 내쉬고 있을 뿐이었다. 전화를 돌려주러 갈까, 말까. 꼬맹이를 보러 갈까, 말까. 고민이 많았다.

"매형, 대체 아들놈을 어떻게 가르치신 겁니까?"

발발 날뛰던 은종이 이번엔 영감을 붙잡고 닦달하기 시작했다.

그러거나 말거나 아예 고개를 홱 돌려 버리자 영감이 이해심 많은 얼굴로 나이 어린 처남의 어깨를 토닥거려 준다.

"내가 가르친 거 아니야. 자네 누이가 처음부터 저렇게 버릇을 가르쳐 놓고 갔다네."

"윽. ……누, 누님께서 매형께 못할 짓을 많이 하셨군요. 차라리 저한테 보내시지 않고."

"휴우, 나도 그러고 싶었지. 하지만 아들을 떼어 놓고 불행하게 만들면 발기부전이 되게 저주한다고 했어."

"……죄송합니다, 매형. 제가 더 잘하겠습니다."

"그래그래. 그만 가지."

점잖게 합의를 본 두 사람이 먼저 앞장을 섰다.

차로 몇 시간을 달린 끝에 그들은 아흔아홉 칸이나 된다는 김씨네 본가 저택에 도착한 참이었다. 듣기로는 보물로 지정된 고향의 종택보다 더 웅장하고 현대적인 멋을 더해 지은 건물이라고 한다. 말은 안 했지만, 10여 년 전 영감이 몰래 돈 좀 투자해 준 덕분에 나온 건물이기도 하다.

레이몬드는 뚱하니 서서 멋들어진 곡선을 그리고 있는 처마 자락을 올려다보았다. 그러고 보니 엄마는 이 집을 못 보고 갔다. 서울에서도 보기 드물게 멋진 집인데, 고집을 좀 꺾어 한번쯤 왔어도 좋았을 걸 그랬다.

"휴우, 엄마 바보."

한숨을 내쉰 다음, 그는 트렁크에서 커다란 과일 바구니를 꺼내 들었다. 병문안의 필수품. 병원 슈퍼가 아니라 백화점에서 산 것이라 제법 비싼 폼이 나긴 하지만, 딱히 먹을 것이 없다는 점에서는 슈퍼의 것과 그리 다르지 않아 보이는 물건이었다. 사실 이런 게 왜 인기라는 건지 그는 아직도 제대로 이해를 하지 못하고 있는 중이었다.

"크흠, 아버님. 접니다. 들어가겠습니다."

넓은 중정을 지나 조금 긴장을 한 채 사랑채 방문 앞에 나란히 서자, 은종이 안쪽을 향해 나직하게 기침을 넣었다. 그 모습을 물끄러미 바라보다 레이몬드가 문득 곁에 선 영감의 옆구리를 슬며시 찔렀다.

[아부지.]

[왜 그러냐?]

[수상한 기미가 보이거든, 무조건 튀어.]

[응?]

[또 맞을까 봐 그래. 옛날에 결혼 허락 받으러 왔다가 디지게 처맞고 쫓겨났다면서? 이번엔 엄마 소식을 전해야 하는데, 맞아도 더 맞을 것 아냐.]

아닌 게 아니라 레이몬드는 진심으로 걱정을 하고 있었다.

죽은 지 10년이나 된 딸의 유골함을 들고 돌아와 이제야 소식을 전하면 어떤 부모가 좋다고 환영을 해 줄까. 가뜩이나 서로 눈이 맞아 부모의 반대를 무릅쓰고 야반도주를 한 커플인데 말이다. 총으로 쏘지 않으면 그나마 다행이지.

[나였다면 그냥 쏴 버렸을 거야.]

[크흠.]

[한국에 총이 없는 게 다행이었지?]

불행 중 다행이라더니, 지금이 딱 그랬다.

총이 있었다면 당장 벌집이 되었을 일이, 겨우 몇 대 맞는 선에서 끝나게 되지 않았는가 말이다. 심해 봐야 겨우 뼈 하나 부러질 수준이겠지. 아무리 완력이 좋아도 상대는 노인네에다가, 결정적으로 병석에 누운 환자니까.

"들어가시죠, 매형."

"그, 그러지."

"아부지, 힘내."

아까보다 조금 더 창백해진 얼굴에, 긴장한 기색이 역력한 영감을 응원하며 레이몬드가 그의 손에 과일 바구니를 들려 주었다. 이걸로 점수라도 얻으라고 말하듯. 그리고 마침내 그들은 활짝 열린 사랑채 방문 안으로 들어섰다.

　—크흠, 아버님 접니다. 들어가겠습니다.

　밖에서 아들의 목소리가 들리자 김 옹은 애써 감은 눈을 떴다.

　안 그래도 선잠에서 막 깬 참이었다. 잠에서 깬 직후임에도 불구하고 그는 모처럼 기분이 좋았다. 간만에 꾼 꿈에서 딸아이를 본 것이다.

　'아부지, 저 다녀왔어요.'

　갈래머리를 하고 여학교 교복을 입은 딸이 또랑또랑하게 웃으면서 대문 안으로 들어오고 있었다. 아무래도 녀석이 온 게다. 그러고 보니 벌써 학교에서 돌아올 시간이었다. 마중을 나가야지. 마음을 먹은 그는 당장 몸을 일으켰다.

　"어, 아버지!"

　소리도 없이 먼저 방으로 들어선 은종이 갑자기 후다닥 뛰었다.

　그 모습에 레이몬드 시니어도 이유를 모른 채 덩달아 뛰었다. 체면 불구하고 쿵쿵 발소리를 내며 냉큼 따라 들어가 보니, 은종이 잽싸게 뛰어가 벌써 반쯤 일어나 앉은 김 옹을 부축하고 있었다. 밖에서 움직이는 소리를 듣고 자리에서 일어나려던 참이었나 보다. 다행히 크게 불편한 것은 없었는지, 그는 금방 꼿꼿하게 일어나 앉는 데 성공했다. 듣던 것보다 몸은 그런대로 멀쩡해 보였다.

'장인어른!'

레이몬드 시니어는 그런 김 옹의 모습을 조금 아련한 시선으로 바라보고 있었다. 30여 년 전에는 그렇게 건장하던 양반이었는데, 언제 저렇게 늙은 건지 몸집도 작아지고, 이마엔 밭고랑 같은 굵은 주름도 늘고, 머리는 온통 새하얗다. 드러난 목이며 손도 아주 가느다래져 있었다. 문득 마누라가 이 모습을 못 보고 간 게 다행이라는 생각마저 들 정도였다.

"옥이가 왔지?"

일어나 앉은 김 옹이 침침한 눈을 들어 문가를 살피고 있었다.

"누이는 어쩌고 너 먼저 온 게냐? 학교 파할 시간이 다 되었는데, 기다렸다가 같이 오지 않고?"

"아, 아버지!"

"요 녀석이 또 집으로 곧바로 오지 않고 옆길로 샌 게다? 연애소설 읽는다고 서점에서 시간 가는 줄 모르고 앉아 있는 게지? 고얀 놈, 아부지가 기다리는 줄 알면서."

혀를 쯧쯧 차면서도 그리 기분이 나쁘지 않은 듯 그는 히죽 웃었다. 그러더니 문 앞에 우두커니 서 있는 레이몬드 시니어를 발견하고는 물었다.

"그나저나 저 양반은 뉘신가?"

"예?"

"종택 구경하러 오신 손님이신가?"

종택? 손님? 생뚱맞은 말에 레이몬드 시니어는 저도 모르게 눈을 부릅뜨고 은종을 바라보았다.

"처남, 이게 대체……?"

"죄송합니다, 매형. 자세한 이야기는 조금 있다가 해야겠습니다. 아버님, 누이는 금방 온다고 했습니다. 그나저나 어디 불편한 곳은 없으시지요?"

"암, 불편은 무슨. 헐헐. 얘, 찬방 어멈한테 이야기해서 네 누이 좋아하는 곶감 몇 개 꺼내 놓으라고 해. 식혜도 내고."

"예, 아버님."

뭔가를 알고 그러는 것인가?

얼마 전 쓰러졌을 때부터 치매기를 보이던 아버지가 오늘따라 누이를 더 찾자 은종은 가슴이 미어져 저도 모르게 눈물을 보이고 말았다. 그렇게 강건하시던 양반이 정신을 놓으니 곁에서 보기가 실로 참혹했다. 차라리 멀쩡한 정신으로 생고집을 부리시는 게 백배는 낫구나 싶었다.

그때였다.

밖에서 공연히 얼쩡대던 레이몬드가 발을 질질 끌면서 그제야 문 안으로 들어섰다. 혹시 예상처럼 영감이 처맞는 건 아닌지 귀를 잔뜩 기울이고 있다가 아무 소리가 들리지 않자 궁금해서 슬며시 스며든 것이다.

"옥아!"

기웃거리며 들어서는 그를 향해 김 옹이 활짝 웃는 얼굴로 손짓을 하고 있었다.

"너, 요 녀석! 인제야 오는 게냐?"

"에?"

"책은 많이 봤노? 그래, 아부지 풀빵은 사완?"

"풀빵?"

점점 더 영문 모를 소리에 레이몬드는 점점 더 난감해지고 있었다. 아무래도 뭔가 엄청난 착각을 하고 있는 게 분명해 보이는데 차마 해명을 할 수 없는 이 미묘한 상황이라니. 과일 바구니가 아니라 풀빵인지 뭔지 하는 것을 사 와야 했단 말인가?

"아부지, 어떻게 해?"

영감이 뻘쭘하게 들고 있는 과일 바구니를 바라보며 레이몬드가 물었다.

"바꾸어 와야 하나?"

"요요요, 이리 오너라, 옥아."

그가 고민을 거듭하고 있는 사이에도 김 옹은 흡사 강아지 부르듯 '요요요' 소리에, 손가락까지 까닥거리며 그를 부르고 있었다. 누굴 찾는 건지 말끝마다 옥아, 옥아 하고 부르면서.

"휴우, 가 봐라. 네 엄마를 찾으시는 거다."

보다 못한 영감이 그의 등을 슬쩍 떠밀면서 말했다.

"아무래도 알츠하이머인 것 같다. 충격 받으시지 않게 공연한 소리는 마라."

"아!"

"그래, 저분이 바로 네 외조부님이시다. 가 봐."

자신을 못 알아본다는 사실이 슬펐던가?

영감은 퍽 씁쓸한 얼굴을 하고 있었다. 차라리 알아보고 때리는 게 더 낫다는 표정이다. 그런 기분을 조금은 이해할 수 있을 것 같아 레이몬드는 또 한숨을 푹 내쉬었다.

'그래도 역시 인사를 하긴 해야겠지?'

아무리 치매 걸린 할아버지라지만 한국의 전통을 무시할 수는 없었다. 그리하여 그는 일단 TV에서 배워 온 대로 넙죽 엎드렸다. 무릎을 꿇고 허리를 숙이고 고개를 조아린다. 한 번, 두 번…….

"야, 인마! 지금 제사 지내냐? 한 번이면 됐지, 무슨 절을 두 번이나 해!"

그가 두 번이나 같은 동작을 반복하자 은종이 기겁을 하고 일어나 팔을 휘저었다. 그 바람에 세 번째 절을 하려던 레이몬드는 막 허리를 숙이던 자세를 풀고 그냥 주저앉아야 했다. 사실 몇 번이나 해야 하는 건지 그도 궁금하긴 했었다.

"허허허, 옥아."

그가 자리에 주저앉자 영감이 반색을 하며 손을 잡아끌었다.

이까지 내보이며 허허 웃는 얼굴이 어찌나 환하던지 레이몬드는 저도 모르게 방긋 따라 웃었다. 생각했던 것보다 나름 인상이 좋은 할아버지였다. 그동안 영감의 말만 들은 탓에 인상 험악하고 힘만 좋은 노인네일 줄 알았는데, 이렇게 보니 딱 TV에 나오는 고상한 선비처럼 보인다. 그런 생각과 함께 레이몬드는 그에게 손을 잡힌 채 기분 좋게 '허허' 웃었다.

바로 그때였다.

환하게 웃던 할아버지가 갑자기 고개를 갸우뚱하더니 표정을 굳히고 그를 한참이나 빤히 바라보았다. 그리고 슬그머니 손을 놓으면서 물었다.

"너는 누구냐?"

"……?"

"어디에서 온 아해더냐? 여긴 어떻게 들어왔지?"

"하?"

갑작스러운 변화에 그도, 은종도, 영감도 당황해 황급히 시선을 교환했다.

"아, 아버님, 그 아이는……."

"응? 넌 언제 돌아왔더냐? 허어, 손님도 계시는구나. 네가 모시고 온 분이냐?"

"그, 그게 그러니까……."

당황한 은종이 뭐라 말도 못하고 눈치만 살피자 할아버지는 이내 문제의 손님(?)에게로 시선을 고정시켰다. 방금 전까지만 해도 조금 흐릿하던 시선에선 어느새 번뜩이는 총기와 잘 벼린 칼에서나 느껴질 법한 날카로운 예기마저 흐르고 있었다. 그 주의 깊은 시선이 레이몬드를 지나 영감에게로 가 쿡 박혔다. 그리고…….

"너, 너, 너 이노옴!"

천둥벼락이 쳤다.

비록 세월이 많이 흐르긴 했지만 그 번지르르한 인상만큼은 결코 잊지 않았던지 할아버지는 한눈에 영감을 알아보았다. 그리고 당연히 분노했다. 불처럼 활활 타오르는 눈이 '저 멀끔한

낯짝을 한 양놈이 하나뿐인 내 딸을 꼬여 내 도망갔었지.' 라고
외치고 있었다.

손가락으로 영감을 쿡 찍은 그가 뜨건 숨을 씩씩 몰아쉬더니
팔을 휘저어 근처에 놓아두었던 기다란 장죽을 찾아 들었다. 그
걸 본 레이몬드가 외쳤다.

"아부지, 튀어!"

"어어!"

"네 이놈으을!"

레이몬드의 주의에도 불구하고 점잖은 귀족 체면을 버리지
못한 영감이 과일 바구니를 든 채 망설이는 사이, 마침내 허공
을 격하고 장죽이 휘둘러졌다. 딱!

"악!"

길게 원을 그린 장죽이 보기 좋게 영감의 이마를 후려쳤다.

어찌나 제대로 잘 맞았는지 영감이 순간 비틀거리며 그 자리
에 풀썩 주저앉는다. 후다닥 달려가서 보니 벌써 혹이 커다랗게
부풀어 오르고 있었다. 아니, 아무리 미워도 그렇지 이제는 같
이 늙어 가는 처지에 이럴 수 있는 건가?

"왜 때려?"

레이몬드가 빽 소리쳤다.

못마땅한 구석도 많고, 엄마보다 쪼끔 덜 사랑하는데다, 성격
이 맞지 않아 평소 티격태격하며 살아왔지만, 그래도 아버지는
아버지였다. 처음 본 외조부보다 3.1415926535%쯤 더 소중한
존재란 말이지. 당연히 팔이 안으로 굽었다.

"우리 아부지를 왜 때려? 엄마도 안 때리고 살았는데! 엄마가 좋아하는 저 미지근한(?) 얼굴에 왜 마음대로 상처를 내?"

"뭐라, 아부지? 네놈은 또 누구냐?"

할아버지가 장죽을 휘두르다 말고 물었다.

그 부분에서 레이몬드는 평소 습관대로 약간의 망설임도 없이 말했다.

"우리 엄마 아들!"

"네 엄마가 누구더냐?"

"……은옥 킴 테넌트."

반사적으로 대답해 놓고 그는 조금 후회했다.

그냥 김은옥 여사라고 할걸. 여긴 한국이니 그렇게 대답해야 옳은 것 같았다. 그래야 알아듣든지 말든지 할 것 아닌가. 못 알아들은 듯 멍하니 서 있는 할아버지를 보며 그는 정말로 그런 생각을 하고 있었다.

"너 이놈의 자식, 너 이리 와. 그놈의 반 쪼가리 말버릇으로 감히 누구한테 대들어?"

할아버지의 한쪽 팔을 끌어안고 필사적으로 말리던 은종이 그제야 정신을 차렸는지, 분개한 얼굴로 레이몬드의 귀를 잡아당기며 소리쳤다.

"감히 어디에서 말소리를 높여?"

"아야야! 아파!"

"시끄러워, 이 자식아. 어른께 그 무슨 고약한 말버릇이야? 어이구, 말을 배우려면 제대로 배웠어야지. 배워도 어떻게 반말만 배워 왔냐! 응?"

"아니야. 나도 존댓말 할 줄 알아."

은종의 손을 떼어 내고 그가 자신만만하게 소리쳤다.

이제야 하는 말이지만, 레이몬드는 방법을 알고 있었다. 얼마 전, 현무가 그의 매니저로부터 특별교육을 받을 때 그도 옆에서 얼핏 주워들은 말이 있다. 존댓말이라고 하는 거, 사실은 별것도 아니었다. 여전히 반말밖에 못하는 현무가 말로 사고를 칠까 봐 두려웠던 그의 매니저가 한 말을 그는 똑똑히 기억하고 있었다.

'그냥 모든 문장의 끝에 '~요'를 붙이세요.'

그 한마디로 모든 것이 해결된 것이다. 그렇게 간단할 줄 알았다면 진즉에 써먹는 건데 그랬다. 그리하여 레이몬드는 또 자신만만하게 말했다.

"처남, 할아버지가 나쁜 거야……요."

"하!"

"우리 집 영감이 지은 죄가 있긴 하지만, 그건 그거고……요. 때리는 건 범죄잖아……요. 안 그래……요? 나 변호사거든……요? 고소한다요?"

"허, 허허! 아주 골고루 하는구나. 누님께선 정말 어쩌려고 널 이따위로 가르쳐 놓으신 건가?"

"사랑하니까요. 아부지보다 나를 더 사랑하거든, 엄마는요."

"말을 말자, 말을."

기가 막혔던지 은종은 결국 고개를 저으며 입을 다물어 버렸다. 그때였다.

"네가, 네가…… 옥이 아들이라고?"

멍하니 서 있던 할아버지가 맥이 쏙 빠진 목소리로 그렇게 묻고 있었다. 조금 허탈해 보이기도 하고, 한편으로는 반가운 듯도 한 묘한 표정이었다. 그러더니 힘이 다한 듯 장죽을 잡고 있던 손을 툭 떨어뜨린다.

비틀거리며 주저앉으려 하자 은종이 잽싸게 달려가 부축했다.

과연 소문난 효자답게 매 순간순간 착실한 사람이었다. 어쩌면 저렇게 즉시 반응을 할 수 있을까, 감탄하며 바라보는데 주저앉은 할아버지가 문득 혼잣말처럼 물었다.

"네 어미는?"

"어, 엄마? 엄마는, 그게…….."

"아, 아버님! 아내께서는 아직도 조금 삐쳐서 서울에 있습니다. 일간 같이 오겠습니다."

아니, 어쩌려고 그런 거짓말을?

이마를 싸안고 주저앉은 영감의 다급한 변명에도 할아버지는 대답을 하지 않았다. 그저 '흥!' 하고 콧바람을 날려 준 다음 홱 돌아앉으면서 그들을 향해 손을 홰홰 내저었을 뿐이다. '그만 꺼지렴.' 이라는 소리였다.

"누가 네놈의 아버님이냐? 근본도 모르는 미천한 양놈이 감히 어디서……. 썩 나가라, 이놈!"

"아버지!"

"아범, 뭐하냐? 손님 나가신다."

"아버지, 어렵게 찾아오신 분입니다. 누님을 생각해서라도 이러시면 안 돼요."

"흥, 시끄럽다. 양놈하고 눈 맞아 아비까지 버리고 나간 못된 자식 놈을 누가 생각한다든? 천하의 몹쓸 것 같으니라고."

고집이 세다더니 역시 빈말이 아니었다.

눈매 하나 달라진 것만으로도 그의 인상은 완전히 바뀌어 버렸다. 아까까지만 해도 고상한 선비처럼 보이던 얼굴이 이제는 딱 꼬장꼬장한 고집쟁이 영감처럼 보이고 있었다. 뿐만 아니라 할아버지는 손버릇도 아주 나빴다.

돌아앉은 양반이 베개를 홱 던져 또 영감의 눈을 딱 맞춘 것이다.

그 바람에 간신히 이마에서 손을 떼 놓았던 아버지는 그 손으로 다시 눈을 감싸 쥐어야 했다.

"자, 장인어른!"

"누가 네놈의 장인이라더냐! 썩 꺼지지 못할까?"

"아버지, 너무하십니다."

할아버지는 돌아앉았고, 눈을 처맞은 아버지는 애원을, 그리고 은종은 속상해 한다. 그 모습이 레이몬드는 대단히 마음에 들지 않았다. 왜 이래야 하는 것인지 이해할 수가 없을 정도였다.

아무리 허락도 없이 야반도주를 했다지만 말이다, 남자 여자 만나 결혼 한번 한 게 뭐 그리 큰 죄라고 이 난리란 말인가. 나

이 차가 좀 나긴 했지만, 둘 다 부모의 허락이 필요할 만큼 어
린 나이도 아니었다. 더구나 애가 벌써 이만큼이나 컸는데, 이
제 와 없던 일로 하고 도로 물리리?

"아부지, 일어나."

참다 참다 레이몬드는 결국 벌떡 일어났다. 그리곤 죄인처럼
쪼그려 앉아 있는 영감의 팔을 잡아챘다.

"가자."

"주니어!"

"그냥 돌아가자. 이딴 할아버지 나도 필요 없어. 가자."

"……!"

"가자니까?"

"……네 엄마는 어쩌고? 이제야 돌아온 네 엄마는?"

갑자기 말문이 막혔다. 엄마가 어떻게 돌아왔는지 잠시 잊고
있었다. 영감이 다시 말했다.

"널 위해 온 길이 아니다. 주제넘게 나서지 마라. 이건 우리
부부와 장인어른의 문제다. 안 그러냐?"

"흥, 그렇게 말할 거면서 나는 왜 끌고 왔는데? 혼자 놀기
심심할까 봐?"

"네 엄마가 보여 주고 싶어 했으니까."

"……!"

"엄마는 너를 아버님께 보여 주고 싶어 했다."

어쩐지 거짓말 같다.

머리를 박박 깎인 다음 방에 갇혔다 탈출한 한을(?) 간직한

엄마가 그런 생각을 했을 리가 있나. 하지만 영감이 그렇다고 주장하니 딱히 반박을 할 수가 없었다. 가뜩이나 요즘 꿈에서 엄마를 보고 있다는 사람인데 말이다.

"내가 속이 썩어!"

속상해서 바락 소리치며 외면하자 '되었다' 싶었는지 영감은 또 할아버지를 향해 고개를 조아렸다.

"아버님, 저 녀석이 아버님 외손자입니다. 제대로 가르치지 못해 죄송합니다."

"흥, 근본도 모르는 미천한 양놈의 피를 받았으니 그런 게지."

끝까지 미천하다고 무시하는 말에도 영감은 그저 허허 웃었다.

비록 집사 노릇을 하고 있지만 원래 테넌트 가는 유서 깊은 귀족 가문이다. 그 사실에 누구보다 강한 자부심을 가지고 있는 영감이니 만일 다른 사람이 그런 소리를 했다면 그는 당장 총을 뽑아 들었을 거다. 그런 점에서 보면 확실히 여자의 부모는 강했다.

"예예. 하지만 아버님의 피도 이어 그런지 제법 영리합니다. 버릇은 이제부터 아버님께서 찬찬히 가르쳐 주십시오."

"흥!"

"아버지, 저 녀석이 저래 봬도 미국에서 제법 잘나가는 변호사랍니다."

약간이나마 틈을 발견한 은종이 냉큼 끼어들어 자랑을 늘어

놓았다. 덕분에 반말밖에 못한다고 구박을 받던 레이몬드는 순
식간에 보기 드문 수재에다 전도양양한 인재로 거듭나고 있었
다.

"그 유명한 하버드 대학도 졸업했고요, 돈도 아주 잘 법니다.
지금은 서울의 큰 회사에서 재무이사로 일한답니다. 언제 한번
저 녀석 사는 집에 제가 모시고 가겠습니다. 떵떵거리면서 사는
녀석이니, 아버님 가시면 잘 모실 겁니다. 허허허."

"……크흠, 영리한 것은 제 어미를 닮았나 보구먼."

"그럼요, 그럼요. 누이가 공부를 잘하였지요."

"휴우, 서울대학도 갈 수 있는 놈이었는데."

떠올리고 보니 다시 화가 치솟는지 할아버지는 또 영감을 홱
노려보았다. 그리곤 다시 장죽을 휘둘러 그의 등짝을 후려쳤다.

"저놈 당장 내쫓거라. 여기가 어디라고 들어와. 담 넘어 들어
와 그 어린 것 보쌈 해 가지고 도망간 놈이 감히 어디에 얼굴을
들이미노?"

"아, 아버님!"

"썩 꺼지거라, 이놈! 이 불한당 같은 놈!"

아프다는 노인네가 힘은 왜 그리 좋은지 그는 아예 판 펴고
펄펄 날뛰면서 기어이 영감을 방 밖으로 몰아냈다. 그래서 레이
몬드 또한 한숨을 푹푹 쉬면서 비참하게 쫓겨난 영감을 따라
나가려는데, 문득 할아버지가 비틀거리면서 제자리에 풀썩 주
저앉는 거다.

"끄응."

"앗, 아버지!"

"아버님!"

발만 동동 구르고 있던 은종과 대청 밖까지 쫓겨난 영감이 또 우르르 달려들었다. 그러나 할아버지가 찾은 건 그들이 아니었다.

"괜찮으십니까, 아버지? 어디가 불편하세요, 예? 말씀을 하세요."

"웬 호들갑이야? 누가 죽었다니? ……그나저나 너는 왜 그러고 서 있누?"

"……?"

"이리 와."

"나?"

얼굴이 허옇게 질려 있는 은종을 무시하고, 그가 멍하니 서 있는 레이몬드에게 손짓을 하고 있었다.

"옥아, 아부지 어깨가 아프구나. 좀 주물러 주련?"

"……!"

다시 옥이가 된 레이몬드가 저도 모르게 미간을 구겼다.

웬 변심인가 싶어 가만히 바라보았더니, 할아버지는 아까처럼 또 득도한 선비처럼 환하게 웃고 있었다. 눈동자에서도 어느새 예기가 사라졌다. 지쟈스, 치매라는 게 원래 이렇게나 정신이 오락가락하는 몹쓸 병이었나 보다. 그는 울상이 되어 차마 들어오지는 못하고 방문턱에 발을 반쯤 걸치고 있는 영감을 돌아보았다.

"부르시잖아. 가 봐라."

이마에 혹을 단 영감이 등을 떠밀었다.

처맞은 게 억울하지도 않은지 그가 조금쯤 안도하고 있는 것이 훤히 보였다. 그리고 감출 수 없는 약간의 기대감. 어쩌면, 어쩌면 아들은 인정받을지도 모른다는 생각을 하고 있는 게 틀림없어 보인다. 배알도 없는 영감 같으니라고.

"나 바쁜 사람이거……."

"아, 네가 사랑하는 엄마의 아버지라고 말했지? 편찮으신 분이다. 더 말하지 않아도 알아서 잘할 거라고 믿겠다, 주니어."

"정말로 옥이라도 되라는 소리야?"

"달리 되고 싶은 거라도 있는 거냐?"

영감이 문득 인상을 콱 쓰더니 볼록한 이마의 혹을 가리키며 나직하게 소리쳤다.

"그렇다면 한번쯤 아비 대신 맞아 주는 착한 아들이 되어 보는 건 어떠냐?"

"그냥 옥이 할게……요, 허니!"

레이몬드는 기꺼이 옥이가 되기로 작심했다.

적어도 맞는 것보단 나을 테니까.. 사랑하는 김은옥 여사는 본래 금 같고 은 같고 옥 같은 딸이었기 때문에, 할아버지에게 옥이가 되어 준다면 영감처럼 맞는다거나, 눈칫밥을 먹는 등등의, 딱히 고생을 하는 일 따윈 없을 거였다. 다행스럽게도.

"그럼 당분간 여기서 지내는 것으로 하시죠, 매형."

당사자나 되는 듯 은종이 천연덕스럽게 말했다.

“이 녀석 회사도 그리 멀지 않잖아요.”

“하! 차로 2시간이나 걸리는데?”

“하하하, 젊은데 그 정도쯤이야⋯⋯.”

“나 30살도 넘었어. 은종, 같이 늙어 가는 처지에 그러는 거 아니야. 할아버지한테 이른다요?”

언제 화를 냈었냐는 듯 그는 냉큼 할아버지 편으로 돌아섰다.

누가 효자 아니랄까 봐, 가만 보니 은종은 할아버지한테만 무지 약했다. 그 사실을 레이몬드는 단박에 알아차린 것이다.

“저 자식이!”

“할아버지, 어깨 주물러 줄까⋯⋯요?”

“허허허, 옥아.”

“예예.”

또 정신을 슬쩍 놓은 할아버지가 허허 웃으면서 반긴다.

그런 그의 어깨를 열심히 주무르는 척하며 레이몬드는 은종에게 씨익 웃어 보였다. 은종이 으드득 이를 갈았다.

한 시간 뒤.

레이몬드는 예전에 엄마가 썼다던 별당 방바닥에 누워 있었다.

돌아가고 싶었지만, 할아버지가 놓아주지 않는 바람에 꼼짝없이 잡힌 것이다. 그래도 그는 형편이 조금 나은 편이었다. 그의 아버지 레이몬드 시니어는 또 한 대 맞고 사랑채도 아닌, 그 옛날 노비들이 사용했다는 대문간 옆의 행랑채 방으로 쫓겨났으니까. 그러고도 그는 일이 계획대로 되어 가고 있다며 꽤 즐거워하고 있는 중이었다. 바보 영감 같으니라고.

[Uh, So hot! '매우 뜨겁다.']

불을 때서 후끈거리는 방바닥에 등을 붙이고 누운 채 레이몬드는 멍하니 중얼거렸다.

[왜 이렇게 몸이 무겁지?]

밤잠을 설친데다 아침을 거른 채 아버지랑 한참이나 실랑이를 벌이고, 바로 2시간이나 운전을 한 다음, 그 뒤 1시간 동안 할아버지의 어깨를 주무른 탓인가. 아직 낮인데도 몸이 참 묵직했다.

[점심밥도 안 먹었는데…… 아!]

왜 이렇게 무겁지 중얼거리다, 그는 누운 채 문득 주머니를 뒤적거렸다. 그리곤 번쩍이는 제 금장 핸드폰과 묵직한 꼬맹이의 핸드폰을 꺼내 절절 끓는 뜨거운 방바닥 위에 나란히 늘어놓았다.

[음, 정상이야.]

비로소 몸이 가벼워진 듯 그는 사지를 쫙 펴고 다시 반듯하게 누웠다.

한겨울의 낮은 퍽 고요했다. 높은 빌딩의 펜트하우스보다 시골 고택의 낮이 더 조용하다고 생각할 만큼 한가하고 적막하다. 눈을 감고 잠시 정적을 즐기다, 레이몬드는 이내 눈을 뜨고 조금은 멍한 시선으로 천장을 바라보았다. 한참이나 밋밋한 천장의 무늬를 헤아리다 혼잣말처럼 중얼거렸다.

[······지금쯤 뭐 하고 있으려나?]

이 무슨 복잡한 심사인지, 골치 아픈 일이 어느 정도 해결되고 여유가 생기기가 무섭게 또 꼬맹이의 얼굴이 떠오르고 있었다.

[집은 잘 찾아갔나? 추웠을 텐데, 감기 걸린 거 아냐?]

비 맞은 중처럼 중얼거리다 그는 고개만 삐죽 돌려 아무렇게나 뒹굴고 있는 꼬맹이의 핸드폰을 바라보았다. 그것은 알록달록 유치한 스티커가 붙은데다, 무기로 써도 될 만큼 묵직하고, 디자인도 무척이나 오래된 구형이었다. 그래서인지 4일이 지나는 동안 아직 단 한 번도 울리지 않았다.

예상은 했지만, 꼬맹이는 생각보다 더 심각한 왕따인 모양이다.

그러니 친구들을 만나는 대신 반지하 골방에서 노처녀 언니들과 함께 포르노나 보고 있었던 거겠지. 결론을 내린 레이몬드는 긴 다리를 움직여 발로 핸드폰을 툭 차 보았다. 그리곤 어쩐지 짜증이 나 마치 꼬맹이에게 직접 따지듯이 떠들었다.

[핸드폰 안 필요하냐, 꼬맹이? 전화를 해야 할 것 아니야. 내 고무신은 어쩐 거야? 잃어버린 거냐, 아니면 삶아먹은 거냐?]

툭, 툭!

여전히 핸드폰을 발로 툭툭 건드리면서 그가 나직하게 소리쳤다.

[나 안 보고 싶어? 나처럼 섹시하고, 잘생기고, 재미있는 남자를 어떻게 감히 외면할 수 있다는 거냐?]

그는 자신감이 강한 남자였다.

이제껏 어떤 여자에게도 거부를 당해 본 적이 없는 것은 물론이고, 그를 거부할 수 있는 여자 따윈 세상에 없다고 철썩같이 믿고 있었다. 확실히, 그는 누구나 인정하는 매력적인 남자였다.

영화배우가 부럽지 않게 잘생긴 얼굴에, 훤칠한 키와 완벽한 몸매, 그리고 부드러운 성격까지 두루두루 갖춘 잘난 남자다. 머리면 머리, 돈이면 돈, 뭐 하나 빠지는 구석이 없었다. 덕분에 애써 유혹하지 않아도 그의 곁엔 항상 여자들이 파리 떼처럼 모여들곤 했었다.

[이렇게 잘난 남자가 눈앞에서 왔다 갔다 하면 냉큼 달려들어 붙잡아야지. 꼬맹이 주제에 뭘 믿고 버티는 거지?]

꼬맹이도 여자였다.

여자인 이상, 그에게 관심이 없다는 건 말이 안 되는 일이었다. 게다가—이건 순전히 그의 느낌이긴 하지만—꼬맹이는 확실히 그에게 관심이 있었다. 아니, 반한 게 틀림없었다. 그러니 집까지 따라온 것이고, 또 내복까지 보여 준 거 아니겠어?

[확실히 나한테 반하긴 했어. 그런데 왜 아무런 반응이 없는 걸까? 아, 내 생각을 아직 몰라서 그런 건가? 데이트를 신청해 볼까?]

아침까지만 해도 꼬맹이를 어찌해야 하나 고민했던 것도 잊고, 그는 어느새 그녀와의 데이트를 상상하고 있었다. 초딩이 아닌, 자그마치 23살이나 된 여자라는 사실을 열심히 되새김질

하면서. 게다가 아무리 부정하려고 애써 봐도 도저히 바뀌지 않는 것은…… 꼬맹이를 향한 그의 마음.

인정하고 싶지 않지만, 그도 확실히 꼬맹이에게 반했다.

어느 정도냐면, 한 사흘쯤 침실에 처박혀 섹스를 하고 싶을 만큼이다. 머리끝부터 발끝까지 입 맞추고, 안고, 어루만지고, 하나하나 맛보고 싶을 만큼 강렬하게 원하고 있다. 그의 아래에서 울며 신음하는 그녀를 마구마구 괴롭히고 싶었다. 애원을 해도 절대 놓아주지 않으리라. 숨이 차도록, 모든 것이 산산이 부서질 때까지, 마지막 한계까지 몰아쳐 함께 그 지옥 같은 쾌락의 끝을 맛보고 싶었다.

[으음, 확실한 욕구 불만이야.]

풀 뜯는 사자 운운하며 금욕의 나날을 보내다 결국 함정에 빠진 레이몬드 군. 여기서 더 중증으로 발전하기 전에 어떻게든 해결책을 찾아야 했다. 물론 그가 생각하고 있는 해결책이란, 꼬맹이와 어찌어찌 잘해 보는 보자는 계획뿐이었다. 순전히 계획만.

[유혹을 해 볼까?]

여자를 유혹하는 거라면 자신 있었다.

보아하니 꼬맹이는 먹는 거랑 돈에 무지 약하게 생겼었다. 그리고 무엇보다 그에게 반한 게 틀림없으니, 잘 먹여놓고 살살 꼬이면 그리 어렵지 않게 품에 안을 수 있을 거였다.

[대체 난 왜 하필이면 꼬맹이에게 반한 걸까?]

바로 그게 문제긴 하지만.

여러모로 취향이 아닌 꼬맹이에게 미친 듯이 발정하는 스스로가 너무 어처구니없어 레이몬드는 혀를 쯧쯧 찼다. 그리곤 또 한쪽 발로 꼬맹이의 묵직한 핸드폰을 툭 걷어찼다.

—노는 게 젤 좋아. 친구들 모여라. 언제나 즐거워. 개구쟁이 뽀로로…….

[앗, 깜짝이야!]

이게 웬일인가. 발로 건드리자마자 4박 5일째 조용하던 핸드폰이 마침내 울음을(?) 터뜨렸다.

[꼬맹이인가?]

벨이 울리기가 무섭게 레이몬드는 언제 사지를 쫙 펴고 누워 있었냐는 듯 발딱 몸을 일으켰다. 어찌나 반가웠던지 화면을 확인하지도 않고 냉큼 받았다. 확인해 봐야, 어차피 그는 한글을 잘 몰랐다. 정식으로 공부한 것이 아니기 때문에, TV를 봐도 사실은 아는 글자보다 모르는 글자가 더 많은 것이다.

"여보세요."

그가 천연덕스럽게 전화를 받았다.

"여보세요?"

—…….

"아아, 마이크 시험 중. 다시, 여보세요?"

—…….

혹시 어눌한 발음 때문에 못 알아들은 건가 싶어 조금 큰소리로 재차 속삭여 봤지만, 상대는 여전히 말이 없었다. 누구지?

—이, 이상하네. 번호는 맞는데.

어라? 꼬맹이가 아닌가?

꼬맹이의 맹랑한 목소리를 기대했는데, 전화기 속에서 무심코 흘러나온 것은 나이 지긋한 웬 아줌마의 목소리였다. 슬며시 부풀어 올랐던 기분이 순식간에 피시시 가라앉았다. 그가 다시 퉁명스럽게 물었다.

"여보세요? 누구야……요?"

—저어, 죄송합니다만…… 박승리 핸드폰이 아닌지요?

"박승리?"

멍하니 따라 부르다 레이몬드는 조금 놀랐다.

불러 놓고 나서야 그것이 꼬맹이의 이름이라는 사실을 깨달은 것이다. 그 이름을 입에 담기가 무섭게 난데없이 찌르르하니 전기가 흘렀다. 짧은 순간, 가슴 한쪽으로 낮은 암페어의 전류 한 줄기가 흘러간 느낌이었다.

—여, 여보세요?

"아! 마, 맞아. 박승리 핸드폰요. 그런데 승리 여기 없어…… 요. 전화 못 받아요."

—아, 예. 알겠습니다.

왜 없는지에 대해서는 설명하지 않았다.

딱히 할 말도 없었지만, 다행히 상대도 묻지 않고 전화를 끊어 주었다. 이쪽의 더러운 발음만 듣고도 상대의 심상치 않음을 깨달은 모양이다. 누군지 눈치도 참 빨랐다.

"누구지?"

전화를 끊고 나서야 레이몬드는 상대의 정체가 궁금해졌다.

어쩐지 그냥 아줌마가 아닌 것만 같은 강렬한 예감이 뒤통수를 치고 있었다. 그리하여 뒤늦게 액정을 확인하자 다행히 그가 아는 글자가 떠 있었다.

"엄……마? 엄마. 음, 엄마구나. 이름이 엄마라는 사람인가? 아니면…… 설마, 진짜 꼬맹이의 엄마?"

물어보나마나, 역시 후자일 가능성이 컸다.

연륜과 후덕함이 느껴지던 목소리가 분명히 그렇다고 말하고 있었다. 무엇보다 꼬맹이는 왕따였다. 전화를 해 주는 친구 따위 있을 리 없잖은가. 그나저나 꼬맹이 이름은 참 어렵기도 하다.

"박승리. 승리. 꼬맹이 승리. 승리? 승리!"

새삼스러운 기분으로 그는 몇 번이나 꼬맹이의 이름을 불러 보았다. 이제 처음 알게 된 이름도 아니면서 신기한 듯 톤을 바꿔 가며 여러 차례에 걸쳐 중얼거렸다. 그때마다 발음이 보다 정확해진 건 물론이었다.

[하아, 더 보고 싶어.]

가뜩이나 궁금했는데, 이름까지 한참 중얼거리다 보니 그는 정말로 꼬맹이가 보고 싶어지고 말았다.

[찾아가 볼까?]

용건이야 얼마든지 있었다.

그 밤에 혼자 어떻게 잘 들어갔는지 궁금하기도 하고, 엄마한테 전화도 왔고, 핸드폰도 돌려줘야 한다. 그리고 고무신의 행방도 찾아야 하고!

[맞아. 난 용건이 있어.]

용건이 있고, 두 다리도 멀쩡하고, 차도 있다.

그 모든 것이 없다고 해도, 애초부터 망설일 이유는 없었다. 보고 싶으면 그냥 보러 가면 되는 일이다. 천하의 레이몬드가 언제부터 사랑 앞에서 고뇌를 하고, 망설였단 말인가. 깨닫는 순간, 고민은 이미 사라졌다. 레이몬드는 언제 늘어져 있었냐는 듯 당장 외투를 걸치고 방을 나섰다.


해가 뉘엿뉘엿 넘어가는 초저녁이었다.

"승리야!"

박샘이 부들부들 떨리는 손으로 전화기를 내밀고 있었다.

무슨 일인지 간만에 뽀샤시하던 얼굴이 창백하게 굳어 있다. 전화기만 없었다면 그 무섭다는 변비가 다시 도진 모양이라고 생각할 정도였다.

"왜? 뭔데 그래?"

"일 났다. 마, 마침내 올 게 왔어."

"뭐가 와?"

졸다 깬 부스스한 꼬라지로 승리가 멍하니 물었다.

"신호가 와?"

"아니, 전화. 이거 바, 받아 봐. 큰할머님이셔."

"헉!"

큰할머님이라는 말에 승리는 벌떡 일어나 잽싸게 전화기를 받아 들었다. 박샘에게 큰할머님이라면 곧 승리의 엄마를 말하는 거였다. 즉, 촌수로만 따지자면 승리는 박샘의 아주머니뻘이 되는 것이다. 졸다가 막 깬 참이라 조금 목이 메어 승리는 전화기를 든 채 잠시 심호흡을 했다.

"여, 여보세요? 엄마?"

―그래, 엄마다. 잘 지내지?

"그럼. 나야 잘 지내고 있지. 엄마는? 집엔 별일 없고? 할아버지, 할머니랑 아버지도 잘 지내시지?"

―그래. 집엔 별 일 없다. 어른들도 다들 무탈하시고, 우리도 그럭저럭 괜찮아.

"으응. 승우는?"

열 살이나 어린 늦둥이 남동생을 떠올리며 승리는 주섬주섬 도로 바닥에 주저앉았다.

"아직 개학 안 했지?"

―응. 다음 주에 한다고 하더라. 그나저나 어떻게 된 일이냐?

"뭐, 뭐가?"

―왜 네 핸드폰을 다른 사람이 받아?

"헉! 다, 다른 사람?"

―그래. 아까 낮에 전화했더니 외국인인지 발음이 조금 이상한 남자가 받더라. 그 사람, 누구니?

"……!"

핸드폰 이야기가 나오자 너무 놀라서 승리는 잠시 말을 이을 수가 없었다. 그래, 내 언젠가 이런 일이 생길 줄 알았다. 그 망할 남자가 핸드폰을 가지고 있다가 앞뒤 안 가리고 덜컥 받아서 이런 사고를 칠 줄 알아봤던 거다. 그러게 달랄 때 진즉 내줬으면 오죽 좋아!

"그, 그게 그러니까……."

너무 갑작스럽게 벌어진 상황이라 당황한 그녀가 저도 모르게 말을 더듬었다. 그러면서 머릿속으론 필사적으로 변명을 생각해 냈다. 이런 식의 거짓말은 아직 해 본 적이 없어서 변명거리가 쉽게 떠올라 주지 않았다.

"……교수님! 교수님이셔. 영어과목 수업하시는 원어민 교수님."

그렇게 레이몬드 씨는 졸지에 영어교수로 변신을 하고 있었다. 간신히 돌파구를 발견한 그녀가 재빨리 이어 말했다.

"영국분이라 아직 한국말이 조금 서투르셔서 그래. 개강할 때가 거의 다 되어서 학교에 갔다가 내가 핸드폰을 교수님 연구실에다 두고 왔지 뭐야. 하하하! 미안해, 엄마. 미리 연락을 했어야 하는 건데."

말을 하면서도 승리는 진한 죄책감에 사로잡히고 있었다.

그 남자가 뭐라고 엄마를 상대로 이런 어설픈 거짓말을 늘어놓고 있는 건가 싶어 가슴이 답답하고, 한편으로는 내가 대체 왜 이러는 건가 회의도 들었다. 사실은 그냥 있는 그대로 말해도 아무 상관이 없는 일인데 말이다.

'그래도 혹시 걱정을 할지 모르니까.'

그런 생각으로 승리는 스스로를 위로했다.

더구나 사실대로 말했다가 그녀가 고민하고 있는 진짜 문제까지 들통 나면 그거야말로 큰일이었다. 오다가다 우연히 낯선 외국인을 만났다. 여차 저차 하여 핸드폰이 그 남자의 손에 가 있는 거다…… 라고 이실직고 하는 날엔, 머잖아 그녀 앞으로 떨어질지도 모르는 수십 억대의(?) 빚에 대해서도 알게 될 날이 올지도 모른다. 그러면 종갓집 종부라는 짐을 짊어진 채 가뜩이나 힘들게 살고 있는 엄마는 절망에 빠져 눈물로 하루하루를 보내겠지.

"흑, 내가 천하의 불효자식이야. 잘못했어요, 엄마."

다시 캄캄해진 앞날에 대한 충격으로 승리는 울먹이면서 말했다.

—얘, 얘가 뭐 그런 걸 가지고 이상한 소리까지 하고 그래?

"아니야. 진짜 미안해, 엄마. 나 정말 열심히 노력할게."

—그래. 어련히 알아서 하려고. 다른 게 아니라, 할아버지께서 너 안 내려오냐고 하셔서 전화했다. 개강도 얼마 안 남았는데 일간 내려왔다가 가. 그래도 누나라고 승우가 많이 보고 싶어 하는 것 같더라.

"응. 알았어. 갈게요."

눈물이 나려는 걸 꾹 참고 승리는 열심히 고개를 끄덕였다.

안 그래도 한번 가야지 했었다. 모처럼 엄마가 해 주는 밥도 먹고 싶고, 이제 초등학교 6학년이 되는 어린 남동생도 궁금했다. 결국 주말에 가마 약속까지 하고서야 승리는 전화를 끊었다. 그리고 달력을 보니, 정말로 개강까지 2주밖에 안 남은 거다.

"우와, 무슨 시간이 이렇게 후딱 지나가냐. 벌써 다담주면 개강이잖아?"

"그 전에 있는 빨강색 똥그라미는 안 보이냐, 박승?"

간을 달달 졸이다 간신히 살아난 박샘이 개강일 바로 이틀 앞에 있는 빨강색 동그라미를 가리켰다.

"이 날이 무슨 날이게?"

"……다음 호 연재 마감일."

"그렇~쥐. 그럼 넌 시골에 갔다가 언제 올라와야 할까~요?"

"바로 담날."

"딩동댕! 정답. 알아서 혀라잉."

단행본 마감 끝났다고 좋아했더니 말짱 소용이 없는 일이었다.

연재하고 있는 잡지의 마감일이 코앞으로 바짝 다가와 있었던 것이다. 어쩐지 박샘 답지 않게 지나치게 열심히 컴퓨터 앞에 붙어 있다 했다.

"휴우, 이번 고료는 써 보지도 못하고 몽땅 날리는 거겠지? 우리 승우 6학년 되는 기념으로 신발이랑 가방이라도 하나 사 주려고 했는데. 흑, 이놈의 가련한 팔자. 박복하기도 하지. 새해 벽두부터 뭐 되는 일이 없어."

"왜? 니가 가지고 튀었다는 게 엄청 비싼 거라디? 얼마인데? 내가 좀 보탤까?"

"몰라. 말이라도 고마워."

힘없이 말해 놓고 승리는 또 비실비실 소파로 가 드러누웠다.

이른 아침부터 작업실로 기어 나온 이후, 그녀는 하루 종일 기운 없이 누워만 있는 중이었다. 찬바람을 맞아 그런지 몸이 조금 으슬으슬 추운 것도 같고, 속도 조금 답답했다. 아니, 사실은 아주 많이. 가슴 위에 묵직한 돌을 얹어 둔 것처럼 답답해서 그녀는 자꾸 한숨만 쉬고 있었다. 정말로 체한 건가?

"짜란~ 나 왔삼!"

승리가 다시 소파 위로 몸을 던지기가 무섭게 문이 벌컥 열리더니 찬바람과 함께 영춘이 들어왔다. 날아갈 듯 가볍게 들어선 그녀의 얼굴은 부스스하던 아침과 달리 별처럼 반짝반짝 빛나고 있었다. 어찌나 눈부신지 지구 옆으로 밝은 혜성이 하나 지나가고 있는 것만 같았다.

"뭐야, 왜 그렇게 좋아 죽어?"

입이 찢어져라 생글생글 웃고 있는 영춘을 보며 박샘이 물었다.

"오호호호. 언니, 언니. 나 어쩌면 올해 안에 결혼을 할지도 모르겠어."

"뭐라? 결호오온?"

"엉."

"누구랑? 그 제임스 유랑?"

"그렇지 뭐. 오호호!"

“허, 청혼이라도 받은 거냐, 영춘아?”

“뭐, 비슷해. 들어봐 봐.”

비싼 가방을 꼭 끌어안고 영춘이 종종걸음으로 다가와 승리가 누워 있는 소파 한쪽에 엉덩이를 걸쳤다. 그리곤 말했다.

“사실 오늘 제임스가 나한테 넌지시 그러는 거야. 자기는 나와 함께라면 어디에서든 행복할 것 같은데 어떻게 생각하느냐고. 생각했던 거랑은 많이 다를 수도 있는데, 낯선 환경에 잘 적응할 수 있겠냐는 말도 했어. 이거 청혼이지? 그지?”

“어, 그런가?”

“틀림없다니까. 같이 영국으로 가자는 말이잖아. 아무래도 조만간 반지를 받게 될 것 같아. 아, 어쩌면 좋아. 받아야 되나? 받아야겠지? 곰순아, 넌 어떻게 생각해?”

“그, 글쎄. 근데, 그 반지 무지 비싸겠지? 준재벌이니까?”

“당연하지! 최소한 5캐럿쯤 되는 다이아 정도는 해 주겠지. 준재벌이니까! 아, 얼마나 예쁠까?”

예쁘기보단 비싸긴 하겠다.

콩알만 한 사이즈도 안 되는 쪼매난 돌이지만 반짝반짝 빛나는 거니까 잘하면 수억은 나갈지도 모른다.

‘그렇게 비싼 반지라면, 결혼이고 뭐고 냉큼 받아 팔아서 빚 갚는 데 쓰고 싶다.’

승리는 멍하니 생각했다.

차마 할 짓은 아니지만, 그렇게라도 빚을 청산할 수 있다면 얼마나 좋을까 싶었던 것이다. 그나저나 이 남자는 왜 아직 나타나지 않는 걸까? 그 엄청 예쁘고 부자지만 성격 한번 무서워 보이던 애인님에게 잡혀 처맞고 있는 걸까?

"아이씨, 왜 하필이면 집으로 데려가냐고요. 남의 전화는 또 왜 받고? 무슨 바람둥이가 생각이 없어요, 생각이. 아, 설마 건 어차이는 거 아녀?"

눈을 무섭게 빛내던 하경을 떠올리며 승리는 저도 모르게 입술을 깨물었다. 분명히 무슨 결심을 하는 것 같았는데……. 모르긴 해도, 그 성격이면 레이몬드 씨는 엄청 처맞거나 단박에 이별 선언을 당할지도 모른다. 그리곤 당장 쫓아와 그녀를 죽이려 들겠지?

"화내니까 엄청 무섭던데. 아, 답답해. 또 한이 쌓이고 있나?"

"박승, 아까부터 혼자 뭘 그렇게 중얼거리고 있는 거야?"

누운 채 멍하니 중얼거리는 그녀에게 영춘이 얼굴을 들이밀고 묻고 있었다.

"어떻게 생각하냐고."

"응? 뭐, 뭐가?"

"얘가 또 혼자 4차원 세계에 갔다 왔네. 반지, 받아야 하냐고 물었잖아?"

"아! 주면 받아야지. 다 마음이고 정성인데 외면하면 쓰나."

"하긴, 거절하면 상처받겠지? 오호호, 그 사람 생각보다 얼마나 마음이 여린데."

"그, 그런가?"

글쎄, 뭐 그리 여려 보이진 않았었다.

좀 느끼하고 독특한 스타일을 지향하긴 했지만, 아무리 생각해도 제임스는 상처받고 눈물을 뿌릴 타입은 아닌 것 같았다. 오히려 집요하게 괴롭히거나, 미친 듯이 화를 낸다면 모를까. 그보다 마음이 여린 거라면 오히려 레이몬드 씨가 더…… 엉?

'레이몬드 씨가 뭐? 그 남자가 마음이 여려? 상처를 받아? 미쳤어. 왜 그런 생각을 했지? 그 바람둥이 치사빤스 같은 인간은 바늘로 찔러도 눈 하나 깜빡하지 않을 건데!'

여리긴 개뿔. 그녀는 가차 없이 콧방귀를 뀌었다.

"흥, 바람둥이 같으니라고. 바람둥이들은 양다리를 걸쳐야 해서 머리도 저절로 좋아진다는데, 그 사람은 왜 그렇게 멍청한 짓을 했을까? 전화는 왜 받아, 전화는?"

생각만 해도 저절로 이가 갈렸다.

그 인간 때문에 정말이지 되는 일이 없었다. 오늘만 해도 그녀는 그 때문에 하루 종일 답답하고, 화도 나고, 입맛도 없고, 잠도 오지 않았다. 눈앞에 있다면 한 대 때려 주고 싶을 정도다.

"아, 내가 왜 이러지?"

한 손으로 이마를 짚으며 승리는 또 긴 한숨을 내쉬었다.

왜 이렇게 마음이 복잡해진 건지 알 수가 없었다. 역시, 어마어마하게 쌓일지도 모르는 그놈의 빚 때문이겠지? 아니면 그녀의 어처구니없는 말실수 때문에 곧 걷어차일 그 남자에 대한 죄책감 때문이라거나?

“답답해.”

방만하게 누워 멍하니 중얼거리다 승리는 꾸물꾸물 자리에서 일어섰다. 찬바람이라도 좀 쐬면 나아질까?

“언니야, 나 그만 집에 갈래.”

“어, 벌써?”

“왜? 곧 저녁인데 밥 먹고 가지?”

“아니야, 집에 가서 먹을래. 오늘따라 이상하게 피곤하네. 일은 낼부터 하자.”

기운 없이 손을 저어 준 다음 그녀는 가방을 메고 뚜벅뚜벅 작업실을 나섰다. 아직도 고쳐지지 않은 복도의 등 때문에 여전히 어두운 계단을 지나 어깨를 축 늘어뜨린 채 가물가물 해가 지려 하는 오후의 거리로 나왔다. 그리곤 습관처럼 집이 있는 방향을 향해 걷기 시작했다.

오늘따라 바람이 제법 거셌다.

2월도 중반이 훌쩍 넘어섰는데 날씨는 여전히 춥고 하늘은 잔뜩 흐렸다. 이러다 곧 눈이라도 내리지 싶었다. 새벽바람을 맞은 탓에 바람이 더 춥게 느껴진 승리는 목도리를 꼼꼼히 여미고 어깨를 잔뜩 움츠린 채 천천히 걸었다.

“진짜 예쁘긴 하더라.”

걸으면서 그녀는 또 그 남자의 애인을 떠올렸다.

인형처럼 오목조목 예쁜 얼굴에, 잘 빠진 몸매와 당당한 성격이 끝내 줬었지. 게다가 눈이랑 머리카락은 또 얼마나 예쁜지 짧은 순간, 그렇게 타고난 그녀가 무지 부럽기도 했다. 그런 여자한테 차인다면 아무리 잘난 그 남자라도 속이 엄청 아플 거였다.

"그러게 왜 집으로 데려갔냐고요. 잠든 사람을 두고 집을 비우는 게 어디 있어? 나가려면 내 핸드폰이나 주고 가지. 나쁜 남자 같으니라고."

애초에 뭘 들고튀었다느니 하는 말에 낚인 게 실수였는지도 모른다. 어차피 기억도 안 나는 일, '그것'이든 '저것'이든 알 게 뭐란 말인가.

"우리 집 주소는 어떻게 알아 가지고. 게다가 작업실까지! 대체 뭘 하는 사람이지? 스파이 아녀? 외국인의 탈을 쓴 외계인이거나. 아니, 외계인을 하기에는 너무 잘생겼으니까 그냥 스파이인가?"

스파이계의 전설적인 바람둥이 007을 떠올리며 승리는 조그맣게 고개를 끄덕였다. 안 그래도 레이몬드 씨는 여자 여럿 울리고 다니게 생긴 사람이었다. 미끈한 얼굴하며, 그보다 더 잘 빠진 몸매에, 돈도 많고, 본드 걸의 뺨을 후려칠 정도로 끝내주는 애인도 있다.

"하아, 애인도 있지."

다시 가슴이 묵직해졌다.

어제 저녁에 양푼에 비빈 밥을 얻어먹고 콱 체한 게 맞는 건지 명치가 빼근하니 아파 온다. 한 손으로 가슴을 툭툭 두드리다 그녀는 주머니에 손을 넣고 다시 천천히 걸었다. 한참을 걷다가 문득 떠오르는 게 있어 길 한복판에 갑자기 멈춰 서서는 부산스럽게 가방을 뒤져 작은 손거울을 꺼냈다.

"음, 못생긴 건 아닌 거 같은데."

똥그란 거울 가득 들어찬 똥그란 얼굴을 유심히 보면서 승리는 조금 인상을 썼다. 하루 이틀 보는 얼굴은 아니지만, 자세히 보니 사소한 문제가 참 많아 보였다. 아니, 무슨 애가 이렇게 똥그랗게 생긴 건가. 똥그란 얼굴, 똥그란 이마, 똥그란 눈에, 똥그란 안경까지. 마치 구멍 세 개 뚫린 똥그란 볼링공처럼 보인다.

그렇다고 몸매라도 뭐 볼 게 있느냐 하면 그것도 절대 아니었다.

키는 간신히 160, 중간치를 사수했지만 몸무게는 50키로가 훌쩍 넘어 제법 통통했다. 통통한 볼 살에, 똥배까지 조금 나온 상태다.

입고 다니는 옷은 또 어떻고?

겨울 내내 입고 사는 빨간 내복은 둘째 치고, 그녀는 허구한 날 청바지에 티셔츠만 걸치고 살고 있었다. 집에서는 물론 고등학교 때 입던 체육복 추리닝을 입는다. 옷장을 다 뒤져 봐도 그 남자의 애인이 입는 핑크색 원피스 같은 건 찾아볼 수가 없을 거다.

"가지고 있는 옷 중에 치마가 있던가?"

허허, 아예 치마처럼 생긴 것도 없구려. 밥할 때 가끔 걸치는 앞치마라면 혹 모를까.

"이러니 여자로 안 보고 초딩이라고 부르지. 아이씨, 해바라기 핀은 왜 꽂았지?"

앞머리가 내려오는 게 귀찮아 만날 꽂고 다니는 핀을 신경질
적으로 빼 주머니에 쑤셔 넣고, 그녀는 입술을 깨물었다. 거울
속의 그녀는 오늘따라 퍽 우울한 얼굴을 하고 있었다.

"아, 더 못생겨 보인다."

결국 거울을 가방 속에 처박고 그녀는 아까처럼 축 처진 몰
골로 횡단보도 가에 섰다. 그리곤 신호등이 바뀌기를 기다리면
서 한편으론 소화제를 먹어야 하나 고민하기 시작했다.

"핸드폰을 찾아오긴 해야 하는데. '그것' 인지 '저것' 인지 하
는 것도 물어 줘야 하고. 하아, 정말로 애인한테 차였으면 어떻
게 하지? 싹싹 빌어야 하나?"

빌어서 용서받을 수 있다면 까짓 그것 하나 못할까마는, 그
런다고 용서해 줄 남자가 또 아닌 게 문제였다. 성질머리가 얼
마나 못됐는지, 기어이 찾아내 돈 물어 내라고 하는 걸 좀 보라
지. 말끝마다 꼬맹이, 꼬맹이 노래를 하는 건 기본이고, 주민등
록증까지 깠는데도 끝까지 초딩이라고 부른다.

"이런 마당에 내 말실수 때문에 애인한테까지 차이면 아예
말려 죽이려고 들겠지?"

그녀는 주절주절 떠들면서 사람들을 따라 멍하니 횡단보도를
건넜다. 그러다 맞은편 인도 즈음에서 마침내 그것을 발견했다.
그녀의 앞을 딱 가로막고 있는 까만 구두 한 쌍. 똑바로 마주
오던 사람인가 싶어 고개도 들지 않고 슬쩍 오른쪽으로 비켜
줬다. 그랬더니 구두도 똑같이 오른쪽으로 움직여 또 앞을 막았

다. 이번엔 재빨리 왼쪽으로 물러서자 구두가 다시 따라온다.

오른쪽으로, 왼쪽으로.

몇 번이나 오락가락하기를 반복했지만 그때마다 구두는 어김 없이 그녀의 발을 따라왔다. 결국 참다못한 그녀가 우뚝 멈춰섰다. 그리고 말했다.

"……먼저 가세요."

"……."

"아, 먼저 가시라니까…… 어?"

승질을 벌컥 내면서 고개를 든 순간이었다.

키가 꽤 큰 사람인지 얼굴을 들었는데도 코트를 걸친 가슴팍만 보여서 얼굴을 확인하기 위해 고개를 홱 꺾었더니, 내내 생각하던 그 푸른 에메랄드 빛 눈동자가 바로 거기에 있는 거다. 방금 전까지 그렇게 욕을 해 대던 남자가 어제보다 더 멋있는 모습으로 나타나 눈앞에서 빙글빙글 웃고 있었다. 드러난 하얀 이가 반짝 빛을 뿌렸다. 갑자기 가슴이 철렁 내려앉았다.

"어, 어, 어떻게?"

"놀랐냐, 초딩?"

"노, 놀라긴 누가 놀라요? 그냥, 그냥 조금 의외라서 그런 거지."

드디어 올 것이 왔구나.

그를 발견하기가 무섭게 쿵덕쿵덕 방아질을 하기 시작한 가슴을 다독이며 승리는 부러 퉁명스럽게 소리쳤다.

"아, 그러게 왜 갑자기 나타나고 그래요? 소리 없이 다가오

거나, 불쑥불쑥 나타나고 그러는 거 안 좋은 버릇인 거 몰라
요?"

"그런가?"

"그렇다니까요?"

"아아, 그렇구나."

정말로 이해했다는 듯 레이몬드 씨가 고개를 끄덕였다. 그러
더니 고개를 숙여 그 잘생긴 얼굴을 바짝 가져오면서 또 히죽
웃었다.

"꼬맹아, 너 솔직히 말해 봐."

"뭐, 뭘요?"

"너, 나한테 반했지?"

"하! 아니거든요?"

"보고 싶지 않았어?"

"보고 싶기는 누가? 이왕이면 아예 안 봤으면 했거든요? 뭐
좋은 사이라고 보고 싶기까지 해요?"

이 남자가 왜 이러지?

통통거리면서도 승리는 조금 불안해졌다. 갑자기 왜 이렇게
나긋나긋하게 구는 걸까? 생뚱맞은 대사는 또 뭐고? 애인하고
이야기를 했다면 화를 내도 엄청 내야 정상인데 말이다.

"미안해."

"뭐, 뭐가요?"

"새벽에 들어갔더니 너 벌써 가고 없더라?"

"아, 그거! 사람이 말이지요, 그러면 안 되는 거거든요? 어떻

게 잠든 사람 놔두고 집주인이 집을 비울 수가 있어요? 얼마나
놀랐는지 알아요?"

길 한복판이라는 사실도 잊고 승리가 바락 소리쳤다.

내복 바람으로 깬 일을 생각하면 아직도 얼굴이 벌겋게 달아
오를 만큼 쪽팔리지만, 그래도 따질 건 따지고 넘어가야 했다.
그래야 이 남자가 죄책감에 사로잡혀 돈을 조금 깎아 주지 않
겠는가 말이다.

"제가요, 진짜 황당했거든요?"

"응, 그랬을 거야. 미안해. 내가 바래다줬어야 하는 건데. 많
이 추웠지? 조금만 기다리지 그랬어."

"그건 그런데…… 저기, 어째 좀 이상하네요?"

"뭐가?"

"갑자기 왜 이러는 건데요? 왜 이렇게 다정하게 굴어요? 호,
혹시……."

"혹시 뭐?"

"아, 아무것도 아니에요."

아직 애인님을 못 만난 거냐고 물으려다 승리는 냉큼 입을
다물었다. 공연히 긁어 부스럼을 만들 필요는 없으니까.

'후후후, 긴장하고 있군.'

고개를 푹 숙인 채 어쩔 줄 모르는 꼬맹이를 보며 레이몬드
는 씨익 웃었다. 그러면 그렇지. 역시 반한 거 맞다니까. 꼬맹
이는 아무래도 부드러운 남자에게 약한 모양이다. 그 증거로 눈
이 마주치자마자 얼굴을 발갛게 물들인 꼬맹이가 이제는 몸까

지 배배 꼬고 있었다. 그의 다정한 모습에 당황한 게 틀림없었다.

'그럴 줄 알아봤다니까.'

본능에 충실하기로 작심한 레이몬드는 여기까지 오는 동안 본격적으로 꼬맹이를 유혹하기 위한 계획을 짰다. 컨셉은, 천하에 다시없을 부드러운 남자가 되어 주기다. 야성이라거나, 마성의 남자를 알기엔 꼬맹이는 아직 너무 어리니까 말이다.

'천천히 가자고, 천천히.'

그는 다시 씨익 웃었다.

"밥 먹었어?"

자, 미끼를 물어라, 초딩.

"아, 아니요."

"그럼 맛있는 거 먹으러 갈까?"

"……."

"사과하는 뜻으로 맛있는 거 사 줄게. 가자."

이 남자가 왜 이러지?

점점 더 다정하게 굴다 못해 밥까지 사 준다고 나서는 남자를 승리는 조금 불안스럽게 바라보았다. 방글방글 웃으면서 녹아들 듯 다정한 목소리로 속삭이는 건 좋은데, 어째 갈수록 점점 더 무서운 생각이 든다. 설마, 겉으로는 웃으면서 속으론 칼을 갈고 있는 거 아녀?

마지못한 듯 끌려가 근처의 레스토랑에서 칼질을 하면서도 승리는 남몰래 속으로 떨었다. 혹시 밥 먹다 칼이나 포크를 던

지는 건 아닌가 해서. 다행히 그런 일은 일어나지 않았다. 레이
몬드 씨는 끝까지 방글방글 웃으며 계속해서 지나치게 다정하
게 굴었다. 심지어는 디저트로 나온 자신의 아이스크림을 승리
에게 양보하기도 했다.

정말로 왜 이러는 거지?

사 주니 얻어먹기는 하는데, 그러면서도 어째 속고 있는 듯
한 기분이 드는 것은 왜일까?

'이상하다. 눈빛이 어째 음흉한 게…… 꼭 배부른 사자 같
아. 뭔가를 벼르고 있는 것 같기도 하고. 설마, 밥 다 먹고 나서
본론으로 들어가려는 건가? 먹고 죽은 때깔 좋은 귀신 하나 만
들어 보려고?'

해 놓은 짓이 있다 보니 그의 호의가 절대로 호의로 느껴지
지 않고 있었다. 이러다 어느 순간, 웃으면서 칼질을 해 줄 것
만 같다. 아, 얼마나 무서울까. 매도 먼저 맞는 게 낫다는데, 기
왕 터질 폭탄이라면 그냥 이 즈음에서 터졌음 싶었다. 차라리
먼저 이실직고를 하고 싹싹 빌어 볼까나?

"저, 저기요."

그가 넘겨준 아이스크림을 먹다 말고 승리는 조심스럽게 입
을 열었다.

"저어, 깜빡 잊고 있었는데요, 그러니까 어젯밤에 있었던 일
에 대해서 저도 나름 할 말이 있는데요. 사실 그건 절대로 본의
가 아니었거든요. 제가 너무 당황해서요, 취해서 혼자 잠들었다
는 말을 빼먹……."

"괜찮아. 그럴 수도 있지 뭐. 그냥 술 마시고 잠든 것뿐인
걸. 그나저나, 우리 못다 한 이야기가 있었지?"

"에?"

"내 '그것'을 들고튄 문제에 대해서 상의하기로 했었잖아."

"아, 그거요? 아하하, 그러네요."

뭔가 핀트가 살짝 어긋나긴 했지만, 어쨌거나 그는 별로 대
수롭지 않게 넘어가는 듯했다. 그 정도 일로는 애인님과의 연애
전선에 별다른 영향을 끼치지 못했나 보다. 다행이라면 참 다행
이었다. 덕분에 조금 안심도 됐다.

근데, 왜 또 가슴이 답답한 거지? 역시 체한 거겠지? 방금
먹은 고기가 또 얹히는 것 같아 승리는 아이스크림을 떠먹던
스푼을 내려놓고 물을 벌컥벌컥 들이켰다.

"그거 말인데요…… 어, 얼마나 드려야……."

아, 돈 얘기를 꺼내려니까 갑자기 심장까지 떨린다.

진정해야 돼. 진정하자, 승리야. 자고로 에누리 없는 장사는
없다고 하니 죽을 각오로 깎아 보는 거야. 아자, 아자!

"크흠, 내가 생각을 해 봤거든?"

레이몬드 씨가 헛기침과 함께 말했다.

"예, 그러셨겠죠. 그러셨을 거예요. 그, 근데요?"

"아무래도 내가 엄청 손해를 보는 것 같긴 하지만……."

"……?"

"까짓, 없었던 일로 해 줄 수도 있어."

"헉! 저, 정말요?"

“물론이지. 단!”

“단?”

없었던 일로 해 준다는 말에 막 좋아 날뛰려다 승리는 흠칫 굳었다. ‘단’이라는 말이 붙는 거 보니까 뒤이어 뭔가 엄청난 조건을 붙일 모양이었다. 그녀는 다시 긴장한 얼굴로 그를 바라보았다.

“뭐, 뭔데요?”

“한 가지 사소한 조건이 있는데 말이지. 아니, 조건 같은 것도 아니지. 그냥 의견이라고 하자.”

“사소한 의견?”

“응. 뭐, 그것도 내가 손해 보는 것 같긴 하지만 기꺼이 받아들이기로 했으니까. 그러니까……”

“꿀꺽.”

간이 달달 떨렸다.

뭔가, 뭘 요구할 건가. 귀를 쫑긋 세운 채 그녀는 솜털 끝까지 긴장했다. 레이몬드 씨가 말했다.

“……연애할래?”

“예?”

“나랑 연애하자고.”

“……예에?”

뜻밖의 폭탄이 터졌다.

승리는 당연히 미친 듯이 놀랐다. 그녀의 눈이 당장이라도 튀어나올 듯 똥그래졌다.

"뭐, 뭘 해요?"

"연애. 남자, 여자 사귀는…… 어어어, 조심!"

"악!"

너무 놀라서 벌떡 일어나지도 못한 승리가 앉은 채 의자와 함께 뒤로 넘어가고 있었다.

콰당!

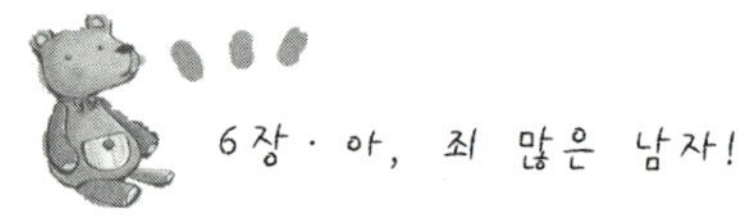


"언니, 쟤 왜 저러고 있는 거유?"

"나도 몰라. 어제 그러고 가더니 뭐가 잘못됐는지 아침부터 계속 저러고 있다. 문제가 심각해 보이지?"

"응. 아무래도 정상은 아닌 것 같아."

박샘과 영춘, 두 사람의 걱정스러운 시선이 멍하니 앉아 있는 승리에게로 향했다.

멍했다가 갑자기 히죽 웃더니, 또 인상을 찌푸리고, 그러다 다시 멍하게 앉아 있기를 반복하는 그녀의 꼬라지는 아무리 봐도 정상이 아니었다. 확실히 어제보다 상태가 더 안 좋아 보였다. 남몰래 유통 기간 지난 감기약이라도 집어먹은 건 아닌지 걱정이 될 정도다.

"뭘 잘못 먹었나?"

또 히죽 웃는 승리의 모습을 보며 영춘이 뜨악한 얼굴로 중얼거렸다. 대체 무슨 일이기에 저러는 거지?

"헤헤."

승리는 바보처럼 또 배시시 웃었다.

딱히 신나는 일이 없는데도 불구하고 그냥 웃음이 나왔다. 왜냐면…….

'우리 연애할까?'

아악! 연애래, 연애!

"히히."

그렇고 그런 일이 있었으니까.

처음 레이몬드 씨에게 그 말을 듣고 얼마나 놀랐던가. 너무 놀라 의자와 함께 뒤로 넘어가는 바람에 뒤통수에 혹이 다 났다. 그러고도 장난인 줄 알고 다시 확인했지만, 믿어지지 않게도 레이몬드 씨에게선 같은 대답이 날아왔다.

'연애하자니까!'

그가 눈 똑바로 뜨고 그렇게 말했을 때, 승리는 그만 숨이 넘어갈 뻔했다. 왜? 심장이 너무 빠르게 뛰어서. 뿐만이 아니었다. 이건 아직 비밀인데, 헤어질 때 그는 그녀의 볼에 입까지 맞춰 줬다! 그리곤 크림처럼 달콤한 목소리로 '내 꿈 꿔.' 라고 했었지.

"아, 어떻게 해."

한 손으로 그가 입을 맞추었던 자리를 감싸며 승리는 또 혼자서 벌겋게 볼을 붉혔다. 남자에게서 그런 식의 키스를(사실은 뽀뽀다.) 받은 건 생전 처음이었다. 아니, 연애 자체가 처음이다. 물론, 아직 시작한 건 아니지만.

'생각 좀 해 보고요.'

그 앞에서 그녀는 감히 그런 말을 했다.

연애라는 말만 들어도 가슴이 콩닥거리는 숙맥이 대차게 팅기기까지 한 것이다. 이제 와 하는 소리지만, 사실 그녀는 그에게 딱히 관심이 있는 건 아니었다. 쪼끔, 아니, 엄청 멋진 남자긴 했지만, 너무 대단한데다 외국인이라 아무래도 한국 남자보다는 더 거리가 멀게 느껴지는 면이 있었으니까.

이를테면, 그녀에게 그는 못 올라갈 나무이자 그림의 떡 같은 존재였다. 그리하여 돈 물어 줄 생각만 했지, 연애할 생각 따윈 꿈에도 해 본 적이 없었던 것이다.

"헤헤헤."

그럼에도 불구하고 이렇게 자꾸만 웃음이 나는 건 대체 무슨 까닭이랴.

아, 혹 물어 줘야 했을지도 모르는 어마어마한 돈이 굳었기 때문이겠지? 그리고 애인님에게 차였다고 쫓아와 테러를 가할 가능성도 없어졌기 때문…… 엉?

"아, 맞다! 애인은 어쩌고?"

그제야 하경의 존재를 떠올리고 그녀는 퍼뜩 얼굴을 굳혔다.

그러고 보니 이상한 일이었다. 그렇게 엄청난 애인을 두고 그 남자는 왜 그녀에게 대시를 한 건가? 제 입으로 말하긴 뭐하지만, 다른 사람도 아닌, 참으로 볼품없는 꼬라지를 한 자신에게.

"수상하잖아? 양다리 아녀? 아, 어제 확인했어야 했는데."

덜컥 의심이 들었다. 확인해 봐야지.

생각한 순간, 그녀는 망설임 없이 핸드폰을 꺼내 들었다. 어제 그렇게 헤어지면서 레이몬드 씨는 그녀의 핸드폰에 자신의 번호를 저장시켜 주었었다. 그러면서 언제든지 전화를 해도 좋다고 했다. 그리하여 그녀가 이렇게 자신만만하게 버튼을 누를 수 있는 거다.

―여보세요?

앗, 정말로 전화를 받았다!

걸긴 했지만 진짜로 금방 받을 줄은 몰랐기 때문에 승리는 조금 놀랐다. 그러나 곧 정신을 차리고 대뜸 말했다.

"승리인데요."

―아, 내 꼬맹이구나. 왜? 보고 싶어서 전화했어?

내 꼬맹이? 나의 꼬맹이. 레이몬드 씨의 꼬맹이.

꼬맹이라는 말은 마음에 들지 않지만, 지금은 이상하게도 가슴이 조금 간질거렸다. 아, 이러면 안 되는데. 승리는 다시 마음을 다잡았다. 아무리 달콤해도 양다리는 결코 용서할 수 없음이다.

"흠흠, 아니거든요? 아니, 그게 아니고…… 그러니까 궁금한 게 있어서요."

―음, 뭔데?

"이건 어제부터 궁금했던 건데요, 왜 나랑 연애하고 싶은 건데요? 레이몬드 씨의 예쁜 애인은 어쩌고요?"

—애인? 그런 거 없어.

없어? 설마, 어제부로 깔끔하게 차인 건가?

아, 이 죄 많은 여자. 결국은 그 엄청난 애인한테서 이 남자를 빼앗아 오고 만 거였구나. 죄책감마저 느끼며 그녀가 다시 물었다.

"정말이에요?"

—그렇다니까.

"그럼 그것도 대답해 봐요. 왜 나랑 연애하고 싶어요?"

—……비밀.

"에? 그런 게 어디 있어요?"

—있어. 그런데 아직도 생각 중이야?

"네."

—언제까지 생각할 예정인데?

"그만 생각하고 싶을 때까지요."

한껏 콧대가 높아진 승리가 다시 한 번 대차게 튕겼다.

그러자 희미한 한숨 소리가 들리더니 레이몬드 씨가 문득 말했다.

—지금 대답해 주면 비밀을 가르쳐 줄 수도 있는데.

"뭐 별로……."

—맛있는 것도 사 줄 건데. 그리고 새 핸드폰도 사 줄 거고, 또 키스도 해 줄까?

"돼, 됐거든요?"

누가 키스 받고 싶다고 했나?

당황해서 전화를 홱 끊어 놓고 그녀는 입술을 삐죽였다.

또다시 두 볼을 벌겋게 붉힌 채로. 아이, 왜 이렇게 혈액 순환이 잘되는 거야.

"왜 자꾸 열이 나지?"

한 손으로 부채질을 하며 그녀는 잠시 딴청을 피웠다.

그 남자한테 키스를 받는다는 상상만 해도 이렇게 부끄러워지다니, 큰일이었다. 승리는 멍하니 어젯밤의 키스에 대해서 생각했다. 그의 희미한 체취(體臭)가 포근한 열기와 함께 살며시 볼에 내려앉았었지. 가볍고, 부드럽고, 생각보다 뜨거운 입술이었다. 깨닫는 순간, 심장이 펄떡이면서 화악 열기가 일고, 눈앞이 아찔해졌었다.

"하아, 입술에 하면 어떤 느낌일까?"

조금 마른 듯한 입술을 혀로 적시며 그녀는 멍하니 중얼거렸다.

생각만 해도 막 떨린다. 왜 이렇게 떨리지? 아직은 좋아하는 거 아닌데. 그때였다.

—노는 게 젤 좋아. 개구쟁이 뽀로로.

핸드폰이 울었다. 그였다.

"왜요?"

받자마자 대뜸 묻자 그가 '하하' 소리 내어 웃었다. 그리고 말했다.

—왜긴? 보고 싶어서 했지.

"바, 방금 전에 통화했으면서.

─얼굴을 본 건 아니잖아. 그러니까 데이트 하자.

"……언제요?"

─지금. 같이 밥도 먹고, 얘기도 하고, 영화도 보자.

"어? 일은 어쩌고요?"

─……퇴근 시간이야.

퇴근? 이제 겨우 3시밖에 안 되었는데 벌써?

이상하다고 생각하다 그녀는 펜트하우스를 떠올리고 가볍게 고개를 끄덕였다. 역시 부자는 마음대로 퇴근해도 되는 건가 보다. 하지만 아무리 부자라고 해도 이왕이면 좀 더 성실한 편이 좋은데 말이다.

"나 아직 생각 중인데……."

─그건 그거고, 데이트는 데이트지. 아, 생각은 계속해도 돼. 그럼, 지금 데리러 갈게. 추우니까 나오지 말고 안에서 기다리고 있어. 도착하면 전화할게.

"네에."

승리는 얌전히 대답했다.

그의 목소리가 너무 부드러워서. 그리고 작은 배려에서 전해지는, 소중하게 챙김 받는다는 느낌이 너무 좋아서. 아, 아직 연애하는 거 아닌데, 이러다 막 좋아지고 그러면 어떻게 하지?

"음, 그건 그때 가서 생각해야지. 그나저나 첫 데이트인데 화장이라도 해야 하나?"

여전히 똥그란, 부스스한 맨얼굴을 거울에 비춰 보다 그녀는 마침내 주위로 시선을 돌렸다. 그리곤 아까부터 불안스러운 얼굴로 지그시 바라보고 있는 두 여인네에게 말했다.

"언니야, 나 화장 좀 해 주라."

"헛, 화장?"

"곰순아, 니가 화장을 왜 해?"

두 여인네가 똑같이 놀란 얼굴로 그녀를 돌아보았다.

"오랜만에 미팅이라도 하는 거냐, 박승?"

2학년 때 처음으로 미팅을 하던 날, 역시나 생전 처음으로 화장을 했던 일을 생각해 냈는지 영춘이 슬금슬금 다가오면서 물었다.

"너, 누구 만나? 남자?"

"아니, 뭐 그냥……."

"그냥이 아니지, 그냥이. 평소엔 춥다고 세수도 잘 안 하던 애가 갑자기 웬 화장이냐고. 솔직히 말해 봐. 너, 남자 만나지? 어떤 남자인데? 언제 만났어?"

"남자는 무슨. 그런 거 아니야. 언니야는 뭐가 그렇게 궁금한 게 많아?"

"어라, 이거 봐라? 대답도 피하고? 헉! 너, 설마 연애해?"

혼자 북 치고 장구 치다 영춘이 결국 지뢰를 밟았다.

하여간에 생기는 것 없이 감만 무지 좋아서 때때로 예리하게 찍을 때가 있는 그녀였다.

"아니야. 아직은 아니라고."

"오호라, 그럼 곧 할 수도 있다는 소리네? 누군데? 우리도 아는 남자야? 잘생겼어? 뭐하는 사람인데?"

"아이참, 그런 거 아니라니까. 그냥 좀 생각해 보는 중이야."

"어머, 튕겼구나? 요거 봐라. 우리 곰순씨, 많이 크셨세여. 근데 진짜 누군데? 설마 지난번에 본 그 외국인 총각은 아닐 거고……."

"왜 아닐 거라고 생각하는데?"

"왜긴? 척 봐도 너랑은 엄청 다른 사람이잖아."

뭐 당연한 걸 묻느냐는 듯 영춘이 쯧쯧 혀를 찼다.

"곰순아, 그 사람이랑 너는 달라도 아주 달라요. 넌 작고, 그 사람은 크고. 넌 동양인이고, 그 사람은 서양인이지. 그리고 넌 가난한데, 그 사람은 엄청 부자라며? 게다가 결정적으로……."

"결정적으로 뭐?"

"그 사람한테는 애인이 있다고 했었지, 아마?"

그랬었다.

레이몬드 씨에겐 엄청 예쁘고 돈도 많아 보이는 애인이 있었다. 이 죄 많은 승리 씨가 그녀에게서 레이몬드 씨를 빼앗아 오긴 전까지는. 즉, 어제까지는 있었지만 오늘은 없는 거다.

"그 남자 맞아."

승리가 보란 듯이 떠들었다.

너무나 노골적인 비교 앞에서 쪼끔 자존심이 상한 탓에 저도 모르게 툭 튀어나온 말이었다. 그래서 당연히 그녀는 후회했다.

"뭐어? 마, 맞다고?"

잠자코 듣고만 있던 박샘이 비명 같은 소리를 내지르며 입을 쩍 벌렸다.

"그 남자라고? 그 외국인?"

"아니, 그게 아니라 내 말은……."

"말도 안 돼! 농담이지? 그 남자가 어떻게 너랑 사겨?"

영춘이 다시 잽싸게 끼어들었다.

"사, 사귈 수도 있지 뭘."

"곰순아, 넌 그게 말이 된다고 생각하냐? 생각을 해 봐. 이쁘길 하나, 날씬하길 하나, 그렇다고 해서 돈이 많길 하나. 그 남자가 뭐가 모자라서 너 같은 애랑 사귀고 싶겠니?"

짜증나지만, 맞는 말이었다.

솔직히 그녀 자신도 믿어지지 않는 상황인데 다른 사람들 보기엔 오죽이나 이상할까. 그래서 연애하자는 소리를 듣고도 아직 제대로 실감을 하지 못하고 있는 것이다.

'정말 왜 나랑 연애가 하고 싶은 걸까, 그 남자는? 반했나?'

'혹시 내복 입은 모습에 반했을지도 모른다.' 고 생각하다 승리는 냉큼 생각을 고쳐먹었다. 아무리 생각해 봐도 그랬을 리가 없는 거다. 미치지 않고서야.

"그러지 말고 누군지 솔직히 말해 봐. 어떤 남자야?"

영춘이 다시 물었다.

"화장까지 해 달라는 거 보면 너도 싫지는 않은가 보다. 그치?"

"난 뭐 그냥 그래. 아직 잘 모르는걸. 그리고 화장은 그냥 예의상 하는 거지 좋아서 하나 뭐."

"그래? 그럼…… 가만, 박 언니. 박 언니?"

"어? 어, 왜?"

영춘이 호들갑스럽게 부르자 충격 받은 얼굴로 멍하니 있던 박샘이 그제야 고개를 들었다. 뜻밖에도 그녀는 조금은 걱정스럽다는 듯, 혹은 불안해 보이는 표정을 하고 있었다. 그런 그녀를 향해 영춘이 입술을 삐죽였다.

"표정이 왜 그래? 한 대 맞은 사람처럼. 아항, 부러우신 거구만? 우리 곰순이가 연애를 한다니까 막 배가 아파 오는 것 같아?"

"내가 애냐?"

"그럼 왜 그런 얼굴인데?"

"그냥, 걱정이 돼서 그런 거지 뭐."

"무슨 걱정?"

뭔 일인가 싶어 승리도 눈을 동그랗게 뜨고 그녀를 바라보았다.

"언니야, 왜 걱정이 되는데?"

"아니, 그게…… 너 이제 4학년이잖아."

"그게 왜?"

"어제 엄마한테 전화했다가 들은 건데…… 할아버님, 너 선 자리 알아보고 계신다더라. 선 봐서 약혼시켜 놓고 졸업하면 시집보내신다고."

"헉!"

승리의 안색이 금방 창백해졌다.

평소부터 들어 온 이야기라 충격은 덜했지만, 실제로 일이 그렇게 되어 갈 거라고 생각하니 급격히 우울해졌다. 아직 어린 남동생을 위해서라도 얼른 시집가 뒷바라지를 하라는 소리를 하시더니 정말로 그런 계획을 실행에 옮기실 줄이야.

"지, 진짜? 아니, 이제 겨우 대학 졸업반인데 무슨 시집을 벌써 보내신다는 거야? 게다가 이런 말 하긴 뭐하지만, 우리 곰순이의 액면가는 아직 초딩이잖아."

보다 못한 영춘이 어처구니없다는 듯 투덜거렸다.

"빛나는 21세기에 웬 조혼이야? 조선시대냐?"

"그럼 어쩌냐? 할아버님 뜻이 그렇다는데. 그렇게 약속하고 서울로 대학 보내 주신 거잖아. 맞지?"

"으응."

승리가 힘없이 고개를 끄덕였다.

사실이었다. 처음, 할아버지는 계집애를 서울 유학까지 보내 놓을 일 없다고 딱 자르셨었다. 그냥 집 근처의 지방 국립대로 가라고 하시는 걸 학교 선생님이랑 사정사정해 간신히 서울로 올라올 수 있었다. 애초에 할아버지 입장에서는 대학을 보내 준다고 한 것 자체가 큰 결심이었지만 말이다.

남동생 승우가 태어나지 않았다면 대학도 어림없었을 일이었다. 그녀가 태어난 이후, 근 10년간 장손을 기다리면서 할아버지는 그녀와 엄마를 무던히도 눈치 주셨던 것이다. 덕분에 엄마는 시어머니 시집살이보다 시아버지 시집살이를 더 맵게 겪어 지금도 할아버지 앞에서는 꼼짝을 하지 못한다.

"내, 내가 언제 결혼한댔나? 그냥 생각해 보는 거라니까. 그리고 결혼은 결혼이고, 연애는 연애지."

"하긴, 연애는 결혼이 아니지. 힘내라, 곰순아. 언니가 이쁘게 화장해 줄게."

"아니야, 됐어. 생각해 보니까 귀찮다. 진짜 연애를 하는 것도 아닌데, 그냥 나갈래."

"왜에? 모처럼 뽀얗게 나가서 기분 전환 좀 하면 좋잖아. 이리 와, 해 줄게."

시무룩한 얼굴로 가방을 짊어지는 승리를 영춘이 잡아당겨 도로 앉혔다. 그리곤 제 화장품을 모조리 꺼내 늘어놓고 승리의 얼굴 위에 고운 색깔을 입히기 시작했다.


[수상해.]

차를 끌고 나오며 레이몬드는 미간을 구겼다.

회사 분위기가 아무래도 이상했다. 평소, 웃으면서 즐겨 놀던 여직원들은 그로부터 저만치 떨어져 하루 종일 촉촉이 젖은 눈으로 바라보는가 하면, 남자 직원들은 뜻 모를 미소와 함께 어깨를 두드려 주었다. 재석이야 어제부터 아무 이유 없이 즐거운 상태고. 역시 그가 소문을 낸 걸까?

[진짜 수상해.]

그의 시선이 옆자리에 던져 놓은 핸드폰으로 향했다.

방금 전 그는 현무와 짧은 통화를 했다. 누구에게 무슨 소리를 들은 건지 그는 촬영 중에 전화를 해서는 '이 도둑놈!' 이라고 소리쳤다. 경찰에 자수를 하라는 말도 했다. 그러면서 덧붙이길, 미성년자를 건드리는 건 한국에서도 범죄란다.

[어떻게 알았지?]

진실의 여부를 떠나 레이몬드는 그것이 더 궁금했다.

꼬맹이랑 연애를 해야겠다고 결심한 지 이제 겨우 1박 2일째인데 어떻게 다들 그 사실을 알고 있는 것일까? 재석은 꼬맹이를 본 적도 없다면서 어떻게 그녀의 존재를 알게 된 것이지? 점점 더 의구심이 커져 가고 있었다.

[누굴까?]

차가 꼬맹이네 동네로 접어드는 순간에도 그의 생각은 계속이어졌다.

재석은 누군가로부터 이야기를 듣고 펜트하우스로 달려온 것처럼 보였었다. 꼬맹이를 못 만났다는 게 증거다. 더구나 '비밀' 어쩌고 하면서 정보원을 보호하지 않았던가. 그렇다면 누굴까? 누가 소문을 퍼뜨린 거지? 고민을 거듭하고 있는데, 마침 벨이 울렸다. 제왕그룹의 황제폐하, 석준이었다.

[하이, 황제폐하? 무슨 일?]

―……집사, 회의 시간을 잊은 건가? 왜 안 오는 거지?

[회의? 아! 회의가 있었지. 미안. 하지만 걱정 마. 재석이 곧 갈 거야. 개인적인 사정으로 당분간 이 몸이 좀 바빠.]

―개인적인 사정이라…….

[으응. 뭐 개인적으로 조금 곤란한 일이…….]

―이해해 주지.

[뭐?]

의외의 양보에 레이몬드는 조금 놀랐다.

아무리 사이좋은 친구라지만, 일에 관해서는 칼 같기로 유명한 석준이 이렇게나 너그럽게 물러서다니? 전에 없던 일이라 조금 신경이 쓰였다. 설마 외할아버지의 병에 대해서 소식을 들은 건가? 그럴 수도 있겠다 싶어 그는 어렵사리 고개를 끄덕였다. 그때였다.

—10살이나 어리다지?

[뭐?]

—그런 핏덩이가 취향인 줄은 몰랐지만, 어쨌거나 건투를 빌어 주지. 빨간 내복을 입은 네 귀여운 아가씨에게도 안부를 전해 줘. 그럼 이만.

뚝! 뚜뚜뚜뚜.

이게 대체 무슨 일일까. 어째서, 어째서 석준까지 꼬맹이에 대해서 알고 있는 거지? 사정없이 끊어진 전화를 멍하니 바라보며 레이몬드는 잠시 얕은 충격에 빠져 버렸다. 어떻게 알아낸 거야?

[석준이 알고 있다면 하경도 알고 있는 거고, 그렇다면 당연히 희수랑 이안도 알고 있는 거겠지? 그들이 알고 있다면 제리랑 아부지도 알고 있을 확률이 커. 그렇다는 것은…….]

결국 온 동네 사람들이 다 알고 있다는 뜻이다!

[지쟈스! 젠장, 젠장! 이놈의 동네엔 왜 프라이버시가 없어?]

목적지에 다다라 차를 세우며 레이몬드는 좌절하고 말았다.

꼬맹이가 어리기도 하거니와, 어렵게 연애를 결심한 상황이라 모처럼 신중하게 움직이고 싶었는데, 하루가 채 지나기도 전에 벌써 소문은 다 나 버렸다. 워낙 순식간에 벌어진 일이라 누가, 어떻게 알고 퍼뜨린 소문인지 감조차 잡지 못할 지경이었다.

[내 주변에 스파이가 있는 게 틀림없어. 스토커가 있는 거야.]

의심의 눈을 번뜩이다 그는 다시 핸드폰을 집어 들었다.

소문은 소문이고, 연애는 연애였다. 전염병 같은 소문이 아무리 창궐한다 해도 꼬맹이가 보고 싶은 건 아직 포기가 되지 않으니 어쩔 수 없었다.

[어? 꼬맹이잖아?]

막 전화를 걸려는데 원룸 현관으로 자그마한 덩어리 하나가 걸어 나오는 것이 보였다. 꼬맹이였다.

[아니, 이제부터는 승리라고 불러 줘야지. 미성년자도 아닌데, 계속 '꼬맹이' 라고 부르는 건 좋지 않아. 정말로 범죄처럼 느껴져서 기분도 나쁘고.]

언제 기분이 상했었냐는 듯 그는 어느새 히죽 웃고 있었다.

어제부터 그는 꼬맹이만 보면 아무 이유 없이 기분이 좋아지는 병에 걸렸다. 많고도 많은 고민 따윈 제쳐 두고 본능에 충실하기로 결심한 순간, 오히려 머리가 개운해졌다고나 할까?

"승리야!"

레이몬드는 차에서 내려 막 밖으로 내려서는 승리를 향해 손을 흔들었다. 고개를 푹 숙이고 있다가 그제야 그를 발견한 꼬맹이가 여전히 목도리를 돌돌 만 꼬라지로 강아지처럼 쪼르르 달려온다. 어이구, 귀엽기도 하지. 오빠 보고 싶었느냐, 초딩?

"왜 벌써 나와? 전화하면 나오라니까. 감기 걸리면 어쩌려고?"

다정하게 챙기는 말에 마침내 그의 앞까지 달려온 꼬맹이가 고개를 들었다.

"괜찮아요. 지금 막 나왔는걸요."

"그래? 그럼…… 헉!"

고개를 든 꼬맹이의 얼굴을 확인한 순간, 레이몬드는 저도 모르게 숨을 들이켰다.

"너, 너…… 너 얼굴이 왜 이래?"

"왜, 왜요? 이상해요?"

이상하다뿐인가? 이상하다 못해 공포스러웠다.

파우더로 하얗게 떡칠을 한 얼굴에, 까맣고 어두운 눈 화장을 해 유난히 푹 들어가 보이는 눈, 핏기 없어 보이는 입술까지. 그녀는 마치 막 무덤에서 일어난 한 구의 강시처럼 보이고 있었다. 대체 무슨 짓을 어떻게 하면 이런 꼴이 될 수 있는 건지 그조차도 궁금해지는 순간이었다. 빈말로라도 절대로 보기 좋다고 할 만한 상황이 아닌 것이다.

"누가 이런 짓을 했어? 내 꼬맹이의 똥그랗고 노란 얼굴은 어디 갔어?"

립 서비스도 잊고 기겁을 해서 소리치자, 꼬맹이는 한 손으로 어색하게 얼굴을 톡톡 두드리더니 말했다.

"그렇게 이상해요? 요즘 유행하는 스모키 화장이라고 했는
데."

"스모키고 저모키고 간에, 당장 지워! 아! 아니, 됐어. 손 대
지 마. 손 대면 더 위험해져. 그래, 그냥 내가 알아서 할게. 가
자!"

"어? 어디로요?"

"가 보면 알아."

멍청히 묻는 그녀를 짐짝처럼 부랴부랴 차에 태운 다음, 레
이몬드는 가차 없이 속도를 냈다. 희수나 하경이 다니는 단골
부띠끄로 갈 작정이었다.

"이대로는 절대 안 돼."

까마귀 날자 배 떨어진다더니, 마침 잘된 일이었다.

안 그래도 나이답지 않게 너무 어려 보이는 승리의 얼굴이
신경 쓰였었다. 가뜩이나 나이 차도 큰데 하고 다니는 꼴까지
너무 유치해서 그녀랑 같이 있으면 삼촌과 조카처럼 보일까 봐
레이몬드는 정말 두려웠다.

아까 전에 석준이 한 말도 엄청 신경 쓰였다.

평소의 지랄 맞은 성격답게 그는 거침없이 '핏덩이' 취향이
라고 하지 않았던가 말이다. 비록 성격에 문제가 많은 놈이긴
하지만, 석준은 틀린 말을 하는 녀석이 아니었다. 그저 노골적
으로 솔직한 것뿐.

어쨌거나, 레이몬드는 승리에게 큰 변화가 필요하다고 생각
했다. 누가 더 알기 전에 그녀의 외모를 좀 더 성숙하게 만들

필요가 있었다. 적어도 23살처럼은 보이게 해야 한다. 그래야 핏덩이를 건드린다는 오명에서 자유로울 것 아닌가 말이다.

"그렇게 이상한가?"

승리는 조심스럽게 손거울을 꺼냈다.

열화와 같은 성원을 바란 건 아니지만, 그래도 예쁘게 보이려고 애쓴 건데 너무한 거 아녀? 근 1년 만에 한 화장이구먼. 영춘이 모처럼 근사하게 만들어 준다며 열심히 분칠을 한 것치고는 어째 반응이 좋지 않은 게 신경 쓰였다. 맨얼굴이었을 땐 뽀뽀까지 해 줬었는데, 지금은 귀신을 본 것처럼 얼굴까지 창백해져 있는 그였다. 민망하게스리.

"뭐 얼마나 이상하다고…… 히익! 딸꾹!"

손거울 위로 허연 얼굴이 두둥 떠오른 순간, 승리는 저도 모르게 혀를 깨물 뻔했다. 하얀 얼굴과 시커멓게 표현된 눈은 그녀가 보기에도 상당히 충격적이었던 것이다.

"빠, 빨리 가죠."

거울을 집어넣고 승리는 얌전히 재촉했다.

1초라도 빨리 화장을 지워 버리고 싶었다. 날씬하고 얼굴도 갸름한 영춘이 했을 땐 보기만 좋던 화장이, 그녀의 얼굴에서는 호러로 거듭나고 있었다. 이래서 뱁새가 황새를 쫓아가면 가랑이가 찢어진다고 하는 모양이다. 그녀의 가랑이도 찢어질 판이었다.

"자, 다 왔어. 잠깐만."

얼마 지나지 않아 차는 목적지에 도착했다.

차가 주차장에 멈춰 서자 레이몬드 씨는 먼저 내리더니 곧
그녀 쪽으로 돌아와 손수 차문을 열어 주었다. 그리곤 그녀를
달랑 안아서 차 밖으로 꺼내 놓았다. 생전 처음으로 당해 보는
호사였다. 이런 호사는 공주나 겪는 건 줄 알았는데 말이다.

"가자."

그가 바람을 막아 주며 손을 잡아끌었다.

커다란 손은 생각보다 무척 따뜻했다. 승리는 그의 품에 반
쯤 안기다시피 한 채 종종걸음으로 그를 따라 움직였다. 제법
추운 날이었지만 이상하게도 그녀는 전혀 추위를 느끼지 못하
고 있었다.

'멋있다.'

코트 자락을 휘날리며 척척 걸음을 옮기는 그를 올려다보면
서 승리는 그런 생각을 하고 있었다. 참 이상도 하지? 분명히
어제랑 똑같은 레이몬드 씨인데 어쩐지 오늘따라 더 멋있게 보
인다. 아까보다 더 멋있어진 것도 같다. 눈에 뭐가 쓰였나?

"어서 오세요. 어머, 레이몬드!"

"안녕."

5층 건물로 이루어진 부띠끄 안으로 들어서자 늘씬한 30대
여자가 반색을 하며 아는 척을 한다. 레이몬드는 짧은 인사와
함께 그녀를 향해 팔랑 손을 흔들어 주었다. 하경을 따라왔다가
몇 번 본 적이 있는 여자였다. 아마도 서 실장이라고 했었던 것
같다. 딱 취향이어서 얼굴을 기억해 두었었지.

"서 실장, 오랜만."

“너무 오랜만인 것 같은데요? 정말이에요. 왜 이렇게 뜸했어요? 아, 이런 내 정신 좀 봐. 날이 꽤 춥죠? 어서 이리로 앉으세요. 그나저나 가회동 작은사모님은 잘 지내시죠?”

“물론, 잘 지내지. 신혼인걸.”

호들갑스럽게 인사하는 그녀에게 하경의 안부까지 전해 주고 레이몬드는 그녀가 권하는 자리에 승리를 앉혔다. 그리곤 숨을 돌릴 틈도 주지 않고 말했다.

“자, 이게 바로 오늘의 용건이야.”

“예? 이…… 학생이요?”

“응.”

화사한 미소를 짓고 있는 여자의 얼굴이 그제야 승리에게로 향했다. 그리고 다음 순간, 그녀의 얼굴에서 미소가 사라졌다.

“아, 분장을 했네요? 여, 연극을 하는 학생인가 봐요?”

“아니.”

“에?”

“분명히 말하는데, 걔 초등학생 아니야.”

“저도 그런 줄은 알았어요. 중학생이죠? 아니, 이제 고등학생이 되려나?”

“아니. ……대학 졸업반이야.”

“……!”

여자의 눈이 다시 동그래졌다. 어쩐지 안 믿어진다는 표정이었다. 레이몬드가 다시 한숨을 내쉬었다.

“23살 맞아. 그러니까 머리끝부터 말끝까지 분명히 23살처럼 보이게 만들어 줘."

"맙소사, 굉장한 동안이네요. 이거 연구를 좀 해 봐야겠는데
요?"

"나도 알아. 그러니 여기로 왔지. 자, 이제 직업 정신을 발휘
해 보도록 해. 3시간 줄게."

"맡겨 주세요. 현명한 선택이었다는 걸 증명해 보이겠어요."

"좋은 자세야. 자!"

상큼한 미소와 함께 그는 그때까지 잡고 있던 승리의 손을
그녀에게 건네주었다.

"어어, 나는 별로……."

"잘하고 와라, 내 꼬맹이."

"그치만……."

"승리, 화이팅!"

응원까지!

극성맞은 레이몬드 씨의 권유 덕분에 승리는 갑자기 낯선 아
줌마에게 떠넘겨진 아이처럼 불안한 얼굴로 그 나이 많은 언니
의 손을 잡고 움직여야 했다. 이제 무슨 일이 벌어지려는 걸까?

'그냥 세수만 하면 되는데 뭘 어쩌려고? 내가 그렇게 어려
보이는 건가?

갑작스러운 상황에 승리는 조금 당황했다.

그녀의 눈이 전후좌우로 바쁘게 빙그르르 돌아갔다. 가게는
무척이나 화려했다. 사방에 진열되어 있는, 값비싸 보이는 옷,
가방, 신발, 기타 등등. 없는 것이 없고, 저렴해 보이는 것도 없

어 보인다. 게다가 2층엔 사방이 거울로 도배된 곳도 있었다. 그저 씻을 곳이 있는 장소로 움직이는 줄만 알았는데, 대강 봐도 상황은 그냥 씻는 것으로 끝날 것 같지가 않은 거다.

"자, 이쪽으로 오세요."

호화찬란한 모습에 얼이 나가서 멍하니 주위를 두리번거리고 있자 서 실장과 잠시 쑥덕이던 한 여자가 잽싸게 다가왔다. 그리곤 사방이 거울로 도배된 방으로 데려갔다.

"미용부터 하실 거예요. 피부 케어, 헤어 정리, 화장까지. 시작해 볼까요?"

"……그, 그 많은 걸 다요?"

"전부 다요."

씩 웃는 얼굴로 여자가 가차 없이 고개를 끄덕였다. 그리곤 정말 거침없는 손길로 그녀를 요리하기 시작했다. 안경이 벗겨진 동시에 두툼한 화장이 싹 지워지고, 반투명한 무언가가 얼굴 위에 발라지더니 그것마저도 곧 깨끗하게 닦여 나갔다.

그런 다음, 뜨겁거나 혹은 차가운 물수건들이 차례로 얼굴을 지나가고 다시 또 뭔가가 발리기를 계속 반복한다. 한참이 지나 얼굴이 좀 살 만해지니, 그 다음엔 머리칼이 잘려 나가기 시작했다. 지난 3년간 그리 짧지도, 길지도 않은 단발을 고수하며 그저 고무줄로 동동 묶고만 다닌 머리였다.

파마는 물론이고 염색 한번 한 적 없는 까만 생머리가 이리저리 한 바가지나 잘려 나갔다. 그리곤 냄새가 조금 진한 약이 발리고 핑크색 플라스틱 막대기와 함께 위로 돌돌 말렸다. 그

뒤, 커다란 보자기를 뒤집어쓴 채 웬 뜨끈뜨끈한 기계 밑에 앉아서 그녀는 기어이 손톱, 발톱까지 고스란히 내놓아야 했다.

"레이몬드 씨랑은 어떻게 알게 되셨어요?"

손톱에 매니큐어를 발라 주면서 여자가 물었다.

네일 담당, 정소연이라고 쓰인 작은 카드를 매달고 있는 여자였다. 다른 사람들이 별다른 말 없이 진지한 얼굴로 제 할 일만 한데 반해, 소연은 뭐가 그리 궁금한 게 많은지 눈을 반짝반짝 빛내며 아까부터 이런저런 질문을 해 대고 있었다.

"그냥 오다 가다 만났어요."

머리를 주물린 탓이런가?

자꾸만 졸음이 몰려오는 것을 꾹 참으며 승리가 어렵사리 대답했다. 그러자 화색마저 도는 얼굴로 소연이 또 물었다.

"언제 만났는데요?"

"얼마 안 됐는데요."

"그렇죠? 하긴, 석 달 전에는 다른 여자 분이랑 다녔으니까. 아, 이런 말은 좀 기분 나쁘시겠다. 죄송해요."

"아, 아니요. 괜찮아요."

다른 여자라는 말에 승리는 잠이 조금 깨는 것을 느꼈다.

다른 여자라면, 역시 그녀 때문에 버림받은 전 애인을 뜻하는 것일 게다. 엄청 대단한 그녀, 은하경. 새파랗게 눈을 빛내던 하경을 떠올린 승리는 저도 모르게 움찔 어깨를 떨었다. 어딘가에서 또 마주칠 수도 있다는 깨달음이 그제야 뜬금없이 뇌리를 스치고 있었다.

‘이런 곳에서 마주치면 어떻게 하지?’

그녀의 원래 생활 패턴대로만 산다면 일부러 찾지 않는 이상 평생 마주칠 일이 없을 거였다. 하경은 원룸에서 산다거나 시장에서 떡볶이를 먹을 사람이 절대 아닌 것 같았으니까. 그러나 누구 때문에 이런 엄청난 장소를 또 찾게 된다면 두 사람이 마주칠 확률은 점점 더 높아지게 되는 게 아닐까?

‘다시는 오지 말아야지.’

승리는 남몰래 결심했다.

“하아, 레이몬드 씨는 언제 봐도 정말 멋지신 것 같아요.”

소연이 히죽 웃으면서 말했다.

“얼굴도 잘생겼고 특히, 몸매가 끝내 줘요. 제가 한번 벗은 걸 본 적 있는데, 허리 라인이 끝내 주는 거 있죠? 복부에 군살이 하나도 없었다니까요? 정말 좋으시겠어요.”

“……”

글쎄, 몸매를 자세히 본 적이 없어서 잘 모르겠다.

그런데 그 남자의 벗은 몸은 어떻게 본 걸까? 벗고 뭘 한 거지? 승리는 그게 더 궁금했다.

“근데 진짜로 레이몬드 씨랑 사귀는 거 맞아요?”

“에?”

“아니요, 그냥 조금 이상해서요. 전에 만나던 분들은 다들 굉장히 세련된 미인들이었거든요. 몸매도 늘씬하고 뭐 다들 그래서, 레이몬드 씨는 꽤 고급 취향이라고 유명했잖아요.”

“그, 그래서요?”

"근데 손님은 전혀 다르거든요. 완전히 다른 타입인데다 너무 어려 보여서 사귀는 것 같지 않아서요. 아니죠? 그죠?"

웬만하면 안 사귀었으면 좋겠다고 말하듯 그녀는 침까지 꼴깍꼴깍 삼키면서 묻고 있었다. 무슨 희망을 품고 있는 건지 조금 긴장한 기색마저 느껴질 정도였다. 그래서일까? 승리의 볼이 조금 부풀었다.

"사, 사귀는 거 맞아요."

"맞아요? 진짜요?"

"그렇다니까요? 그리고 나 그렇게 어리지도 않거든요. 대학 졸업반이면 먹을 만큼 먹은 거죠."

"하긴, 그러네요. 다 됐어요."

투명 매니큐어가 예쁘게 칠해진 손을 내려놓으며 그녀가 조금 새침하게 말했다. 그러면서 문득 혼잣말처럼 지나가는 투로 중얼거린다.

"그게 다 무슨 소용이람. 어차피 석 달도 못 갈 거면서."

"……그게 무슨 소리예요?"

"네? 아, 아무것도 아니에요."

분명히 들으라고 한 소리라는 걸 아는데도 그녀는 시침을 뚝 떼고 피식 웃더니 휑하니 사라졌다. 그런 그녀의 뒤꽁무니를 멍하니 바라보다 승리는 문득 어떤 말을 기억해 내고 말았다.

'그 바람둥이 자식의 못된 버릇을 이번엔 꼭 고쳐 놓고 말겠어!'

전 애인, 하경은 분명히 그렇게 말했었다.

"바람둥이!"

그것이 바로 레이몬드 씨의 정체였다.

맨손으로 칼날을 잡은 듯한 섬뜩한 깨달음. 레이몬드 씨는 사실 이 여자, 저 여자 다 좋아하는 바람둥이일 뿐이었다. 깨닫고 보니, 그가 접근한 이유도 금방 감이 잡혔다. 그래, 어차피 다 빤한 이야기였다. 잘생겼고, 몸매도 죽여 주고, 돈도 많은 남자가 혼자라는 건 애초에 말이 안 되는 이야기였다. 어쩐지 그 엄청난 애인과도 그렇게 쉽게 헤어졌다 했다.

어쩌면 헤어졌다는 말도 사실이 아닐지도 모른다.

애인은 따로 두고 어쩌다 입맛이 동해서 오다 가다 만난 어리바리 촌것을 하나 낚아 본 것이겠지. 멍청한 박승리를 말이다.

"그러면 그렇지."

손질이 끝나 뽀얗고 예쁘게 반짝이는 손을 내려다보며 승리는 조금 우울하게 중얼거렸다.

"괜찮아. 사귄 것도 아닌데 뭘. 이제라도 알았으니 다행이지. 어차피 진짜 연애를 하지도 못할 거였는데."

할아버지가 시키는 대로 선봐서 결혼해야 하니까.

그래도 잠깐이지만 공주처럼 대해 줘서 좋았었다.

차문도 열어 주고, 찬바람도 막아 주고, 손도 잡아 주고……. 사랑받는 것 같아서 좋았다. 좋았는데, 이렇게 신데렐라 놀이도 시켜 주어서 막 좋은 사람이라고 생각할 참이었는데, 사실은 아니었다. 하긴, 왕자가 아무한테나 나타나는 건 아니지. 어쩐지 처음부터 이상했었다니까.

가슴 속에서 보글보글 부풀어 오르던 무언가가 피시시 바람 빠지는 소리를 내면서 급속히 꺼져 가고 있었다. 막 달콤한 꿈을 꾸려던 참이었는데 불시에 누군가에게 뺨을 얻어맞고 잠에서 확 깨 버린 듯한 느낌. 속에서 허탈하고 휑한 바람이 부는 것 같았다. 그래서 그녀는 계속 멍하니 앉아만 있다가 한참 뒤 누군가가 어깨를 툭툭 건드린 후에야 퍼뜩 정신을 차릴 수 있었다.

"이쪽으로 오세요."

머리가 다 볶아졌다.

생전 처음으로 한 파마는 생각보다 꽤 힘들었다. 하지만 샴푸를 마치고 뜨거운 바람으로 머리칼을 말리고 나자, 이전과 비교도 할 수 없을 정도로 머리가 가벼워져 있었다.

"어때요? 맘에 들어요?"

승리는 멍하니 거울을 바라보았다.

목덜미가 확 드러나도록 한결 짧아진 머리, 부드럽게 뽀글거리는 머리카락이 귀밑을 간질인다. 약간 색이 바래 거의 갈색처럼 보이는 머리칼이 조금이지만 귀엽게 웨이브를 그리고 있었다. 앞머리는 부드럽게 휘어 이마 한쪽을 덮고 있었고, 얼굴은 그 어느 때보다 뽀얗고 맑아 보인다. 탱탱 부어 지나치게 똥그랗던 얼굴선도 조금이지만 갸름해진 것처럼 느껴질 정도였다.

"화장은 색조를 거의 빼고 기본만 했어요. 깨끗한 얼굴이라 청순함을 살리는 게 더 예쁠 것 같았거든요."

"우와, 너무 예뻐요. 제가 아닌 것 같아요."

우울해 하던 것도 있고 승리는 거울에 딱 붙어 환성을 내질
렀다.

단지 파마와 엷은 화장만 한 것뿐인데, 그녀의 분위기는 완
전히 달라져 있었다. 맹세하건대, 지금 그녀는 결코 초등학생처
럼 보이지 않았다.

"이제 옷을 입어 볼까요?"

"에? 옷이요?"

"네. 레이몬드 씨가 기다리시면서 직접 골라 놓으셨어요. 한
번 입어 보시고 고르세요."

"아, 아니요. 옷은 됐어요. 그냥 화장만 지울 거였는데……."

더 이상은 신세질 수 없다는 생각에 승리는 필사적으로 손을
내저었다. 의도를 떠나, 이렇게 규모가 큰 친절을 아무렇지도
않게 받아들일 만큼 그녀의 간은 크지 못했다. 정말로 연애를
한다고 해도 이러는 것은 옳지 않았다.

"정말로 괜찮아요. 저한테는 이런 옷이 더 어울리거든요. 저,
전 이만 가 볼게요."

누가 잡을세라 그녀는 후다닥 계단을 향해 내달렸다.


"어? 벌써 끝났나?"

발자국 소리를 듣고 고개를 돌린 레이몬드가 마침내 그녀를
발견했다. 종종걸음으로 계단을 내려오는 꼬맹이를 알아본 건,
순전히 입고 있는 옷 때문이었다. 단출한 티셔츠에 청바지. 올

때 입었던 그 옷 그대로였다.

"오래 기다리셨죠? 다 끝났어요. 가요."

고개를 푹 숙인 채 승리는 허겁지겁 외투를 주워 입고 있었다. 레이몬드가 뜨악한 얼굴로 물었다.

"옷은?"

"옷은 됐어요. 돈도 없는데. 파마랑 화장만 해도 벌써 대출혈일 거란 말이에요. 여기 많이 비싸죠? 얼마나 할까요?"

"하!"

주섬주섬 가방을 메고 지갑까지 꺼내 드는 모습에 레이몬드는 저도 모르게 콧방귀를 뀌고 말았다. 도대체가 말을 안 듣는 꼬맹이였다. 그냥 순순히 받아들이는 줄 알았는데, 맹랑하게도 혼자서 이런 계산을 하고 있었나 보다. 어쩐지 사귀자는 말에도 순순히 고개를 끄덕이지 않더라니…….

"휴우. 꼬맹아, 아니, 승리야, 왜 삐쳤어?"

고개도 들지 않고 지갑만 뒤적이는 그녀를 레이몬드가 달랑 들어 돌려세워 놓았다.

"말해 봐. 갑자기 왜 삐쳤어?"

"삐, 삐치긴 누가 삐쳤다고 그래요?"

"삐쳤잖아. 괜찮으니까, 솔직히 말해 봐. 누가 네 기분을 상하게 한 거야? 응? 누구야?"

바람둥이 레이몬드 씨가요.

대답 대신 승리는 고개를 푹 숙인 채 그냥 입을 꼭 다물었다. 그러자 다음 순간, 갑자기 턱이 홱 치켜 올려졌다.

"……!"

승리는 눈을 질끈 감고 있었다.

지금은 그를 보고 싶지 않았다. 이대로 혼자 돌아가 집에서 라면을 끓여 먹은 다음, 초콜릿도 먹고 좋아하는 책을 잔뜩 보다 잠들고만 싶었다. 그리고 내일 아침에 눈을 뜨면, 아무 일 없었다는 듯 또 하루를 시작하는 거다.

"눈 떠 봐."

레이몬드 씨가 조금 떨리는 목소리로 말했다.

"눈 떠, 승리야."

"싫어요."

"왜?"

"……그냥요."

쌀쌀맞게 대답하면서 승리는 턱에서 그의 손을 치웠다. 그리고 메고 있던 가방을 다시 추스른 다음 돌아서서 목도리를 칭칭 휘감았다. 그나저나 파마 값이 얼마나 하려나?

"그만 가야겠어요. 배고파요. 밥은 집에 가서 먹을래요."

"박승리."

"전 지하철 타고 갈게요."

시선도 마주치지 않고 주절주절 떠드는 승리의 모습을 보며 레이몬드는 또 한숨을 내쉬었다. 분명히 삐쳤는데 아닌 척하는 게 너무 답답했다. 그러려거든 그렇게 금방이라도 울 것 같은, 상처받은 얼굴을 하지나 말든가.

"승리야."

그는 긴 팔을 뻗어 돌아서는 승리를 잡아챘다.

품안으로 끌어들여 꼭 끌어안았다. 그리고 정수리에 입술을 대고 잠시 숨을 골랐다.

"왜, 왜 이래요? 놔주세요. 사람들이 보잖아요."

"잠시만, 가만히."

"싫다니까요."

승리가 열심히 바르작거리고 있었다.

품 안에서 그렇게 귀엽게 꼼질대면 남자가 어떤 반응을 일으키는지 전혀 모르는 멍청이다.

"정말 말 안 듣는다. 나쁜 어린이야."

팔에서 조금 힘을 뺀 다음 그는 바르작거리는 승리를 가만히 내려다보았다. 그리고 다음 순간, 사악한 미소를 머금은 채 그녀의 귓가에 대고 아주 친절하게 속삭였다.

"자꾸 말 안 들으면 여기서 키스할 거야. 아주 찐하게!"

"헙!"

"그래, 착하지. 오빠 말 잘 들어라앙?"

끄덕끄덕끄덕.

꼬맹이가 맹렬하게 고개를 끄덕인다. 역시, 말 안 듣는 애들은 엄하게 키워야 할 필요가 있는 거다.

"서 실장."

흐뭇하게 꼬맹이의 머리 꼭대기를 내려다보던 레이몬드가 문득 얼굴을 굳혔다. 놀랐는지 멍하니 굳어 있는 서 실장을 향해 말했다.

“아까 골라 놓은 거 전부 다 포장해 줘.”

“예? 그, 그걸 전부 다요?”

“응. 그리고…….”

“……?”

“우리 허니가 화가 났는데, 난 그 이유를 모르겠네?”

“……!”

레이몬드의 눈빛에 어느새 칼날 같은 냉기가 어렸다.

안 봐도 충분히 짐작할 수 있었다. 아까까지만 해도 괜찮던 승리가 갑자기 우울해진 건 부띠끄 누군가가 입을 잘못 놀린 탓일 거다.

“다시 한 번 이런 일이 생기면, 그땐 각오하는 게 좋을 거야.”

“죄, 죄송합니다. 정말 죄송해요. 다시는 이런 일이 없도록 제가 단단히 주의를 주겠습니다. 정말 미안해요, 레이몬드.”

“나한테 사과 따윈 하지 마. 그런다고 이미 벌어진 일이 되돌려지는 건 아니니까. 이만 가겠어.”

싸늘한 말을 끝으로 그는 돌아섰다.

카드를 던져 준 다음, 그대로 승리를 옆구리에 끼고 나와 차에 올랐다. 직후, 직원들이 산 같은 쇼핑백 보따리를 들고 나와 뒷좌석이며 트렁크에 한가득 넣어 주었다.

“난 필요 없는데.”

“정말 미안해요, 승리 씨.”

입을 댓발이나 내밀고 우울하게 중얼거리자 카드와 영수증을 돌려 주던 서 실장이 거의 울 듯한 얼굴로 승리에게 사과를 한다.

"우리 직원이 실수했나 봐요. 용서하세요. 사과의 뜻으로 제가 선물 몇 가지 더 챙겨 넣었어요. 기분 풀고, 다음에도 꼭 들러 주세요. 네? 꼭이요."

애절하게까지 느껴지는 부탁에 승리가 조심스럽게 고개를 끄덕였다. 그 모습을 보고서야 레이몬드는 조금 안심을 했다. 하지만 그냥 넘어갈 생각은 없었다. 이제부터 그녀를 살살 구슬려 무슨 일인지 알아볼 참이었다.

"많이 배고파?"

팔을 뻗어 곁에 앉은 그녀의 머리카락을 만지작거리며 그가 물었다.

"뭐 먹을까?"

"……별로 생각 없어요."

"왜? 아깐 배고프다고 했잖아."

"집에 가서 먹을래요. 피곤하니까요."

"그럴까, 그럼?"

무슨 뜻인지 알면서도 마치 아무것도 모른다는 듯 그는 유쾌하게 고개를 끄덕였다. 그리곤 정말로 집으로 데려왔다. 그의 집으로.

"집에 간다니까요?"

멍하니 넋 놓고 있다가 또 그의 집까지 끌려온 승리가 소리쳤다. 그녀는 그에게 손을 잡힌 채 눈꼬리가 확 올라간, 그리하

여 말도 못하게 인상이 '드러운' 두 장승 아래에서 꼿꼿하게
버티고 있는 중이었다.

"이거 놔요!"

"그래그래. 밥 먹고 나서."

"우리 집에서 먹을 거예요."

"그럼 난?"

"레이몬드 씨는 레이몬드 씨 집에서 먹어야죠."

"나 혼자 먹는 거 싫어."

그가 태연하게 대꾸했다.

"박승리, 정말 너무한 거 아냐? 우리는 어쩌면 연애를 할지
도 모르는 사람들이잖아."

"그거야……."

"그리고 오늘은 데이트를 하기로 약속했고."

"그건……."

"약속해 놓고 어쩌면 이럴 수가 있어? 너 그러면 안 돼. 약
속은 중요한 거야. 자꾸 그러다 평생 신용을 잃는 수가 있다."

뭐라 변명을 하기도 전에 레이몬드는 다다다 떠들어 잽싸게
그녀의 입을 막았다. 그리곤 이미 활짝 열린 문 안으로 그녀를
잡아끌었다.

"맛있는 거 만들어 줄게."

여전히 망설이는 그녀를 끌어다 주방 탁자 앞에 앉혀 두고
레이몬드는 보란 듯이 앞치마를 걸쳤다. 그런 다음 그녀가 지켜
보는 앞에서 요리를 하기 시작했다. 이렇게 눈앞에 두지 않으면

요 맹랑한 여자는 몰래 도망을 갈지도 모른다. 무엇 때문인지는 모르겠지만, 그녀는 지금 삐쳐서 그를 잔뜩 경계하고 있는 중이니까 말이다.

탁탁탁…… 치이익.

승리는 멍하니 앉아 그의 뒷모습을 바라보고 있었다.

그는 예의 군살 하나 없다는 날렵한 허리에 하얀 앞치마를 두른 채 손수 요리를 하는 중이었다. 지난번엔 거실에 처박혀 있다가 얻어먹기만 해서 못 봤지만, 이렇게 직접 보니 조금 신선했다.

사실 승리는 이제껏 남자가 밥하는 모습을 한 번도 본 적이 없었다.

시골집에서는 아직도 남자가 부엌 근처에 얼씬도 않는 것을 당연하게 여기고 있었다. 덕분에 요리부터 설거지까지, 부엌일은 온전히 엄마나 그녀를 비롯한 여자들의 몫이었다. 가끔 TV에서 남자가 직접 라면을 끓이거나, 주방에서 왔다 갔다 하는 모습을 본 적은 있었다. 하지만 그런 장면이 나오면 할아버지는 쯧쯧 혀를 차면서 이렇게 말씀하시곤 했다.

'변변찮은 위인들 같으니. 남자가 원 할 일도 없구면.'

웬 시대착오적 발언이냐고 욕을 해도 하는 수 없는 일이었다.

할아버지는 그런 사고가 보편적이었던 시대에 태어나 그렇게 배웠고, 또 일평생 그렇게 살아오신 분이었다. 어렸을 땐 승리도 그런 할아버지에게 불만이 많았지만, 지금은 어떻게 해도 달라지지 않을 거라는 걸 안다. 이를테면, 포기한 것이다.

"자, 다됐다!"

환한 미소와 함께 레이몬드 씨가 커다란 접시를 그녀 앞에 내려놓았다.

"오늘의 메뉴는 해물과 김치가 들어간 스파게티! 빵도 있고, 이건 샐러드. 아, 와인도 한잔 할까?"

무슨 생각인지 그가 선뜻 잔을 채워 준다.

취해서 별 짓 다 한 걸 알면서 왜 이러는 거지? 혹시, 흑심 있는 거 아녀? 의심을 품는 순간, 그가 '아차' 하면서 또 말했다.

"아, 안 되겠다. 승리는 술 약하지?"

그러면서 냉큼 잔을 자기 쪽으로 옮겨 놓는다. 나름 옳은 행동이기는 한데, 너무 당연하게 그러니까 어쩐지 조금 얄미웠다. 마치 제 몫의 사탕을 빼앗긴 듯한 기분이다. 가볍게 한두 잔은 괜찮은데 말이지.

"먹자. 맛있게 먹어라앙~."

"……."

"왜 안 먹어? 내가 먹여 줄까?"

"아, 아니요. 됐어요. 먹어요."

정말로 먹여 주려고 들 게 무서워 승리는 포크를 들고 허겁지겁 면발을 우겨 넣었다. 약간 당황해서 생각도 않고 라면 면발 삼키듯 잔뜩 퍼 넣었더니 얼마 지나지 않아 숨이 넘어갈 듯 목이 메어 왔다.

"욱, 욱!"

"저런! 괜찮아? 이거라도 마셔."

숨도 못 쉬고 가슴을 퍽퍽 두드리자 그가 잽싸게 한 손에 잔을 쥐어 주었다. 이거저거 따질 때가 아니라 뭔지도 모르고 그녀는 일단 주욱 들이켰다. 와인이었다.

"꺼억!"

"천천히 먹어야지. 많이 있으니까 천천히 먹어도 돼. 자, 더 먹어."

"이것도 많아요. 내가 뭐 돼지인 줄 알아요?"

자기 접시까지 내미는 그에게 통박을 주고 승리는 다시 접시에 코를 박았다. 김치를 넣은 스파게티는 입에 착착 달라붙는 것이, 굉장히 맛있었다. 그래서 삐친 일도 잊고 그녀는 정말로 허겁지겁 먹어치우기 시작했다.

'후후후. 어이구, 이쁘기도 하지. 많이 먹어라앙~.'

그녀의 잔에 다시 와인을 가득 따라 주면서 레이몬드는 회심의 미소를 지었다. 어서 빨리 취해 그녀가 지금보다 좀 더 대범하고 솔직해지기를 바라면서. 그리고 곧 그의 뜻대로 되었다.

"레이몬드 씨."

벌개진 두 볼, 확 풀어진 눈동자, 그리고 사방으로 벗어 던진 옷.

와인 3잔에 흠뻑 취한 승리가 배시시 웃으면서 물었다.

"레이몬드 씨이, 나 이뻐요?"

"응. ……이쁘다."

"얼마만큼?"

"하늘만큼 땅만큼. 세상에서 제일 이뻐."

진심이었다.

지금 그의 눈에 승리는 세상에서 제일 예쁜 여자가 되어 있었다. 간신히 붙잡고 있는 이성의 끈을 홱 뿌리치고, 발정 난 한 마리 짐승이 되어 넘지 말아야 할 선을 훌쩍 뛰어넘어 버리고 싶을 만큼.

'어째서 이렇게 된 거지?

레이몬드는 멍하니 생각했다.

취하기가 무섭게 그녀는 독일어를 외치는 대신, 산더미처럼 쌓인 쇼핑백을 향해 덤벼들었다. 그리곤 그가 고른 옷이며, 신발 따위를 주욱 늘어놓고 하나씩 입었다 벗기를 한동안 반복했다.

그리하여 마침내 몸의 굴곡이 죄다 드러나는 빨간 캐시미어 원피스에, 섹시한 높이를 자랑하는 뮬을 신고 있게 된 거다. 직접 고르긴 했지만, 설마하니 그 옷이 이렇게나 잘 어울릴 줄은 그도 미처 몰랐었다. 옷이 날개라더니, 승리는 흡사 전혀 다른 사람이 된 것만 같았다.

더 이상 엉뚱하고 유치하기만 한 여자는 없었다.

그 앳되고 귀여운 얼굴이 나른해지는 순간 시작된 변신은 그야말로 놀라웠다.

짧아진 머리 때문에 환히 드러난 뽀얀 목덜미와 완벽한 선을 그리고 있는 쇄골. 나른한 시선 아래 희미하게 달아오른 두 볼과 빨갛고 통통하게 부풀어 오른 입술이 못 견디게 탐스럽다. 딱 잡기 좋게 부푼 가슴은 또 어떻고? 레이몬드는 풍만한 가슴을 탐욕스럽게 노려보았다.

갑자기 목이 타기 시작했다.

가느다란 허리선과 확 퍼진 골반, 귀여운 엉덩이가 눈앞에서 이리저리 흔들거리며 그를 유혹하고 있었다. 섹시하고 육감적이다. 그리 크지 않은 키에 비해 쭉 뻗은 다리를 봤을 땐 거의 숨이 넘어갈 뻔했다. 내복에 가려 미처 발견하지 못했던 그 하얀 다리에 그는 완벽하게 반해 버렸다.

'미쳤어. 술을 먹이는 게 아니었어. 이럴 걸 알았다면 절대로 먹이지 않았을 텐데!'

후회했지만, 이미 늦은 일이었다.

또 빨간 내복만 입은 채로 양반다리나 할 줄 알았는데, 그게 아니었다. 한이 많다고 울다가, 독일어를 외치며 벽난로를 향해 행진을 하는 게 차라리 나았다.

"나보고 어쩌라는 거냐, 박승리."

이러지도 저러지도 못하고, 그는 울상이 되어 고개를 푹 숙였다.

그런 그를 향해 꽃처럼 배시시 웃던 승리가 문득 얼굴을 들이밀더니 말했다.

"레이몬드 씨!"

"왜에."

"레이몬드 씨이~."

"힘들어 죽겠는데 왜 자꾸 불러?"

"……나 진짜 이뻐요?"

"응. 하늘만큼 땅만큼."

"레이몬드 씨 애인들보다도?"

"애인들?"

이게 무슨 소린가?

뜬금없는 소리에 그는 조금 멍청해졌다. 그냥 '애인' 도 아니고 '애인들' 이라니. 어째서 그의 연인이 단수가 아닌 떼로 등장해야 하는 거지? 의아했지만 그는 궁금증을 억누르고 조심스럽게 고개를 끄덕였다.

"아마도."

"헤헤헤. 다행이다. 그럼요오……."

"……?"

"나아, 키스해 주세요."

"쿨룩! 키, 키스? 키스 좋아해?"

"네. 레이몬드 씨가 해 주는 키스가 좋아요. 가슴이 막 두근거리고, 행복해져요. 사랑받는 거 같아요."

가슴에 두 손까지 모으고 그녀는 꿈꾸는 소녀처럼 중얼거렸다.

"레이몬드 씨는 참 따뜻해요. 손도 따뜻하고, 입술도 따뜻하고, 품에 안기면 너어~무 포근해서 잠이 올 것 같아요. 그래서 슬퍼요."

"왜 슬픈데?"

“다른 여자들한테도 똑같이 따뜻할 테니까요.”

“……?”

“있지요, 레이몬드 씨는 왜 바람둥이인가요?”

순간, 충격이 찾아왔다.

갑작스러운 폭로. 헤머로 뒤통수를 맞은 듯 레이몬드는 멍해지고 말았다. 생각지도 못한 때에, 생각지도 못한 사람에 의해 과거의 범죄가 까발려진 듯 민망한 동시에 아릿하다. 당황스러웠다. 화도 났다. 아마도 서 실장의 부띠끄에서 들은 말이 바로 이것이었나 보다. 그녀가 갑자기 우울해진 이유였다.

“흑, 내 뺨에 키스했잖아요. 손도 잡고, 안아 주고……. 다른 여자들한테도 그랬죠?”

배시시 웃던 승리는 어느새 눈물을 그렁그렁 매단 채 흐느끼고 있었다.

“연애하자고 그랬으면서! 다른 여자들한테도 연애하자고 그랬나요? 키스도 해 주고요?”

“…….”

“그래서 나한테도 이런 옷을 사 준 거지요? 그 여자들이랑 똑같이 보이게.”

똑같이 보이게?

그건 아니다. 지금의 차림이 그의 취향인 건 확실하지만, 다른 여자들과 똑같다는 건 말이 안 된다. 그녀는 누구와도 달랐다. 모든 것이 아주 다르다. 그럼에도 불구하고 레이몬드는 아무 말도 할 수가 없었다. 자신의 이기적인 욕심 때문에 그녀가 벌써 상처를 받은 것이다. 이래서, 이래서 처음부터 이 어리고 순진한 여자만큼은 피하고 싶었던 거였는데!

"아, 가슴이 아파. 또 한이 쌓이나 봐."

"스, 승리야, 난……."

그녀가 취했다는 것도 잊고 그는 한껏 당황한 얼굴을 한 채 그대로 굳어 버렸다. 있는지도 몰랐던 죄책감이 몰려온다. 청산 유수 같은 언변을 자랑하는데다 유능한 변호사답게 변명거리도 많고 때때로 거짓말도 잘하는 그였지만, 이런 때엔 어떤 말을 해야 하는 건지 알 수가 없었다. 아직 한 번도 겪어 본 적이 없는 상황이었으니까.

그런 그를 향해 승리가 홀린 듯 휘청휘청 다가오고 있었다.

울음의 끝이 남았는지 아직도 눈가에 눈물을 매단 모습으로 코를 훌쩍거리며 한 발 한 발 다가오다가…….

"악!"

순간, 다리를 휘청하더니 갑자기 앞으로 확 자빠졌다.

굽이 높은 뮬 때문에 발이 접질린 건지 다급하게 팔을 파닥 거리다 앉아 있는 그의 품으로 덥석 엎어진 것이다. 그리 고…….

"우욱!"

"박승리!"

레이몬드가 비명 같은 고함을 내질렀다.

품안으로 엎어진 승리가 저녁으로 먹은 걸 고스란히 토해 놓고 있었다. 어쩐지 허겁지겁 급하게도 먹는다 했다. 시커멓게

몰려들었던 자책과 죄책감이 증발하듯 한꺼번에 몽땅 날아갔
다.

"꼬맹이, 너 진짜 이럴래?"

질척한 토사물과 함께 하필이면 허벅지 사이, 거시기 부위에
정통으로 얼굴을 박은 채 엎어진 승리를 보며 레이몬드는 절규
했다. 그는 오늘 여러모로 울고 싶었다.


'쪽, 쪽, 쪼옥……'

승리는 수도꼭지를 빨고 있었다.

극심한 갈증 때문에 목이 타고 입술까지 바짝 말라 와 체면
불구하고 주방 한쪽의 수도꼭지에 직접 입을 가져다 댄 참이었
다. 그런데 고장 난 수도꼭지인 건가? 아무리 빨아 대도 어찌
된 일인지 물이 나오지 않는 거다.

'아이, 짜증나. 왜 안 나오는 거야.'

미칠 듯한 갈증 때문에 그녀는 짜증을 부리며 더 세게 빨아
보았다. 그때였다. 문득 머리 위에서 누군가가 말했다.

"……파."

"응?"

"아프다고."

"으응?"

"박승리, 자꾸 그러면 나 못 참아."

"헉!"

허스키하게 갈라지는 나직한 목소리에, 그때까지 비몽사몽을

헤매던 승리는 본능적으로 번쩍 정신을 차렸다.

갑자기 눈이 부릅떠졌다. 그럴 수밖에 없었다. 어찌 된 영문인지 인상을 잔뜩 찌푸린 레이몬드 씨가 바로 코앞에 있었다. 그리고 그녀의 입엔 무언가가 한가득 물려 있다. 이해할 수 없는 상황 앞에서 당황한 눈동자가 데구르르 굴렀다. 기다란 손가락 몇 개가 눈앞에서 바르르 떨고 있었다. 그것을 발견한 승리는 조심스럽게 입을 벌렸다. 허옇게 퉁퉁 붇긴 했지만, 분명히 엄지손가락처럼 생긴 것이 혀에 의해 밖으로 떠밀려 나왔다.

"내 손가락 맛있었어?"

그가 귓가에 대고 속삭였다.

"엄청난 유혹이었다, 꼬맹이."

"……!"

"하긴, 내가 잡아먹고 싶을 만큼 탐스럽긴 하지. 하지만 다음부터는 골고루 맛봐 줬으면 좋겠어. 큰 것에 집착하는 건 안 좋은 습관이거든."

엄지손가락을 빼낸 그가 아무렇지도 않게 주절거리더니 다음 순간 천천히 몸을 일으켰다. 그리곤 가볍게 기지개를 켠 다음 침대 밖으로 내려섰는데, 마른하늘의 날벼락처럼 매끈한 엉덩이 두 쪽이 눈에 들어오는 거다. 그는 완벽한 알몸이었다.

"악!"

잠이 확 깼다.

승리는 비명을 지르며 황급히 이불을 뒤집어썼다. 아직 완전히 잠에서 깨지 못한 뇌가 기름칠을 하기도 전에 맹렬하게 굴러가는 소리가 들렸다. 레이몬드 씨는 어째서 벗고 있는 걸까, 왜 내 옆에서 일어난 건가, 내가 잠든 사이 무슨 일이 있었던 거지?

충격으로 손이 덜덜 떨리고 있었다.

지난 날 쬐끔 감상하다 만 그 애먼 야동의 삐리리하고도, 응응하며, 끈적거리고, 야한 장면이 눈앞을 휘리릭 스치면서 충격이 급격히 더 부풀어 오르고 있었다. 설마, 설마……. 그녀는 새파랗게 질린 얼굴로 다급하게 제 몸을 살폈다.

"어? 옷이……."

옷이 갈아입혀져 있었다!

팔을 들자 원래 입고 있던 티셔츠 쪼가리가 아닌, 지나치게 커 보이는—의심의 여지없이 그의 것처럼 보이는—흰색 실크 파자마 자락이 딸려 올라왔다. 더욱 더 기겁을 한 그녀의 시선이 이번엔 황급히 아랫도리로 향했다. 매끈한 맨다리가 뽀얀 이불자락에 휘감겨 있었다. 갑자기 현기증이 몰려왔다.

"어, 어, 어째서……."

"응? 왜 그래?"

막 가운을 걸치고 나가려던 레이몬드 씨가 멀끔한 얼굴로 그녀를 돌아보았다. 승리는 분노에 사로잡혀 소리쳤다.

"아악, 나한테 무슨 짓을 한 거예요? 이 변태!"

"하?"

"흐윽, 엄마아! 나 이제 어떻게 해."

그녀는 아예 엎어져서 엉엉 울기 시작했다.

그 갑작스러운 상황 앞에서 레이몬드는 조금 당황할 수밖에 없었다. 하는 꼬라지를 보니 아무래도 그녀는 지난밤의 일이 아직 생각나지 않는 모양이었다. 와인 3잔에 정말로 필름이 끊어지다니, 이 신기하기 이를 데 없는 생물 같으니라고. 그는 긴 한숨을 내쉬며 다시 침대 한쪽에 주저앉았다. 그리곤 미리 준비해 둔 냉수 한 잔을 그녀의 손에 꼭 쥐여 주면서 말했다.

"승리야."

"엉엉, 내 이름 부르지 마요, 이 나쁜 님아!"

"그래, 박승리. 자, 일단 마셔. 마시고 난 다음에 다시 이야기하자고."

물 잔을 쥐여 주자 철철 울면서도 그녀는 꼴깍꼴깍 잘도 받아 마셨다. 말끔하게 잔을 비운 다음 탕 소리가 나도록 탁자 위에 내려놓고는 그를 찢어 죽일 듯이 노려본다. 아니, 뭘 잘했다고 이렇게 살벌하게 꼬나보는 건가. 갑자기 머리가 지끈거렸지만, 그는 꿋꿋하게 견디며 너그럽게 말했다.

"잠깐 시간을 주겠어."

"무슨 시간이요?"

"생각할 시간. 지금부터 넌 어젯밤에 네가 한 일을 떠올리는 거야. '저녁을 먹은 직후' 부터 시작해 봐."

무슨 수작이지?

저녁을 먹은 직후라는 말을 유난히 강조하면서 그는 그녀를 빤히 바라보았다. 그리하여 승리는 애써 분노와 충격과 슬픔을 가라앉히고 더듬더듬 지난밤의 기억을 떠올린 것이다.

‘그러니까 머리를 볶은 다음 바로 끌려와서…… 스파게티를 먹고, 와인이랑…… 응? 와인? 헉!’

와인을 떠올리기가 무섭게 그 와인만큼이나 새빨간 원피스도 함께 떠올랐다. 그 뒤의 기억은 아주 자연스럽게 따라왔다. 그녀는 또 취해서 레이몬드 씨 앞에서 옷을 벗어 던지고, 내복도 벗어 던진 다음, 새빨간 원피스를 주워 입었다. 그리곤…… 감히 레이몬드 씨에게 떠드는 거다. 키스해 주세요…… 해 주세요…… 해 주세요.

“딸꾹!”

“그래, 넌 완벽하게 취해서 웃다가, 울다가, 또 가슴에 한을 쌓은 다음…… 토했지. 그리고 난 밤새도록 그걸 치웠고.”

“……!”

승리는 조용히 도로 드러누웠다.

이불을 머리 꼭대기까지 뒤집어쓰고 몸을 동그랗게 말았다. 이 일을 어이할거나. 승리는 그야말로 죽고 싶을 만큼 쪽팔렸다. 애초에 누군가가 ‘아버지 날 낳으시고’ 라고 노래했다더니, 그녀의 지금 심정이 딱 그랬다.

‘아부지, 왜 절 이렇게 낳으셨어요.’

닮으려거든 두주불사라는 할아버지를 닮을 것이지, 어쩌다 술 석 잔에 필름이 끊어지는 아버지를 닮아 이런 비극을 연출하게 된 건가 말이다.

“기억났어?”

이불 밖에서 그가 물었다.

"아무 일 없었다는 거, 아니, 일은 있었지만 그게 섹스는 아니라는 걸 이젠 알겠지?"

"⋯⋯네에."

"좋아. 그럼 일어나서 씻고 나와."

"네에."

기어 들어가는 목소리로 간신히 대답해 놓고 그녀는 또 소리 없이 울었다.

"쪽팔려어. 으허어엉."

이로써, 그녀는 완전히 그의 눈 밖에 난 게 틀림없었다.


달칵!

[젠장!]

애써 담담히 욕실로 들어온 레이몬드가 거칠게 가운을 벗어 던졌다. 그리곤 조금 신경질적으로 아랫도리를 내려다본다. 염치도 없이 놈은 벌써 한껏 흥분해 있었다.

[나도 진짜 미치겠어.]

정말이지 미치고 펄쩍 뛰고만 싶다.

어쩌다가 꼬맹이에게 반해서 이런 꼴이 되고 만 것일까. 적당히 즐길 줄 아는, 그냥 그렇고 그런 여자였다면 오죽이나 좋아! 그랬다면 욕구 불만에 걸리는 일도 없었을 텐데!

소리 없이 절규하며 그는 샤워기 아래에 섰다.

지난 밤 내내 그녀를 안고 있으면서 레이몬드는 그야말로 천국과 지옥을 오락가락했다. 착한 레이몬드와 악마 레이몬드가 밤새도록 치열하게 전쟁을 벌였다. 욕구 불만 상태에서 여자랑 그냥 잠만 자는 건 도저히 인간이 할 짓이 아니었다. 모르긴 해도, 몸 안에 사리가 서 말은 쌓였을 것이다. 그러고도 모자라 그는 아직도 완벽한 발정 상태였다.

[아!]

쏟아지는 물을 맞으며 레이몬드는 한 손으로 뻣뻣한 자신의 남성을 잡아 갔다. 이 나이에 아침부터 이러고 싶지는 않았지만 어쩔 수 없었다. 지금 그의 침대에 승리가 반라 상태로 누워 있다는 생각만 해도 그는 거의 절정에 올라 버릴 것만 같았으니까.

[하아, 승리야.]

레이몬드는 나직하게 신음했다.

매 순간순간 그를 자극하며 잠 못 들게 했던 피부의 부드러움과 유혹적인 여인의 향기가 아직도 코끝에서 희미하게 느껴지고 있었다. 통통하고 하얀 다리를 그의 허벅지 안쪽에 비비며 그녀는 마치 유혹하듯 밤새 그의 엄지손가락을 빨았다.

[승리, 박승리!]

헐떡이며 그는 애타게 그녀의 이름을 불렀다.

그를 미치게 했던 탐스러운 가슴과 참지 못하고 몇 번이나 몰래 훔쳤던 입술의 감촉이 생생했다. 죽음 같은 갈증에 사로잡힌 채 그는 그녀를 탐욕스럽게 탐하고 있었다. 미친 듯 격렬하게 부딪치고, 비벼지고, 파묻혀, 마침내 산산이 부서졌다.

[헉!]

아찔하고도 허무한 쾌락이 찾아왔다.

짧은 쾌락의 끝으로 좌절과 죄책감도 찾아들었다. 이 끔찍하고도 너절한 감정의 파도라니. 레이몬드는 문득 지금 이대로 죽어 버리고 싶다고 생각했다.


아침 7시.

두 사람은 마주앉아 말없이 아침을 먹었다. 그리고 8시 즈음, 무언의 합의하에 그들은 나란히 집을 나서서 거의 동시에 차에 올랐다. 날은 여전히 추웠고 사람들은 열심히 사방으로 움직이고 있었다. 그리고 그들은 말이 없었다. 막히는 도로를 뚫고 그녀의 집까지 오는 동안에도 그들은 계속 말이 없었다.

마침내 그녀의 집 앞에 도착했을 때에도 그들은 한동안 똑같이 입을 열지 않았다. 차에서 내리지도 않았다. 그냥 무언가를 기다리듯 조용히 시계만 보고 있을 뿐이었다.

"크흠."

자욱하게 깔린 무거운 침묵을 깬 것은 레이몬드였다.

"생각해 봤는데……."

"……?"

"아무래도 내가 너무 성급했었던 것 같아. 연애하자고 한 것 말이야."

"……!"

"내가 너무 쉽게 생각했어. 아니, 널 배려하지 않았지."

"네."

“그래서 하는 말인데…….”

그가 다시 입을 다물었다.

아침 내내 생각한 거지만, 정작 입 밖으로 꺼내려니 엄청 망설여지고 있었다. 정말 이래도 괜찮은 걸까? 이미 수없이 겪은 다른 이별들처럼 이대로 끝내도 아무렇지 않을 수 있을까? 돌아서자마자 후회가 되면 어떻게 하지? 그는 미친 듯이 생각을 곱씹었다. 망설이고, 또 망설이다 한참 만에야 간신히 입을 열었다.

“그래서 하는 말인데, 서로에게 시간을 좀 더 주는 게 좋을 것 같아.”

“무슨 뜻이에요?”

“그러니까 각자 생각할 시간을 갖자는 거야. 너는 너대로 나랑 연애를 할지 말지 생각하고, 나는 나대로 고민을 좀 해 보자고.”

“왜 그래야 하는데요?”

“……너, 나 좋아하잖아.”

“누, 누가 그래요?”

“그럼 내가 너를 좋아한다고 쳐. 어쨌든, 그렇게 되었으니 정말로 진지하게 생각을 하고 결정을 내리자는 거야.”

두서없이 주절주절 떠들다 그는 잠시 심호흡을 했다. 그리고 다시 이어 말했다.

“그 말이 맞아.”

“……?”

“난 못 말리는 바람둥이고, 파란 눈의 외국인에다, 너보다 나이도 한참이나 많아. 나랑 사귀게 되면 그런 사실 때문에 너는 때때로 혼란에 빠지거나 상처를 받을지도 몰라. 그러니까 그런 나를 인정하고 극복할 수 있을지 생각해 주기를 바라.”

“그럼, 레이몬드 씨는 뭘 생각할 건데요?”

“내 진짜 마음.”

“……!”

“당분간 연락은 하지 않을 거야. 열심히 생각한 다음, 먼저 생각을 끝낸 사람이 찾아오는 걸로 하자.”

그 말을 끝으로 그들은 또 깊은 침묵에 빠졌다.

한참을 앞만 보고 앉아 있다가 승리는 느릿느릿 차에서 내렸다. 그리고 직후, 그가 떠났다. 이런 게 이별이라면 너무나 쉽고 간단해서 한동안 실감이 잘 나지 않을 것 같았다. 그러니까 진짜 이별이라면 말이다.

“이별 같은 건 아니야. 사귄 게 아니니까.”

그냥 얼굴 몇 번 보고, 밥 몇 번 먹은 게 전부다.

크게 안타까울 것도, 애틋한 것도 없는 그저 그런 만남이었고, 이별이었다. 그냥 우연히 마주쳤다가 다시 각자의 자리로 돌아간 것, 그 이상도 이하도 아닌 것이다.

“하긴, 그 진상을 떨었는데 나라도 별로 보고 싶지 않겠다.”

승리는 덤덤한 얼굴로 계단을 밟았다. 그리고 느릿느릿 집으로 돌아와 멍하니 라면을 끓였다.

라면을 먹고, 초콜릿도 먹고, 책을 보다가 그대로 잠이 들었다. 모든 것이 원래대로 돌아왔다. 그를 알기 전으로.


"자!"

"어? 이게 뭐야?"

"뭐긴, 너 좋아하는 돈이지. 이달 원고료가 나왔단다."

"벌써?"

박샘이 내미는 제법 도톰한 봉투를 승리가 잽싸게 낚아챘다.

안 그래도 내일이 주말이라 집엘 내려가야 해서 돈이 필요하던 참이었다. 그런데 어떻게 알고 이렇게 딱 맞추어서 나온 거랴. 거참, 감사하기도 해라.

"이번엔 어떻게 빨리 주셨네?"

희희낙락. 손가락에 침을 발라 돈을 착착 세며 승리는 건성으로 물었다.

"아아, 너 시골 간다고 해서 미리 달라고 부탁했지."

"어, 안 그래도 되는데. 차비 말고는 따로 돈 쓸 데도 없는걸."

"그래도 그게 아니지. 이왕 가는 거 기분 좋게 다녀오라고. 가는 김에 할아버님 내복이랑 승우 새 가방도 하나 사다 주면 좋잖아."

"웅. 안 그래도 내일 내려가기 전에 백화점에 들르려고 했어. 아, 그럴 게 아니라, 돈도 생겼으니 오늘 다녀올까 보다. 내 운동화도 하나 살 겸."

"그러든지. 근데 이왕이면 운동화 말고 구두로 하지 그랴?"

구두라는 말에 승리는 저도 모르게 발을 내려다보았다.

그러고 보니 대학 생활 내내 그녀는 운동화만 끌고 다녔다. 편하기도 하거니와 뭘 신을지 고민하지 않아도 되니까. 다른 여자들처럼 스커트나 하이힐 같은 것을 탐낸 적도 없는 걸 보면 그녀는 아마도 그런 '여성스러운' 일에 대해 전반적으로 관심이 부족했던 듯하다.

가만 생각해 보면, 앳된 외모처럼 당시 그녀의 관심 수준도 거의 초등학교 수준이었던 것 같다. 대학에 입학하고 나서야 만화에 눈을 뜨고, 게임도 시작하고, 초콜릿이나 사탕에 환장하기 시작했으니까 말이다. 늦되어도 한참이나 늦된 것이다.

"그럴까, 그럼?"

발을 가만히 바라보다 그녀는 고개를 끄덕였다.

"이제 봄이면 교생 실습도 나가야 하니까 구두도 미리 한번 신어 보는 게 좋겠지?"

"응, 그렇지."

"좋아. 그럼 구두도 사고⋯⋯. 어? 왜 이렇게 많지? 언니야, 10만 원이나 더 들어왔어!"

원래의 금액보다 10만 원이나 더 들어 있자 이게 웬일인가 싶어 승리가 눈을 동그랗게 떴다. 그러자 박샘이 자랑스럽게 손가락으로 V자를 펴 보이며 웃었다.

"야, 이번 작품은 정말로 제법 잘 나가나 봐."

"어? 잘 나간대? 얼마나?"

"아직 정확한 건 아닌데 고료가 백은 더 나오지 싶어."

“우와! 대단하다. 언니야, 우리 이러다 대박나는 거 아녀?”

“그러면 나야 영광이지. 다 이 몸이 잘나신 덕분 아니겠어? 마음껏 쓰렴. 더 나오면 언니가 더 챙겨 줄게. 음하하하!”

가당치도 않은 잘난 척이었지만 승리는 기꺼이 눈을 감아 주기로 했다. 어차피 날이면 날마다 오는 횡재가 아닌 것이다. 뜻밖의 횡재는 그녀에게도 힘을 불어넣어 주었다. 그리하여 그들은 신이 나서 하루 종일 미친 듯이 그림을 그려 댔던 것이다.

“어, 눈 온다.”

백화점에 가기 위해 조금 일찍 작업실을 나섰을 때였다.

등을 아직도 안 고쳐서 여전히 어두컴컴한 복도를 지나 건물 밖으로 내려서자, 하늘에서 눈송이가 하나둘씩 떨어지고 있었다. 이제 2월도 얼마 안 남았는데 날은 아직도 제법 추웠다.

승리는 목도리를 칭칭 휘감은 다음, 총총걸음으로 대로로 나섰다.

여느 때라면 그냥 버스를 탔겠지만 오늘은 돈이 빵빵한 날이므로 그녀는 기꺼이 택시를 잡아 탔다. 그것은 나름 현명한 선택이었다. 오늘은 하루 종일 운이 좋으려는 건지 기사 아저씨도 친절했고, 아직 퇴근 시간대가 아니라 도로도 한가한 편이어서 차가 전혀 막히지도 않았다.

기분 좋게 백화점에 도착한 승리는 우선 부모님이랑 할아버지께 드릴 선물을 보기로 했다. 큰 것은 못해 드리지만 속옷이랑 양말 세트는 가능할 것 같았다. 다행히 남성매장이 세일 기간이어서 예상보다 30%나 더 저렴하게 원하는 것을 살 수 있었다. 엄마 선물도 가격 대비 좋은 것을 골랐다. 겨울이 거의 끝나 가는 참이라 할인행사가 꽤 다양했던 것이다.

그리고 예정대로 그녀는 구두도 하나 샀다.

굽이 그리 높지 않은, 단정한 디자인의 펌프스였다. 조금 수수한 디자인이었지만 그녀에게는 그럭저럭 잘 어울렸다. 지나치게 화려한데다 발이 꼬여서 자빠지게 만드는 물보다는 훨씬 나아 보였다. 더구나 오늘은 정말로 운이 좋아서 그녀는 구두조차도 할인가에 구입하는 데 성공했다.

"우와, 10만 원이나 더 받고 예상보다 10만 원이나 덜 들었어. 돈이 막 절약되네. 부자 되려나? 오호호호, 이제 우리 승우 가방만 사면 되겠지?"

어린 남동생을 생각하며 승리는 쇼핑백 두어 개를 들고 아동용품 코너로 올라왔다. 그리고 막 엘리베이터에서 내리자마자 그녀는 오늘의 하이라이트와 정면으로 조우했다.

"응? 어머, 너 혹시 승리 아니니?"

하경이었다.

그녀와 마주친 순간, 지난 사흘간 애써 잊고 지냈던 레이몬드 씨의 얼굴도 확 떠올랐다. 그녀는 그 대단한 레이몬드 씨의 전(?) 애인인 것이다.

"맞지?"

"어, 예. 아, 안녕하세요?"

아니라고 오리발을 내밀려다 승리는 저도 모르게 꾸벅 인사를 했다. 외면을 하자니 그녀가 너무 반갑게 아는 척을 한 것이

다. 아니, 이 여자는 왜 이렇게 오지랖이 넓은 건가. 알아도 그
냥 무시해 주지.

"어머, 맞구나. 지난번이랑 헤어스타일이 조금 달라져서 하
마터면 못 알아볼 뻔했어. 머리 잘 어울린다."

"가, 감사합니다."

승리는 또 꾸벅 고개를 숙였다.

은하경, 그녀는 여전히 고급스럽고 아름다웠다. 그녀와 나란
히 서면 마치 미운 오리와 백조처럼 보일 정도였다. 게다가 그
녀는 아주 밝고 행복해 보였다. 뭐가 그리 좋은지 세상이 다 환
해지도록 예쁘게 웃고 있었다. 애인에게 버림받고 실연의 고통
에 빠진 사람처럼은 전혀 보이지 않았다. 역시 아주 헤어진 건
아닌가 보다.

"쇼핑하러 왔니?"

아동용품 코너에 들렀었는지 쪼그만 유아용 방울신과 작은
백 하나만 달랑 든 채 그녀가 방글방글 웃으면서 물었다.

"뭘 사러 왔는데?"

"그냥 애들 가방이랑 학용품 같은 걸 보려고요. 아직 어린
남동생이 있어서."

"어머, 그래? 이렇게 만난 것도 인연인데 그럼 내가 몇 개
선물해 줄까?"

"에? 아, 아니, 괜찮아요. 저 돈 있어요."

"자자, 이리 와."

사양에도 불구하고 오지랖 넓은 그녀가 승리를 잡아끌었다.

백화점 지리를 잘 아는 건지, 한 번도 망설이거나 헤매는 법 없이 하경은 그녀를 가방이며 학용품이 잔뜩 쌓여 있는 코너로 이끌었다.

"어, 하경 아가씨! 이쪽엔 웬일이세요?"

아가씨? 아는 사람인지 지나가던 남자직원 몇몇이 하경에게 다가와 넙죽 인사를 하고 있었다.

"오랜만이에요, 김 실장님. 선물 좀 찾아보려고 왔어요."

"아, 그럼 제가 찾아 드리겠습니다. 뭘 찾으시는데요?"

"안 그래도 되는데. 그냥 남자애들 가방이랑 학용품 몇 가지 보려고요."

"잠시만 기다리세요. 최고 제품으로 몇 가지 가져오겠습니다."

"이쪽으로 앉으세요, 아가씨. 그냥 저희에게 찾아오라고 하시지 뭐 하러 힘들게 올라오셨어요?"

아, 아무래도 하경은 대단한 집안의 딸내미인가 보다.

학용품 코너의 모든 직원이 다른 손님들을 내팽개치고 그녀를 직접 챙기려 들고 있었다. 말로만 듣던 VIP 손님인가? 어쩐지 조금 졸아서 승리는 말없이 하경 옆에 앉아만 있었다.

"안 그래도 그날 이후 궁금했었는데 이렇게 만나다니, 우리가 정말 인연은 인연인가 보다. 그치?"

아니, 뭐 인연이랄 것까지야. 악연이라면 몰라도.

지나치게 반가워하는 그녀에게 승리는 그저 어색하게 웃어만 주었다. 이 상황에서 그녀가 반가우면 미친 게 아닐까? 근데 정말로 왜 이렇게 반가워하는 거지? 설마, 복수하려고? 갑자기 머리칼을 쥐어뜯으면 어쩌나 싶어 갑자기 긴장이 몰려왔다.

"우리 자주 연락하고 지내자. 이제부터는 언니라고 불러. 내가 이래 봬도 너보다 다섯 살은 더 많거든."

"아아, 네. 그렇게 안 보이는데……."

"오호호, 그거야 당연하지. 너 못지않게 나도 동안이잖니. 편하게 대해 줘. 근데 너무 좋다. 여동생이 없어서 그런가? 이렇게 있으니까 여동생이 생긴 것 같아서 너무 좋아. 난 막내거든."

그건 사실인 것 같았다.

그녀는 승리를 지나치게 반가워하며 손을 꼭 잡고 있었으니까. 게다가 귀한 막내로 자랐는지 행동 하나하나에도 자신감이 가득했다. 쓸모없는 계집애로 자란 승리하고는 아예 비교가 안 된다.

"가져왔습니다. 이게 이번 신학기 최고 인기 제품입니다."

직원들이 알록달록한 가방 서너 가지를 가져와 테이블 위에 늘어놓았다. 그 중에서도 맨 앞에 놓인 검정색 가방이 눈에 띄었다. 단순하면서도 고급스러운 디자인이 한눈에 보아도 굉장히 멋졌다. 초등학생용으로 전혀 보이지 않을 정도였다. 딱 보는 순간, 승리도 그것들이 마음에 들었다. 애늙은이에 가까운 승우가 보면 얼마나 좋아할까?

보자마자 그것을 사기로 결심한 승리는 하경 몰래 가격표를 살폈다. 그리고 하마터면 숨이 넘어갈 뻔했다.

'배, 배, 백이십만 원?'

그것은 디자인뿐만 아니라 가격조차도 초등학교 스타일이 아니었다. 기겁을 하고 놀라서 승리는 조심스럽게 그것을 내려놓았다. 그때였다.

"너도 그게 마음에 들지? 이거 정말 괜찮다. 잘 나왔네. 이걸로 포장해 주세요."

"헉!"

"그리고 애들 학용품도 골고루 골라 주시고요. 아, 동생이 몇 학년이라고?"

"6, 6학년인데요."

"그렇다네요. 알아서 넉넉히 골라 주세요."

"예, 아가씨!"

어마어마한 가격표에도 아랑곳 않고 하경은 대차게 질렀다.

그것으로도 모자라 그녀는 여전히 태연한 얼굴로 승리에게 물었다.

"뭐 더 필요한 건 없니?"

"어, 없어요."

"그래? 그럼 내가 옷 한 벌 사 줄까? 이제 슬슬 봄인데 원피스 같은 거 좋잖아. 어때, 내려갈래?"

"아, 아니에요, 아니에요. 괜찮아요. 가방도 너무 과해요. 선물로 받기엔 너무 비싸요! 그냥 제가 다른 걸로 살게요."

"호호, 저 정도는 괜찮아. 그러니까 부담스러워하지 말고 너도 마음에 드는 거 있으면 마음껏 골라. 선물해 줄게. 여기까지 왔는데 그냥 가면 내가 섭섭하거든."

아니, 댁이 왜 섭섭한 건데요?

마치 집에 온 손님을 대접하듯 뭘 챙겨 주지 못해 안달 난 그녀에게 승리는 마구 고개를 저어 보였다. 저 120만 원짜리 가방을 진짜로 선물할까 봐 무서워 죽겠는데, 거기서 한술 더 뜨기까지 하니 정말로 겁이 다 났다. 아, 식은땀까지 흘러.

결국 승리는 가방뿐만 아니라 학용품까지 한 다발이나 받아 들고 내려와야 했다. 그러고도 하경은 극구 사양하는 승리를 끌고 기어이 의류 매장에까지 들렀다. 예상했지만, 그곳에서도 그녀는 초특급 VIP였다.

"넌 귀여운 얼굴이라 이런 원피스를 입으면 잘 어울릴 것 같아."

분홍색 원피스와 가벼운 코트, 그리고 티셔츠까지 사서 안겨 주면서 하경이 말했다. 너무 엄청난 것들이라 승리는 무조건 사양했지만 전혀 통하지 않았다. 그녀는 레이몬드 씨보다도 더 엄청난 여왕이었다.

그녀는 아무런 거리낌 없이 하고 싶은 일을 하고, 사고 싶은 것을 지르고 있었다. 이런 여자니까 그 대단한 바람둥이 씨를 감당할 수 있는 거겠지? 의기소침해진 승리의 어깨가 축 늘어 졌다. 그때였다.

"은하경."

등 뒤에서 문득 묵직한 남자의 목소리가 들려왔다.

그 목소리가 울린 순간, 갑자기 주위가 조용해졌다. 하경이

고른 물건을 찾아 포장하느라 부산스럽던 직원들조차 일제히 움직임을 멈춘 채 한쪽을 바라보고 있었다. 또 뭐가 나타난 거지? 승리는 조금 긴장해서 하경을 바라보았다. 그러자 믿어지지 않게도 그녀의 얼굴은 어느새 당당한 여왕에서 청순가련한 소녀처럼 변해 있는 것이 아닌가!

"석준 씨!"

하경이 방긋 웃으며 수줍게 손을 흔들고 있었다.

결국 승리의 시선도 그녀를 따라 뒤쪽으로 움직였다. 그러자 큰 키에 단단한 체구를 가진 남자가 임원처럼 보이는 몇몇 사람을 거느린 채 천천히 다가오고 있는 것이 보였다.

그는 멀리서 보아도 금방 눈에 띌 만큼 독특한 분위기를 가진 남자였다. 굉장히 잘생겼지만, 또 동시에 굉장히 무섭기도 했다. 위압감이랄지, 특유의 분위기 같은 것이 있어서 어쩐지 함부로 다가갈 수 없게 만들고 있었다. 하경이 여왕이라면 그는 황제였다. 정말로 딱 황제처럼 보이는 남자였다.

그런 남자가 성큼성큼 다가오더니 고개를 숙여 하경의 입술에 진하게 키스를 하는 거다. 보는 눈이 한두 개가 아님에도 불구하고 전혀 아랑곳하지 않고 그는 확실하게 키스를 즐겼다. 그리곤 아주 자연스럽게 하경의 허리에 손을 둘렀다.

'아니, 아니, 당신은 레이몬드 씨의 애인이 아니었던가요?'

다시 레이몬드 씨를 떠올린 승리는 홀로 충격에 빠져 버렸다.

어떻게 된 영문인지 마구 궁금해지고 있었다. 그런 것을 눈

치 챘는지 하경이 예의 황제 같은 남자와 함께 그녀에게 다가
왔다.

"바로 얘예요. 이름은 박승리. 내가 전에 말했죠? 레몬의 꼬
맹이."

에? 그게 무슨 말이죠?

영문 모를 하경의 소개에 승리의 눈이 더 동그래졌다. 그러
나 그건 약과였다. 곧 이어진 말에 그녀는 더 큰 충격을 받아야
했다.

"아, 인사해. 이쪽은 내 남편. 이석준 씨. 당신도 인사해요."

"나, 남편?"

"어머, 왜 그렇게 놀라?"

"아, 아, 그게…… 결혼하신 줄 몰랐어요!"

"호호호, 당연하지. 묻지 않았잖아. 게다가 아직 신혼인걸."

결혼했단다. 신혼이란다. 레이몬드 씨는 어쩌고?

혼란에 빠져 승리는 거의 튀어나올 듯한 눈으로 석준의 품에
폭 안겨 있는 하경을 바라보고만 있었다. 그런 때에 석준이 그
녀를 향해 말했다.

"음, 힘들겠지만 레이를 잘 부탁하지."

"에? 레이?"

"아, 우리 석준 씨하고 레몬은 대학 동창이거든. 그러니까 레
몬을 잘 부탁해."

아, 그랬구나. 그랬구나!

뒤늦은 깨달음이 밀물처럼 밀려왔다. 그리고 퐁퐁 샘솟는 까

닭 모를 안도와 기쁨. 왜 기쁜지도 모르고 승리는 바보처럼 헤헤 웃었다. 그래서 그녀는 이후로 내내 방글방글 웃기 시작했다. 산더미 같은 선물 보따리를 집으로 직접 배달해 주는 것보다 '레몬을 잘 부탁해.' 라는 말 한마디가 더 기쁘다니. 이상했지만, 그래도 좋았다. 굉장한 남편을 가진 유부녀인데 오해를 하다니, 잠시일망정 애인이라고 생각했다니. 정말로 바보 같은 일이었다.

오늘은 정말로 운이 좋은 날이었다.

승리는 한껏 들뜬 채 또 택시를 타고 팔랑팔랑 집으로 돌아왔다. 오는 길에 마트에서 냉동만두와 아이스크림도 샀다. 신나게 콧노래까지 부르며 501호 건물 주인할아버지에게 인사도 했다. 그렇게 막 집으로 들어온 순간, 하필이면 옷장 위에 걸어 놓은 빨간색 원피스를 발견한 거다.

레이몬드 씨가 사 준 옷이었다.

"아, 차였지 참."

그제야 꿈이 깨어졌다.

그랬다. 그들은 사흘 전에 헤어졌다. 토하느라 버린 옷 대신 그가 사 준 저 빨간색 원피스를 입고 돌아와 그녀는 혼자 라면을 먹었었다.

"돌려줘야 하는데."

승리는 멍하니 중얼거렸다.

그리곤 언제 즐거웠냐는 듯 도로 무심한 얼굴이 되어서는 침대 위에 가방을 툭 내려놓았다.

"아이스크림 다 녹겠다."

아이스크림 따위 별로 먹고 싶은 것도 아니었는데 왜 샀을까.

조금 후회하며 그녀는 힘없이 냉장고 문을 열었다. 그리고…….

"어?"

그것을 발견했다.

서리를 잔뜩 뒤집어쓴 '고무신'. 거의 고등어만 한 하얀 고무신이 냉동실 안에서 꽝꽝 얼어 있었다.


— '김개똥군의 사정' 2권에서 계속 —

Scarlet

스칼렛

Scarlet

스칼렛